새로 읽는
고려의 명시가
한시시조편

새로 읽는

고려의 명시가

한시 시조 편

보고사
BOGOSA

『고려의 명시가』
-한시·시조 편-에 부쳐

　이 책은 기왕의 졸서인 『한국의 명시가』 '고대·삼국시대 편'(2015), '통일신라 편'(2016)과 『고려의 명시가』 '별곡편'의 연속물이다. 역시 위의 세 편저와 나란히 서예 문인화 교양지인 월간 『묵가(墨家)』에 등재한 글들을 전면 기획 편수(編修)한 결과물이다.

　그런데도 이 마당엔 처음 책제의 '한국의 명시가'를 승계하지 않았으니, 필경 그만한 사유가 있었다. 고려시대 편은 기존의 타이틀에 맞추기엔 전작(全作)의 무게감이 상당해서 '별곡편'과 '한시 시조편'으로 양 대분하는 일이 불가피하였다. 종당 노심(勞心) 끝에 이번 편에서만큼 아예 큰 제목 안에 시대를 표방하기로 하였다.

　그만큼 시대가 시나브로 뒤쪽으로 가면서 많은 수의 명편들이 족출(簇出)을 보이는 까닭이다. 예컨대 고대 삼국시대의 명 시가는 훨씬 나중 시대인 조선의 명 시가에 대어보면 일별에도 운니지차(雲泥之差)가 있음을 알만한 일이다. 하물며 나란히 오백 년 안팎을 구가한 고려의 것과 조선의 것을 견준다고 할 때조차 고려조가 암만 노래와 한시의 전성(全盛)을 구가했다손, 물량 면에서 조선조의 풍섬(豊贍)을 덮어 볼 나위는 없다. 한갓 양적인 증폭뿐일까. 내면의 질적인 수준에조차 진화를 거듭했으니, 이것이 단순한 직관에 의지해서만 도출해낸 현상은 아닐 터이다. 이를테면, 같은 연주지사(戀主之詞) 주제로만 대비해 본대도 신라의 〈원가〉

와, 고려의 〈정과정곡〉, 조선의 〈사미인곡〉 사이에서 체감이 될 법하다. 급기야 조선의 시가는 정송강(鄭松江)의 가사와 윤고산(尹孤山)의 시조에 이르면 분량의 크기만 아니라 그 문질(文質)의 빈빈(彬彬)이 절정에 이르렀다고 해도 과언이 아니었으니, 흡사 강물과 바다의 차이만 같아 보인다.

'새로 읽는'이란 수식어를 보탠 것 또한 단지 세인의 주목을 더 끌어보자는 요량은 아니었다. 이른바 '향원(鄕原)'들의 행색만 같아 꺼렸으나, 구태여 첨(添)한 데는 내 나름 진지한 확신으로 새롭게 담론할 수 있는 부분들이 있다는 믿음 때문이었다.

고려시대는 전대에 비해 한층 번화해진 중국문화에의 접촉 및, 이 시대 초기부터 관습화된 과거제도 등이 추진(推進) 추동(推動)의 에너지가 되었을 터이다. 결과, 사대부 지식인들의 한문학에 대한 숭상이 이전 시대에 비해 활발해졌고, 그 가운데 유난히 한시에의 애호가 가장 융성을 보였음이 특징이었다.

또한 이 시대는 시가문학이 새로운 갈래의 다양한 모습을 나타내면서 동시에 촉기를 발휘한 시절이기도 했다. 별곡과 경기체가가 그 여실한 징표였고, 이윽히 이 시대 말엽 성리학이 들어온 즈음해서는 시조 양식도 창출되었다. 이에 한시와 시조 중의 정수(精粹) 11작품을 화두(話頭)로 특정(特定)하고 느루, 느긋한 평설을 펼쳐낸 바가 이 책이다.

이번 저서에 평양 대동강과 부벽루를 제제로 한 김황원, 정지상, 이색, 3가(三家)의 한시를 다루면서 감개가 무량하고 정회 더욱 깊었다. 내 근원의 땅이 저 대동강과 부벽루의 고장인 평양이다 보니, 일찍부터 저자는 이 곳을 배경 삼았던 시편을 유난히 기애(嗜愛)하였다. 연민(淵民) 이가원 선사(先師)께서도 하주(下走)의 그런 성향을 아시고 일찍이 1985년에 제자의 박사학위를 축하하는 '白江' 두 글자, 대서(大書) 편액을 써주시면서 그 왼쪽의 세자(細字) 낙관에 이 사연을 넣으셨으니, 그때의 감동이 33년 지나버린 오늘에도 고이 간직되어 있다.

余嘉其篤學成名 錫以一號曰 白江 蓋君之鄕 白頭浿江也.

내 그가 착실한 공부로 이름을 나타낸 것을 가상히 여겨 호(號) 하나를 준다. 일컬어 '백강(白江)'이라 하였으니, 대개 군의 고향이 백두산과 대동강의 땅인 까닭이다.

더하여, 기실은 그 2년 전에 이미 나는 향관(鄕關) 시 하나를 적바림해 둔 채였다. 일찍부터 저 옛 서도(西都) 대동강을 노래한 김황원의 〈대동강〉 시와, 정지상의 〈대동강〉, 이색의 〈부벽루〉 시를 수시로 애송(愛誦) 하다보니, 갈수록 그 정경(情景)들이 맘속에 감치고 눈앞에 감돌았다. 그렇게 젊은 시절 곧잘 근본의 땅을 흐놀다가 급기야는 어느 밤 우연히 한 꿈을 얻게 되었고, 그 몽중사(夢中事)를 밤늦도록 고음(苦吟)하던 기억이 지금껏 불현듯 새롭다. 〈몽유대동(夢遊大同)〉-꿈에 놀던 대동강-이라 제(題)하였으니, 그때가 1983년 봄이었다. 야인치소(惹人恥笑)를 무릅쓰고 당시 가축해 두었던 시고(詩稿)를 여기 첨족(添足)해 둔다.

曾聞西都山河勝　　서도의 산하 빼어나단 말 진작 들어알건마는
唯口本鄕斷路登　　입으로만 뇌는 근원의 고향, 갈 길은 끊겼다.
遊夢大同江上春　　어찌타가 꿈속에서 노닐어 본 봄날의 대동강
腔懷懣抑未詞能　　가슴 그득 메어 드는 울한, 이룰 수 없는 말.

역시 무렴(無廉)은 보진 않은 채, 언죽번죽한 욕심이 우선된 소치였다. 그리고 이것 지은 지 꼭 30년 뒤엔 내 고교시절 담임 은부(恩傅)인 보산(寶山) 김진악 노사(老師)께서 내 졸저인 『고구려의 시와 노래』 제호(題號)를 위해 친필해 주셨으니 감격 더욱 하였다.

이번의 저술 도정엔 타임머신으로 과거 세상에 찾아가서 주인공을 만난 것만 같은 환희작약도 체험하였다. 곧 천년 절조의 시조가 어느 해라는 연도만 아니요, 적확(的確)히 어느 날짜에 이룩된 것인지 까지 정세(精細)하게 알아낸 순간의

선선한 기쁨이 그것이었다. 포은 선생 최후의 날이 1392년 음력 4월 4일이었고, 〈단심가〉는 바로 직전의 어떤 시진(時辰) 안에 이루어진 것이었다. 이를테면 〈정과정곡〉의 창작 시기라 하면 논자들 간 계상(計上)에 최대 22년의 간극이 있고, 이조년 선생이 〈다정가〉 지은 시점에 대한 추론만도 서너 가지를 넘어서니 종국엔 답답할 수밖에 없는 그런 경우들 마련해선 감격치 않을 도리가 없는 것이다. 뿐만이 아니었다. 길재(吉再) 선생이 개성에 입경한 1400년 음력 7월 2일, 벼슬 사양을 알린 뒤에 필마로 돌아보며 〈회고가〉 읊던 도읍지의 그날을 확호불발(確乎不拔) 포착한 일은 여간 가슴 뭉클하며 설레는 승사(勝事)가 아니었다. 이 사실이 설령 앞전에 누군가가 기위(旣爲) 알아내어 어딘가에 공표되었다한들 그 감동이 달라질 건 없었다. 그 발견의 순간에 내가 누린 희열이야 딴 데 속할 리 없는 엄연한 오지소유(吾之所有)인 까닭이다.

묵가 게재의 과월(課月)마다 서단 최고의 작가들이 나와의 묵연(墨緣)으로 글 내용에 맞춰 써 준 글씨와 그려준 그림으로 둔필(鈍筆)이 더할 나위없는 호사를 누렸음도 종신 간직할 은택이었다. 아울러 새삼 돌이켜 보니 금차(今次)의 출간으로 '명시가' 주제의 책이 도틀어 4권에 이르게 되었다. 보고사 제위(諸位)의 도움 덕분인 것이니, 긴 세월에 회억될 고마움이다.

2018년 어버이날
夢碧山莊 書樓에서
저자 金白江 識

차례

김황원의
대동강시大同江詩

김황원(金黃元, 1045~1117)은 고려의 문신이자 시인으로, 자는 천민(天民)이다. 『고려사(高麗史)』〈김황원〉 열전 안에 자못 그의 면면들을 소개하여 있고, 바로 뒤이어 완성을 본『고려사절요(高麗史節要)』에도 인견(引見)되어 있어 그의 생애의 개략을 살펴 알 수가 있다. 10대 정종(재위 1035~1046) 때 젊은 나이로 과거에 급제하여 예부시랑(禮部侍郞)·한림학사(翰林學士) 등을 지냈다. 청빈하고 강직하여 권세가에 아부하지 않았다 한다. 이궤(李軌, 初名은 李載)와 친밀하였는데, 함께 한림(翰林)에 있으면서 나란히 문장으로 이름을 날리매 당시 사람들이 '김이(金李)'라고 일컬었다.

『고려사』의 김황원 열전

한림원 재직시 요(遼)나라의 사신을 위해 궁중에서 연회를 베풀었을 때 김황원이 당악(唐樂) 정재(呈才)에 맞춰 지었다는 구호(口號) 시가 전한다.

鳳銜綸綍從天降   봉황은 조서를 머금어 하늘에서 내려오고
鼇駕蓬萊渡海來   자라는 봉래산을 지고 바다건너 찾아왔네.

사신이 이 두 구절에 탄복하여 그것을 베껴 가지고 갔던 일로 말미암아 존경과 중망을 받았다. 이렇듯 그는 평생에 고문(古文)에 힘을 쏟아 "해동제일(海東第一)"이란 칭호를 들었다고도 한다. 하지만 당대 외교 분야에서 활동이 많았던 재상 이자위(李子威)는 김황원의 문체가 당시의 풍조를 따르지 않음을 질시하였다. 그리하여 왕 앞에 고하되 "이런 사람이 한림원에 오래 있으면 필시 후진들을 현혹시켜 그르칠 것입니다"고 논척(論斥)을 하였다. 이 말결에 그의 문학적 성향이 여하한지를 쉽게 파악해 볼 길 있으니, 역시 당시 성행하던 변려문(騈儷文)의 풍조를 불식하고 고문 쪽을 견지하였던 것이다. 그때 상서(尙書) 벼슬의 김상우(金商祐)가 시를 지어 그를 변호하여, "닦은 학문이 가볍지 않으니 고문으로 귀착했고, 품은 도에 사심(邪心) 없으니 지금 세상에 아첨하랴" 하였더니, 왕이 듣고 우습유(右拾遺)·지제고(知制誥)로 발탁했다.

얼마 후 지금 경상북도 성주군인 경산부(京山府)의 성산(星山) 태수 외직에 부임하였다. 당시 어떤 아전이 살인강도라며 잡아온 이를 김황원이 찬찬히 살펴보고 범인이 아니라며 바로 석방을 명하였다. 그때 명망 있던 판관(判官) 이사강(李思絳)이 나서서 그가 이미 죄를 자백했으니 응당 처벌해야 한다고 극구 주장했지만 듣지 않았다. 그런데 훗날 잡힌 다른 도둑이 과연 그때의 살인범으로 밝혀지면서 향리와 백성들이 모두 그 형안에 탄복하였다고 한다. 이 일화는 정약용(丁若鏞, 1762~1836)의 『목민심서(牧民心書)』에도 전재(轉載)되어 있다. 그렇게 2년을 재임

하던 중 그가 상납하는 은의 품질이 마땅치 못하다는 이유로 파직되었다.

이후 15대 숙종(재위 1095~1105)이 연영전(延英殿)을 설치할 제 불려 나가 서적에 관한 사무를 주관했다. 이 전각은 연영서전(延英書殿)으로 불리기도 했는데, 인종 14년(1136)에 이르러선 집현전(集賢殿)으로 개칭된 곳이다. 여기서 왕이 책을 보다가 의문이 나면 매양 김황원에게 질문했다고 한다. 그때 임금은 이름을 부르지 않고 선배(先輩)로 호칭할 만큼 각별한 존중의 뜻이 있었다고 한다.

16대 예종(재위 1105~1122) 때는 여러 차례 승진하여 중서사인(中書舍人)이 되었다. 요나라에 사신 가던 길에 북쪽 변방이 큰 기근으로 사람끼리 잡아먹는 참상을 보고는 급히 왕께 보고하되, 그 지방 고을의 창고에 있는 곡식을 내어 굶주린 백성을 진휼할 것을 요청하자 왕이 그 말을 따라 주었다. 급기야 귀국길에 백성들이 그를 보고 우리를 살린 상공(相公)이라며 칭송하였다. 예부시랑(禮部侍郎)·국자좨주(國子祭酒)·한림학사(翰林學士)·첨서추밀원사(簽書樞密院事)를 역임하고, 여러 차례 표를 올려 사직을 청하였지만 해를 넘기고서야 허락을 받았다.

예종 12년(1117)에 죽으니 향년 73세였다. 본관은 전남 광양(光陽)으로, 『신증동국여지승람』 제40권 전라도(全羅道) 광양현(光陽縣)의 '인물' 조에도 소개되어 있다. 법도에 매이지 않고 음악과 여색을 좋아하였다고 했는데, 이 역시 긍정적으로는 풍류에 사는 낭만적 성향의 사람이었음을 반증하는 말일 수 있다.

문학을 잘해서 예종 임금에게 큰 총우(寵遇)를 입은 동산처사(東山處士) 곽여(郭輿, 1058~1130) 및 그 시대 도가(道家)의 영수(領袖)였던 이중약(李仲若, ?~1122)과 교계한 자취도 있다. 『파한집(破閑集)』에 보면 이 세 사람이 젊어서 문장으로 서로 어울렸기에 세상에서 '신교(神交)'라고 했는데, 두 사람이 이중약의 집을 찾았다가 달이 떠오른 저녁 하늘의 풍경을 보고 시를 한 수 씩 읊었다고 한다. 은근 세 사람이 가루는 자리처럼 되었는데, 김황원의 차례가 되어 이렇게 지었다고 한다.

日暮鳥聲藏碧樹	날 저물매 새 소리는 짙푸른 숲속에 잠기고
月明人語上高樓	달 밝자 사람 말소리는 다락 위로 올라갔네.

　　그러자 이중약과 곽여가 자신들도 모르게 무릎을 꿇었다고 하였으니, 여기서도 제일로 정출(挺出)한 인물로 되어 있다. 앞서 김황원이 이자위로부터 시기와 음해를 받았던 일 또한 그의 문명(文名)이 남의 위에 올연(兀然)했던 증좌로 볼만하니, 역시 그가 당시대 문장의 수좌(首座)임을 알겠고, 시율(詩律)의 분야에 있어 정지상 이전에 당대 제일이라는 평가를 얻기도 하였다.

　　하지만 그러한 명성에 비해 남아 전하는 작품은 참으로 한유(罕有)하기 짝 없다. 문집도 없을 뿐 아니라, 회자 전승되었다는 시작(詩作)마저 허무히 인몰(湮沒)되고만 까닭을 잘 알기 어렵다. 그런 중에도 그나마 황원의 시를 높이 샀던 이인로(李仁老, 1152~1220)에 의해 희귀한 몇 개 편린만을 구관(求觀)해 볼 길 있다. 『파한집』 전체를 통해 네 군데에 걸쳐 언급되고 있는데, 맨 앞의 것이 〈군재(郡齋)〉, 곧 '고을의 사옥'을 읊은 칠언이었다.

山城雨惡還成雹	산성에 매몰차게 내리던 비 언뜻 우박 되고
澤國陰多數放虹	연못의 짙은 그늘이 수시 무지개 꽃 피우네.

　　그런데 아쉽게도 온전한 모양 아닌 고작 두 구(句)의 편단(片段)만을 구경할 수 있을 따름이나, 이마저도 이인로의 관심과 애정이 없었다면 기대하기 어려운 일이었을 터이다.

　　역시 김황원과 관련하여서는 평양 부벽루 위에서의 미완성 작인 대동강 시와 거기 관련한 일화보다 더 잘 알려진 것은 없다. 그 최초의 기록 역시 이인로의 『파한집』일 것으로 보이매, 여기 원전 그대로를 옮겨 볼 의미가 있다.

西都永明寺南軒 天下絕景 本興上人所刱 南臨大江 江外曠野茫然不見際畔 惟東極一涯 遙岑出沒有無中 昔睿王西巡 與群臣宴飮唱酬 篇什尤多 無不鏤金石播絲竹以傳樂府 吾祖平章李頲 適在玉堂 扈從登臨 命名浮碧寮 作詩敍其始末甚備 山川氣勢 與中朝滌暑亭相甲乙 而秀麗過之 學士金黃元弭節西都 登其上 命吏悉取古今群賢所留書板焚之 憑欄縱吟 至日斜 其聲正苦 如叫月之猿 兄得一聯 長城一面溶溶水 大野東頭點點山 意涸不復措辭 痛哭而下 後數日足成一篇 至今以爲絕唱 時人語曰 昔聞宋玉悲秋氣 今見黃元哭夕陽.

서도 평양 영명사(永明寺)의 남쪽 누각은 천하의 절경이니, 본래 흥(興)이라는 스님이 창건한 것이다. 강 너머로는 드넓은 들판이 아스라이 끝 간 데가 없었고, 저 동쪽 끝으로 멀리 산봉우리가 보일 듯 말 듯 가물가물하다. 옛날 예종 임금이 서쪽을 순방하시다가 여러 신하들과 함께 잔치하고 술 드시면서 시를 주고 받으셨거니, 그렇게 훌쩍 많아진 작품들을 금석에 새기고 음악에 부쳐 악부(樂府)로 전하시지 않음이 없었다. 나의 선조 되시는 평장사 이오(李頲, 1050~1110)께서 마침 옥당(玉堂)에 계실 때 임금을 호종하시며 이 위에 오르셨다가 그 누각이름을 '부벽료(浮碧寮)'라 하시고는 시로써 그 전말을 소상히 서술하였다. 그 산천의 기세는 중국의 척서정(滌暑亭)과 비견할 만하겠으나, 수려한 정도로 말하면 그보다 승(勝)하다. 학사 김황원이 서도(西都) 평양을 산책하다가 아전으로 하여금 고금 제현들이 써서 남긴 현판을 모두 가져다가 불사르게 하고 난간에 의지하여 마음 가는대로 읊조렸다. 해질녘이 되자 그의 소리는 정녕 괴로워 달 보고 울부짖는 잔나비 같았다. 단지 '長城一面溶溶水 大野東頭點點山'이라는 한 개 연(聯)만을 얻고는 시의(詩意)가 고갈되어 더 이상 말을 이루지 못해 통곡하면서 그곳을 내려왔다. 그리고는 수일(數日)이 지난 뒤에 채워 한 편을 이루었으니, 지금껏 절창(絕唱)으로 여긴다. 당시 사람들이 이르기를, "옛적엔 송옥(宋玉)이 가을의 기운에 서글펐거니, 지금에는 황원이 석양에 통곡함을 보도다" 하였다.

타관 출신 김황원이 평양 부벽루가 절경이라는 소문을 익히 들은 지 오래에

西都永明寺南軒天下絶景本與上人所湖南臨大江
江外曠野莽然不見際畔唯東控一涯逶迤本出沒有無
中昔睿王西巡與群臣宴飲唱酬篇什尤多無不鏤金
石播絲竹以傳樂府吾祖平章李顗適在玉堂扈從登
臨命名浮碧寮作詩叙其始末甚備山川氣勢與中朝
滁暑亭相甲乙而秀麗過之學士金黃元節西都登
其上命吏恣取古今釋賢所留詩板焚之憑欄縱吟至
日斜其贅正苦如咏月之猿只得一聯長城一面溶溶
水大野東頭點點山意洒不復措辭痛哭而下後數日
足成一篇至今以為絶唱時人語曰昔聞宋玉悲秋氣
今見黃元哭夕陽

이인로 『파한집』에 실린 김황원의
부벽루상 대동강 시화

드디어 평양 부벽루에 오르게 됨으로써 천고(千古)에 낭만 그득한 이 시화가 후세에 전해지게 된 셈이다. 등림(登臨)하는 순간 안하(眼下)에 유유히 흐르는 맑은 대동강물과, 강 건너로 드넓게 펼쳐진 들판, 그 오른편으로 아스라이 점을 찍어 놓은 듯한 크고 작은 산들. 그 빼어난 아름다움에 그만 말문이 막혔던가 보았다. 그리고 다시 고개 돌려 누각에 걸려 있는 평양산천을 읊은 기왕(旣往)의 제영(題詠)들에 눈길을 주어 음영(吟詠)해 보았으리라. 하지만 마침내 그 중 어느 것 하나 마음에 탐탁한 게 없어 다 뒤로 한 채 장차 회심(會心)의 일작(一作)을 작정하였다. 그리하여 다시금 찬찬히 눈앞에 펼쳐져 있는 경치를 한껏 극목(極目)하였으나 해질 무렵에야 겨우 두 구절을 얻어낸 바가 이러하였다.

長城一面溶溶水　　긴 성벽 한쪽으로 넘실넘실 흐르는 물이요
大野東頭點點山　　넓은 벌 동쪽 끝엔 띄엄띄엄 흩인 산이로다.

관련하여 1962년도 당시 초등학교 3학년 국어교과서 안의 풀이도 볼 만하매, 이에 옮겨 보인다.

1962년 당시 초등학교 3학년 2학기 국어교과서에 실린 김황원과 대동강

평양성을 끼고 흐르는 강물,
아! 넓기도 하여라.
강 건너 멀리 아득한 벌판 동쪽에는
점찍은 듯 까맣게 산, 산, 산…

하지만 직후엔 시상(詩想)이 막혀 끝내 나머지를 채우지 못한 채 통곡하며 내려왔다고 한다. 이 일화가 왜자하게 전파되어 한 세기 뒤의 일대 시종(詩宗)인 이인로에게까지 미치게 되었던 것이다.

위의 기록을 빌어 이 마당에 요긴한 정보 몇몇을 추려 볼 나위가 있다. 그 처음 것은 부벽루의 이전 이름이 '부벽료(浮碧寮)'였다는 사실이다. 사록을 통해 이오(李顒)라는 이가 16대 예종 때 문하시랑도 평장사에 제수된 때는 예종 즉위 첫해인 1105년이었다. 이 해 그 자격으로 예종을 호종했다는 뜻으로 보이니, 그러면 '부벽료'로 명명한 때를 1105년으로 보아 무리가 없을 듯 싶다. 이때는 김황원이 만 60세 되던 해이다.

평양 금수산 모란봉의 동쪽 대동강변의, 중천에 비상할 듯 솟아있는 부벽루는 고구려 광개토왕 393년에 처음 지은 누각이다. 원래는 그곳 절의 영명사(永明寺)와 맞춰 '영명루(永明樓)'라는 이름으로 세워졌다가 고려 12세기나 되어 지금의 이름으로 정착된 셈이다. 그 밑으로 기암절벽이 있다. 청류벽(淸流壁)이라고 하니, 거울같이 맑고 푸른 물이 감돌아 흐른다고 해서 붙인 이름이다. 그리하여 부벽루(浮碧樓)는 '청류벽 위에 둥실 떠 있는 듯한 누정'이라는 의미로 통해 왔다. 임진왜란을 겪으면서 불에 타버렸으나 1614년(광해군 6)에 중건되었고, 다시 1950년의 동란(動亂) 때에 또다시 폭격으로 파괴되어 1956년과 1959년 두 차례의 보수로써 원 모습 그대로 복원되었다.

이인로는 『파한집』에서 김황원 관련의 시화를 적은 네 군데에서 언필칭 '학사(學士)' 김황원이라고 했다. 학사는 고려시대 주로 왕의 측근에서 제찬(制撰)·사명(詞命)의 일에 종사하거나 왕에게 경서를 강론하는 일을 맡아보는 관직이다. 그가 더 이상 이 직책에 있지 않은 상태에서도 계속하여 이 호칭을 썼으니, 대개 그의 생전·사후를 막론하고 이름 앞에 고정된 수식어처럼 붙어 다녔던가 보다.

황원이 생애의 어느 때쯤 여기에 올라 이 시를 지었던 것일까도 궁금하다. 신분상 중앙의 관직에 몸이 매인 상태로 짐짓 평양까지 탐방하여 일심전력 싯구의 모색에만 진종일 골몰했다고 하기에는 어딘가 자연스럽지 못한 감이 크다. 오히려 아직 벼슬살이에 들기 전의 포의(布衣)의 선비로 있을 적에 절승경처 유력타가 소문 높은 평양 부벽루에 발길이 닿아 별로 시간의 구애받음 없이 창작에만 몰두

하고 있는 정경(情景)으로 연상하는 편이 훨씬 영절스러워 보인다.

　정작 이인로의 글에서도 그가 어떤 관직, 어떤 신분으로 그 누각에 올랐다고 한 것이 없다. 관련하여 위의 문장 중에 '미절서도(弭節西都)'의 의미에 대해서도 명확히 해둘 필요가 있을 듯싶다. 미절(弭節)은 서보(徐步) 즉 천천히 걷는다는 말이니, '평양을 서서히 산책했다'는 말이다. 그럼에도 여기에 대해서 '평양으로 임관되어 갔다, 공무를 보러갔다'거나 '평양에 절도사를 따라왔다'는 뜻으로 그릇 해석되어 왔다. 아마도 그 바로 뒷 구절에 관리로 하여금 종전의 뭇 현사(賢士)들이 남겨놓은 현판을 다 없애라고 명령했다는 분위기 때문인 듯싶다. 진정 거기 걸려 있는 시판(詩板)들을 모조리 내리게 하고, 게다가 불태우라고까지 한 강경한 이미지가 막강 권한으로 평양에 취임했으리란 예측을 도울 만하다.

　더욱이 이 일화를 곧이곧대로 받아들이기에 주저되는 국면이 또 있다. 암만 부

대동강 부벽루

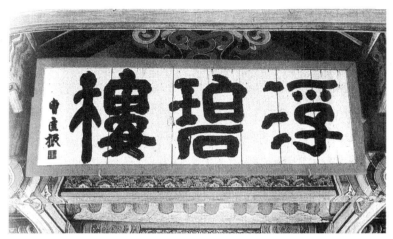

조선 후기의 평양 출신 서예가인 訥人 조광진이 쓴 부벽루 현판 글씨

임한 높은 관료로 어지간한 권한은 부려 행사할 수 있는 처지라고 해도, 먼저 발길이 닿은 전배(前輩) 사대부의 시인묵객들이 애써 짓고 일껏 새겨서 올린 현판들에의 멸실을 간단히 명할 수 있는 건지 모르겠다. 김황원이 그만큼 태깔스럽고 몰강스러운 성품이었던가? 아니면 거기 이름 올린 인사(人士)들이 자기보다 영향력 없는 인물이라서 그렇게 해도 탈은 없으리라는 얄팍한 판단에서였나? 어떤 경우든 그 비상식적인 독선과 과격이 못내 미심쩍기만 하다.

그리고는 몇 날이 지난 뒤에야 마저 한 편을 완성시켰고, 지금껏 절창(絶唱)으로 여긴다(後數日足成一篇 至今以爲絶唱)고 한 내용으로 미루어 지속적인 존념(存念)과 글치레 끝에 시를 완성시켰다는 의미가 된다. 여기 원문의 '足'은 '족히'로 읽어 '너끈히 완성하였다'로 풀기보다는, '보태다·더하다' 의미의 '주'로 읽어 '채워 완성했다'는 뜻으로서 타당하다. 그렇게 완성 편이 존재했음에도 오늘날 그것을 확인할 길이 없으매, 중간에 일실(逸失)되었던가 보다.

동시에, 그가 아퀴를 지어 마침내 완성시켰던 그 시의 형식이 칠언율시임도 유추해 낼 수 있다. 김황원과 가장 근접된 시대의 사람인 이인로의 증언에서 "단지 한 개의 연만을 얻었다(只得一聯)"고 한 것에 결정적인 실마리가 있다. 바로 그 남아 전하는 두 구(句)를 일러 한 개의 연(聯)이라 했음에, 황원은 애당초 율시를 염두에 두고 사시(寫詩)에 임했음이 자명하다.

　이인로 이후 조선조에 이르러는 성종 때 사가(四佳) 서거정(徐居正, 1420~1488)이 쓴 『동인시화(東人詩話)』가 김황원의 이 미완성 시에 대한 제대로의 평설일 듯싶다.

　　金學士黃元登浮碧樓 見古今題詠 不滿其意 旋焚其版 終日憑闌苦吟 兄得長城一面溶溶水 大野東頭點點山之句 意涸痛哭而去 昔賈浪仙三年吟得一句云 獨行潭底影 數息樹邊身 不覺垂淚 予觀浪仙之詩 寒瘦澀癖 何至垂淚 黃元之句 老儒常談 何痛哭自苦如是.

　　김학사 황원이 부벽루에 올라 고금의 읊은 시들을 보았으나 마음에 차지 아니하여 그 현판들을 두루 태워버리고, 종일 난간에 의지하여 괴롭게 읊다가 단지 '長城一面溶溶水 大野東頭點點山'의 구절만을 얻었을 뿐 더 이상은 생각이 말라 통곡하고 내려왔다. 옛날 가낭선(賈浪仙)이 3년 만에 한 구절 건져 읊었으되, "獨行潭底影 數息樹邊身"(연못아래 홀로 걷는 그림자, 나무 가에 자주 쉬는 몸뚱이)하고는 자신도 모르게 눈물을 주르르 흘렸다고 한다. 내 보기에 낭선의 시는 차갑고 거칠며 난삽한 고질이 있으니 어찌 눈물을 흘리기까지 할 게 있으며, 김황원의 시구는 오래 학문한 선비면 일상 할 수 있는 말인데 어찌 통곡하며 괴로워하기를 이처럼 했을까?

　여기의 가낭선(賈浪仙)은 다른 누구 아니라 당나라 시인 가도(賈島, 788~843)이니, 자(字)가 낭선이었다. 고음(苦吟)으로 이름이 있었고, 한유(韓愈)의 인정을 받았던 시인이다. 석년(昔年)의 사례로서 김황원보다 300년 앞서의 중국에서도 벌써 시의 전반까지만 읊고 뒤를 잇지 못해 괴로워했던 사람이 있었다. 감동이 격하여 도저히 예술적 단계로 옮겨 전할 수 없는 경지는 회화 분야에서 또한 없을 수 없다. 일체의 속박을 싫어했다던 조선 후기의 화가 최북(崔北, 1712~1786)이 금강산을 구경타가 구룡연(九龍淵)에 이르렀을 때 탄성을 터뜨리며 "천하 명인(名人)이 천하 명산(名山)에서 죽음이 마땅하다" 하면서 물로 뛰어 내렸다는 일화는 유명하다. 이 또한 놀라운 절경 앞에서 도저히 붓으로 감당할 길 없는 상황에 대한 절망적인 한계의식인지 모른다.

그럼에도 서거정은 김황원이 괴롭게 남긴 이 두 구절에 대해서는 노련한 선비의 일상적인 어투〔老儒常談〕쯤으로 별반 의미를 부여하지 않았음이 특이하다. 불구하고, 그가 김황원의 시를 녹록한 '노유상담'으로만 치부했던 것은 아니었다.

後有權一齋漢功 繼之曰 白鷗波上疎疎雨 黃犢坡南點點山 自以爲詩後有人 然亦未知可以壓倒金壯元乎.
뒤에 일재(一齋) 권한공(權漢功, ?~1349)이 김황원의 구절에 이어서 짓기를, "흰 갈매기 떠도는 물결 위엔 부슬부슬 비 내리고, 황송아지 뛰노는 둑 남쪽엔 군데군데 산들이네"라고 하고는, 스스로 황원의 시 후에 걸맞는 당사자라고 여겼다. 그러나 이로써 김장원(金壯元)을 압도할 수 있는지 알지 못하겠도다.

앞서 언급했던 김황원의 그 두 구절을 잼처 소개하였을 뿐만 아니라, 감히 그의 재력(才力)을 누를 수 있겠느냐고 함으로써 그 시적 경계를 높게 평가했음을 인지할 수가 있다.

과체시(科體詩)〈관산융마(關山戎馬)〉로 이름났던 영조 때 시인 석북(石北) 신광수(申光洙, 1712~1775)도 평양 부벽루와 연광정이 명불허전의 절승경처임을 격감(激感)하면서, 선배 시인 김황원의 처지를 크게 두둔하였다.

僕亦嘗游平壤 次其韻 如黃鶴樓崔顥詩在上 擺筆臨江幾欲爲金黃元之哭 甚矣 此道之難也 練光浮碧之間 僕未嘗不慨然彷徨.

내 또한 일찍이 평양에 놀면서 그의 운을 밟아 황학루에 올라간 최호(崔顥)의 시처럼 하고 싶었다. 붓을 잡고 강에 임하다가 하마터면 김황원의 울음이 터질 뻔했으니, 심하구나. 시 창작의 길이 험난함이여! 연광정과 부벽루 사이에서 나는 개연히 방황해야만 했다.

한편, 이와는 전혀 딴판으로 시사(詩史) 비평의 흐름 중에는 김황원의 이 두 구절 대련(對聯)에 대한 냉소적인 사례도 없지는 않았다. 연암(燕巖) 박지원(朴趾源, 1737~1805)이 그 두드러진 사례라고 하겠다.

說者謂平壤之勝 兩句盡之 千載更無添一句者 余常以此謂非佳句 溶溶非大江之勢 東頭點點之山 遠不過四十里耳 烏得稱大野哉 今以此句 爲練光亭柱聯 若敕使登亭一覽 則必笑大野二字.

애기하는 이들이 평양의 승경(勝景)은 이 두 구로 할 말을 다해 천년에 다시금 단 한 구절도 더할 수 없다고 하나, 나는 평소 이것이 아름다운 구라고 생각지 않았다. 용용(溶溶)은 큰 강의 형세가 아니요, 동쪽 가의 점점이 있는 산들이라는 것도 그 거리 불과 40리 일 뿐인데 어찌 대야(大野)라 일컫겠나. 오늘날 이 구절로 연광정(練光亭)에 주련(柱聯)을 삼았으니, 칙사들이 여기 올라 한 차례 본다면 필시 '大野' 두 글자를 두고 웃으리라.

이렇듯 살짝 폄하했던 일에 대해서도 이견이 없을 수 없었으니, 연민(淵民) 이가원(李家源, 1917~2000)은 용용(溶溶)도 대강(大江)의 형용이고, 대야(大野) 또한 요동 백탑(白塔)의 벌판이어야 반드시 쓸 수 있는 것은 아니라며 두호하였다.

조선 순조 헌종 때의 문신 학자로 요동 땅의 회복을 주장했던 관암(冠巖) 홍경모(洪敬謨, 1774~1851)도 『관암전서(冠巖全書)』 안에서 시상(詩想)이 말라 통곡으로 떠

游齋 임종현 揮灑. 김황원의 七律〈分行驛送李載自南國還朝〉

났어도 이 한 연(聯)의 안에 뜻을 다 곡진히 했다(此一聯盡之矣)고 칭찬하였다.

연행록 계열 중 하나인 『심전고(心田稿)』는 조선시대 박사호(朴思浩, ?~?)가 순조 28년(1828)에 청나라에 다녀오면서 쓴 사행일기(使行日記)인데, 이 안에도 연광정(練光亭)에 걸려 있는 김황원의 시 얘기가 있다. 곧, 김황원이 통곡하며 물러난 뒤에 판서 이만수(李晚秀)·홍의호(洪義浩)·홍석주(洪奭周)들이 중국에 사신 가는 길에 나란히 이 누각에 올라 그 다음의 구를 채워 전편 완성시켰다는 내용도 올렸다. 이인로의 기록에는 분명 김황원이 수일(數日) 지난 뒤에마저 시를 완성시켰다고 했음에도, 여기서는 그 아쉬움을 달래고자 미완의 부분을 채웠다고 하였다. 미루어 김황원이 그렇게 채웠다던 후반의 내용이 가뭇없게 사라진 이유가 혹 완성미의 결여 때문이었나? 어웅하니 그저 난감할 따름이다.

『파한집』에 시 몇 편과 일화가 전하였지만, 이렇듯 그의 작품이 온전한 형상으로 남아있는 것이 없더니, 문득 다음의 〈분행역송이재자남국환조(分行驛送李載自南國還朝)〉-남쪽에서 돌아오는 이재(李載)를 분행역(分行驛)에서 보내며-라는 칠언율시로서 완성된 편집(篇什)이 모처럼 견선(牽線)된다.

그 창작 배경에 대해 설명한 것이 있으되, 김황원이 대간(大諫)의 직책으로 여러 번 약석 같은 충언(忠言)을 올렸지만 임금의 마음을 돌리지 못하고 오히려 성산(星山) 태수 외직으로 좌천되었다. 지금의 경상북도 성주군인 경산부(京山府) 부임길에 이 역말을 지나게 되었는데, 마침 남방에서 일을 마치고 개경으로 향하던 글벗 이재(李載)와 우연히 해후하였다가 다시 이별하면서 쓴 시라고 한다.

分行驛上豈無詩　　이별하는 驛路 마당에 시가 없을쏜가
留與皇華寄所思　　사신 다녀온 그대에게 생각 부치노라.
蘆葦蕭蕭秋水國　　갈대 숲은 가을 호수에 소슬하고

江山杳杳夕陽時	산천풍광은 해질녘에 우련하고나.
古人不見今空嘆	옛사람 만날 길 없는 허망한 탄식
往事難追兄自悲	지난일 어찌 못해 홀로 비감할 뿐.
誰信長沙左遷客	장사 땅 좌천된 기막힌 이 나그네
職卑年老鬢毛衰	낮은 벼슬 늙은 몸에 귀밑 센 신세.

『파한집』 하권에 실려 있는 이 하나의 편모(片貌)로써 겨우 그 시의 경계 일단(一端)을 가늠해 볼 따름이다. 『신증동국여지승람』 제8권 경기(京畿) 죽산현(竹山縣)의 '분행역(分行驛)' 조에 보면, 분행역은 경기 죽산현의 북쪽 10리 지점에 있다고 하였다. 오늘날 경기도 안성시 죽산면 칠장로(七長路) 땅이라고 한다. 이재는 다름 아닌 그와 평생에 자별했던 이궤(李軌)의 처음 이름이었다. 훗날 벼슬 지낸 선비들이 여기에 화운(和韻)한 것이 100수에 이르러 급기야 『분행집(分行集)』이라는 목판본 책을 간행했을 정도였기에 이 시가 후대에까지 인멸되지 않고 전해질 수 있었던가 보다.

1·2구 수련(首聯)은 분행역에서 이재와 함께 묵으며 시를 써 준다는 서두다. 3·4구 함련(頷聯)은 가을 저녁의 쓸쓸한 정경을 대구로 읊어서 좌절감을 드러내었다. 5·6구 경련(頸聯)은 옛사람의 지난 일을 깨우치지 못했다고 자탄했는데, 이는 한나라 문제(文帝) 때 스무 살 남짓의 가의(賈誼)가 개혁을 주장하다가 늙은 공신들에 몰려서 장사왕(長沙王)의 태부로 좌천됐던 일을 상기한 것이다. 7·8구 미련(尾聯)은 마땅히 옳은 말을 한 가의가 좌천된 것이 믿어지지 않는데, 지금 자신이 가의처럼 좌천되어 가는 처지라면서 한탄하고 있다.

특히, 이 시 함련(頷聯) 4행의 안에 '夕陽'이란 표현을 두고서 이인로는 공이 평생 시를 지을 때 필경 '석양' 두 글자를 구사했다고 했다. 아울러서 김부식의 아우인 김부의(金富儀, 1079~1136)가 김황원의 묘지명을 썼는데, 그 안에서 '夕陽' 양자(兩字)의 빈번한 조어(措語)에 대해 "만년에 요직에 오를 징후(晚得淸要之讖)"로 풀이했다는 이야기도 기록해 놓았다. 여기서 결코 놓칠 수 없는 중대한 한 가지 사실이 포착 가능하다. 앞서 이인로의 증언 안에서 부벽루 시의 완성편이 있었다는 사실을 알 수 있다고 했던 바에, 지금 또 분행역 시와 관련된 기술(記述)에 의거해서는 당초에는 김황원의 문집도 존재했을 개연성이 높다. 곧, 오늘날 잔존한 김황원의 시에 정작 '夕陽' 두 글자가 들어가는 경우를 그 어디서도 찾기 어려웠는데, 김부의와 이인로의 논의 안에서 김황원의 시에 이 단어가 자주 들어가 있다는 것을 새삼 탐지케 되었다. 필경 그들이 황원 시의 편린(片鱗) 정도가 아닌, 일단의 시 모음집을 일일이 주람(周覽)했다는 반증이 되기에 충분하기 때문이다. 다만, 그럼에도 그들이 보았을 그 시문집, 그의 전체 시를 담았던 자료가 왜 뒷세상에 남아있지 못했는지 못내 의문을 떨쳐내기 어렵다.

　더욱 더 야릇한 일은, 시화를 많이 다룬 수필집 중에도 이인로『파한집』에는 김황원에 대해 도처 소개하고 있음에 반하여, 이규보『백운소설(白雲小說)』, 이제현의『역옹패설(櫟翁稗說)』같은 곳에선 아무런 언급이 없다. 이들과 함께 정지상의 시를 대단히 칭송한 최자『보한집(補閑集)』에서도 고작 "김황원이 목 놓아 울면서 누각에서 내려왔다는 것은 지나친 것 같다" 정도로만 얄팍하게 처리하고 넘겼을 따름이다. 하물며 김황원은 정지상 이전에 최고의 시인이란 정도로 한 시대를 울린 인물인데, 이 일을 전혀 알지 못하는 양 무시하고 넘어갔던 일이 종내 고괴(古怪)하기만 하다. 그의 시가 유적지의 한두 장 기왓장 모양으로 거의 성한 것을 찾기 어려운 이유와도 관계있지 않을까도 싶다.

　고려 전기는 만당(晚唐) 풍의 시와 소동파로 대표되는 송시(宋詩) 풍의 시가 서로 앞서거나 뒤서거나 잇달아 갈마드는 시기였다. 이 시절의 막판에 정지상 시와 김부식 시의 대치(對峙)는 바로 만당 풍과 송시 풍이 겹쳐 교차하는 현상적 국면이었다. 산문 쪽으로도 두 갈래로 나뉘었던바 전자는 변려문 문장 쪽에, 후자는 서한(西漢)의 고문 쪽을 따랐다. 이때 김부식보다 한 세대 앞의 사객(詞客)인 김황원은 이전까지의 문풍(文風)을 마다한 채, 송시 풍의 시(詩)와 서한의 문(文)을 전범(典範)으로 삼았다. 동시대의 재상(宰相) 이자위(李子威)가 김황원의 문체가 당시의 풍조를 따르지 않는다며 논척했던 이유이기도 했다. 또 김황원 사후에 김부식이 그를 위한 시호를 내리자고 요청하였으나 요직에 있는 자 중에 그를 싫어하는 이들이 저지했다고 했는데, 이 일의 빌미 또한 이런 쪽에 있었을 수 있다.

다만 김황원이 그루 앉힌 문학적 사유(思惟)가 한 세대 뒤의 김부식에게까지 잘 연결되는 듯싶었지만, 무신정변으로 인해 김부식과 같은 훈구세력이 꺾이고 이규보, 최자 등 신흥사대부들이 문단을 장악하면서 다시 만당 풍으로 역전되었다. 송시 풍의 특징은 정교한 수사에 전고의 인용과 의론을 중시하는 경향을 띠었거니, 대동강 전경 앞에 선 김황원이 완벽히 그려내고자 그토록 몸부림치던 동작도 그러한 맥락에서 요해될 수 있다. 또한 용사(用事)를 중시한 이인로가 김황원을 비중 있게 다뤘던 반면, 동 시기의 이규보, 최자 등이 가볍게 치부했던 이유에 대해서도 슬몃 깨단할만한 여지가 주어진다.

그럼에도 불구하고, 그의 대동강 시가 천추(千秋)에 회자됐을 뿐만 아니라, 분행역 시가 또한 거뜬히 후세에 높이 전승되면서 거기 대한 후배 시인들의 화답시가 일백 수나 되어 그것을 한 데 묶은『분행집』까지 편찬되었다. 이 모두 시인 김황원의 출중한 입지를 뒷받침하는 현상들로서 부족함이 없다.

하물며 부벽루와 대동강의 시경(詩境)은 김황원(1045~1117)이 듬쑥한 발단이 되어, 불과 20여년 뒤의 정지상(1068~1135)에 이르러 정채미(精彩美)를 극진하였다. 모란봉과 부벽루, 그리고 대동강 등 평양당지(當地)의 수승(殊勝)은 김황원과 정지상의 시들로 인해 명성이 나우 드높아질 수 있었다.

그리고 정지상 이후 약 250여년 뒤에는 목은 이색(李穡, 1328~1396)이 이 누각에 올라 읊은 〈부벽루〉 시 안에서 모처럼 백일(白日)의 승경(勝景) 대신 황혼녘의 정경

(情景)을 그려내었다. "텅 빈 성에 한 조각 달(城空月一片)과, 세월 묵은 바위에 천년을 흐르는 구름(石老雲千秋), 동명왕은 어느 곳에 노니시는지 모르는데(天孫何處遊) 산들은 푸르고 강만 무심히 흐르는(山靑江自流)" 그런 경상(景狀)인 것이었다. 고려의 전반기에 김황원과 정지상이 펼쳐내 보였던 낭만적 감성의 현장은 어느덧 후반에 이르면서 사색적인 회고의 터전으로 바뀌어들고 있었다.

김부식의
노경시 老境詩

『삼국사기(三國史記)』의 저자로 이름 높은 김부식(金富軾, 1075~1151)은 고려시대의 학자·정치가로, 자는 입지(立之), 호는 뇌천(雷川)이다. 본관은 경주로, 신라 무열왕의 후손이다. 신라 멸망의 무렵 증조부인 김위영(金魏英)이 왕건에게 귀의해 경주 지역의 행정을 담당하는 주장(州長)에 임명된 것을 계기로, 김부식 4형제가 중앙에 진출할 때까지도 생활의 기반을 경주에 두었다. 아버지 김근(金覲, 1045경~?)은 문벌귀족 가문은 아니었던 듯하나 노력 등과하여 중견관료인 예부

김부식

시랑(禮部侍郎) 좌간의대부(左諫議大夫)에까지 이르렀으니, 바로 이러한 입신을 시작으로 아들 넷이 모두 정계로 나아가게 되었다.

당시의 고려 문단에서 최고의 우상은 동파(東坡) 소식(蘇軾, 1036~1101)이었다. 소동파는 본인만 아니라 아버지인 소순(蘇洵, 1009~1066), 아우 소철(蘇轍, 1039~1112)과 함께 삼부자가 이른바 '3소(三蘇)'로 불렸을 뿐만 아니라 당송팔대가(唐宋八大家)에 들어간 문장가 집안이었다. 같은 시기에 공존했던 김근이 동파 가문을 얼마나 흠모하였던지 셋째와 넷째 아들의 원래 쓰던 이름을 버리고 소식 형제의 이름에 맞춰 부식(富軾)과 부철(富轍)로 개명까지 했을 정도이니, 가히 소동파 추종의 종결자라고 해도 과언이 아니겠다.

그리고 이 일은 당시에 벌써 화제가 되었던 모양이다. 송나라 문신으로 1123년 고려에 사신 와서 개경에 약 한 달 간 머물렀던 서긍(徐兢, 1080경~?)이 편찬한 『선화봉사고려도경(宣和奉使高麗圖經)』 약칭 『고려도경(高麗圖經)』에도 그 얘기가

나온다. 이 책의 '인물·김부식 조'에 보면, 서긍이 김부식을 만나 그들 '부식·부철' 형제의 이름 지은 뜻을 은근 물었더니, 사모하는 바가 있어 그랬다는 대화가 흥미롭다. 여기 사모했다는 대상은 더 물을 것도 없이 소동파를 지칭한다. 더 훗날에 청나라 문인 왕사정(王士禎, 1634~1711)이 쓴 『향조필기(香祖筆記)』에도 이 일에 관심을 보인 이야기가 나온다.

아버지인 김근이 돌아갔을 때 김부식의 나이 13, 14세 무렵이었고, 이후 편모슬하에서 자랐다. 그의 모친은 부필(富弼), 부일(富佾), 부식(富軾), 부의(富儀)의 4형제가 모두 과거에 합격해 현달했던 일로 인해 훌륭한 어머니로 칭송받아 매년

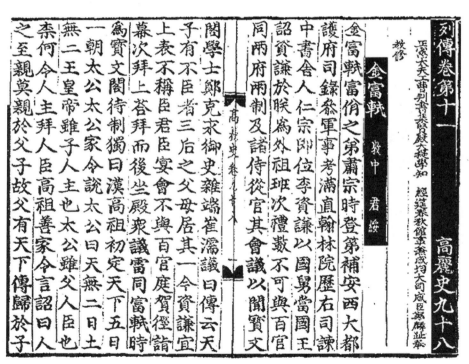

『고려사』 권98의 김부식 열전

임금이 내리는 곡식을 받았다.

김부식은 얼굴이 검고 체격이 우람하였다고 한다. 고려 15대 왕인 숙종 때 과거급제한 이후에 안서대도호부(安西 大都護府) 사록(司錄)과 참군녹사(參軍錄事)로 배치되었고, 임기가 끝난 후 직한림원으로 임명되었으며, 좌사간과 중서사인을 역임하였다. 16대 예종 16년인 1121년에는 임금에게 경사(經史)를 강의하는 임무를 맡기도 했다. 17대 인종이 즉위하면서 외척 이자겸이 국정을 농단할 때 비례(非禮)를 이유로 반대한 일이 있으나 직접 대항하지는 않고 묵종한 것으로 보인다. 1126년과 1127년에 송나라에 사신으로 갔을 때는 송나라가 몰락하는 과정을 직접 목격하였으니, 훗날 『예종실록』 및 『삼국사기』의 편찬에 뒷배가 되었다.

1126년(인종 4) 이자겸이 피살됨으로써 그의 전횡은 끝났으나 이로 인한 혼란과 궁궐의 소실 등을 이유로 서경파가 득세하였다. 그리하여 1129년(인종 7) 무렵부터 서경 천도 및 금나라 정벌, 칭제(稱帝)와 독자적인 연호 사용 등의 운동이 묘청(妙清), 정지상(鄭知常), 백수한(白壽翰) 등에 의해 진작되었다. 그러나 풍수도참이 조작으로 의심받고 행차 때의 악천후 등이 잇따르자 때를 탄 김부식 등이 반격하여 1134년 인종의 서경 행차를 막는 데 성공하였다. 천도가 수포로 돌아간 묘청과 조광(趙匡)·유참(柳旵) 등이 급기야 1135년 서경에서 반란을 일으키자 김부식은 그야말로 자장격지(自將擊之)로 토벌군의 원수(元帥)가 되었다. 일단 개경에 머물고 있던 서경파의 정지상·백수한·김안(金安)을 처형한 다음, 좌군장 김부의(金富儀), 우군장 이주연(李周衍)을 거느리고 서경으로 향했다. 서인들이 묘청·유참들을 죽여 제압하였으나, 조광이 다시 들고 일어나므로 서경을 포위한 끝에 그 이듬해인 1136년, 1년 2개월 만에 난을 평정하였다. 반란 진압의 전공으로 김부식은 수충정난정국공신(輸忠定難靖國功臣)의 호를 받고, 고려 최고의 관직인 문하시중(門下侍中)까지 올라섰다. 그 기세를 몰아 정적(政敵)인 윤언이(尹彦頤, 1090~1149)를 탄핵 축출하였으니, 묘청이 주장했던 칭제 건원(稱帝建元)을 언급했다는 명목이었다. 그러나 이후 판세가 바뀌고 1140년 윤언이가 재기하면서 김부식도 기세가 꺾여 1142년(인종 20) 정계를 자진 은퇴하였다.

관직에서 물러난 직후엔 인종의 명을 받들어 감수국사(監修國史) 상주국(上柱國)의 자격으로『삼국사기』편찬에 들어갔다. 편찬의 기준은 채를 잡은 김부식에 의해서 결정된바, 그의 직접 감독 지휘 하에 같은 기류인 정습명(鄭襲明)·김효충(金孝忠) 등 10인과 1145년(인종 23)에 전체 50권의『삼국사기』를 완성시켰다.

18대 의종의 즉위 후에조차『인종실록』의 편찬에 참여하기도 했으나, 만년에는 무신들에게 시달리다가 1151년(의종 5) 77세를 일기로 세상을 떠났다. 죽은 뒤 인종 묘정에 배향되었다. 20여 권 분량의 문집이 있다고 하지만 전해지지 않고, 다만『동문선(東文選)』에 수록된 시 33수를 포함,『파한집(破閑集)』·『소화시평(小華詩評)』·『대동운부군옥(大東韻府群玉)』등에 소개된 것까지 해서 기껏 40편 가까운 영시(詠詩)만 전해지나, 애오라지 그 면모는 파악할 길 있다.

또한 시보다는 문장 쪽이 압권인 문인으로 인식되고 있거니와, 그의 문(文)은 일찍부터 사륙변려문체(四六騈儷文體)를 버리고 당·송 시대의 고문체(古文體)를 수용하고자 노력한바, 평생 일관성을 유지하였다. 송나라의 사신 노윤적(路允迪)과 고려에 함께 왔던 서긍(徐兢)이『고려도경(高麗圖經)』안에서 김부식을 칭찬하되, "박학강식(博學强識)해 글 잘 짓고 고금을 잘 알아 선비들의 신뢰와 복종을 받으매, 그보다 위에 설 수 있는 사람이 없다"고 한 것도 다 문필의 발군과 독보를 앞세운 말이었다. 다만 그가 하도 문장 절륜하여 시적(詩的) 분야는 잘 예의 주시되지 않음도 사실이지만, 기실은 그의 시 세계가 또한 유수한 시인들과 견주어 녹록할 바는 아니었다.

김부식 시를 크게 '세속적 세계'와 '자연의 세계', 둘로 분변하는 경우도 있으나, 이는 차라리 소재상의 분류 방식으로는 타당할지 모르나, 주제별로 특징을 구분해서 보는 데는 충족이 어려운 문제가 따른다. 게다가 칠언율시로서 〈서도구제궁조퇴휴우

영명사(西都九梯宮朝退休于永明寺)〉·〈정서군막유감(征西軍幕有感)〉과, 칠언절구로서 〈송명주호심사차서장관운(宋明州湖心寺次書狀官韻)〉·〈서호화김사관황부(西湖和金史館黃符)〉의 경우에서처럼 출사(出仕)와 은거(隱居), 세속과 자연 사이에서 고민하고 갈등하는 시까지 들고 나올 경우 문득 애매한 지경이 되고 만다. 나아가 읊은 것이 세속이든 자연이든, 그 모두는 맞닥뜨린 정서를 서술하고자 하는 '나'에게서 발원한다. 곧 서정적 자아에서 우러나온 서정시라는 사실에선 변함이 없다.

이러한 '서정성' 외에 이와 대척(對蹠)이 될 만한 다른 하나의 성향은 유학자 김부식 입장에서 유가의 가치관에 입각한 '교훈성'이라고 할 수 있다. 이것을 달리 표현하면 자기적 감성 표현에 관한 정(情)의 시와, 진리 추구에 관한 도(道)의 시, 두 가지로 나눌 수가 있겠다. 이를 각각 주정(主情)의 시와 주리(主理)의 시란 말로 대신해도 무방하겠고, 줄여서 정(情)의 시와 이(理)의 시, 혹은 성리학다운 기준에서 사장적(詞章的)인 시와 도학적(道學的)인 시로 대체해도 통할 수 있다. 그런가 하면, 이 둘을 공교로이 병행시켜 표현하는 성향의 시도 없을 수 없다. 그리고 이러한 현상은 꼭 김부식만 아니라 모든 시대의 누구에게나 해당하는 논리일 법하다.

하지만 김부식은 견고한 유교주의 학자이자 관리로서의 삶의 비중이 누구보다도 큰 인물이다. 따라서 그의 시적 경향이 어느 쪽에 쏠릴 것인지 예측하기 어렵지 않다. 바로 〈결기궁(結綺宮)〉 같은 것은 유학자다운 감계(鑑戒)를 담은 교훈시의 표본이라 할 만하다.

堯階三尺卑	요 임금 섬돌은 석자에 불과하나
千載餘其德	일천년 뒤에도 그 덕을 남기었고,
秦城萬里長	진시황의 장성은 만리나 되나
二世失其國	2대 만에 나라를 잃고 말았네.

古今靑史中	예나 이제나의 역사 속에서
可以學觀式	본보기로 배울 만한 것이네.
隋皇何不思	수양제는 어찌 이런 생각 못 하고
土木竭人力	토목공사에 백성들의 힘 빼었던가.

『동문선』권4에 전하니, 오언고시 유작으론 유일한 것이다. 그런데 이 여덟 줄 안에는 서경 천도(西京遷都)와 대화궁(大花宮)의 창건을 경계(鏡戒)하고 만류하는 뜻이 충만해 있다. 1135년에 있었던 묘청의 난은 김부식 생애 최대의 정치적 사건이었는데, 그때 묘청은 오늘날의 평양인 서경(西京)의 임원역(林原驛)에 대화세(大花勢)가 있으니 도읍을 옮기고 여기에 대화궁(大花宮)을 지으면 천하통일이 가능할 것이라는 도참설(圖讖說)을 인종에게 제안하였고, 이에 인종의 마음이 움직이는 듯하였다. 이참에 가장 다급하여 천도계획을 저지코자 앞장섰던 인물이 바로 김부식이니, 그는 바야흐로 평양 대화궁의 축조가 부당함을 왕사(往事)의 전철(前轍)로써 강변하였다. 요임금의 3척 계단과 진시황의 만리장성이란 대비법 안에서 설득을 끌어낸 연후, 내처 수양제 토목공사의 부당성을 제시하면서 맺음 하니, 그 속내가 명약관화해졌다. 또한 인종이 일으킨 토목공사가 국력을 소진시킬 시행착오는 아닌지 잘 판단할 것을 종용코자 함이었으니, 왕도(王道)를 주제로 한 전형적인 문이재도(文以載道)의 시, 계훈적(戒訓的)인 논설시이다. 정치상의 목적을 실현하고자 지은 일종의 목적문학이기도 하다.

조선 성종 때 서거정(徐居正)도 『동인시화(東人詩話)』에서 이 시를 거들었다. 그와 동시에 칠언율시인 〈등석(燈夕)〉 중의 전반부인,

華盖正高天北極	임금님 앉아계신 자리 북극만큼 높고
玉爐相對殿中央	옥 화로는 대궐 한복판에 마주놓였네.

君王恭默疎聲色   우리 임금 점잖으셔 성색을 멀리하니
弟子休誇百寶粧   기생들아 화려한 온갖 단장 자랑마라.

를 옮기면서, '시의 내용이 엄정한데다 전아한 고사까지, 진정 덕이 있는 이의 언어이다(詞意嚴正典實 眞有德者之言也)'로 높여 말하였다. 김부식의 시는 물론 그의 인격까지 고평(高評)한 셈으로, 고려 당년에 그를 부정적인 시선으로 보던 분위기와 비교해 격세지감을 느끼게 한다.

　역시 그의 시에 관료주의다운 색채가 농후한 시가 많음도 엄연한 특징 중의 하나가 되겠거니와, 『동문선』에 수록된 오언절구 '동궁의 입춘첩', 원제(原題) 〈동궁춘첩자(東宮春帖子)〉 역시 태자의 바른 법도를 칭송한 조자(調子)로서, 관인생활 언저리에서 파생된 낙수(落穗)의 일편(一片)이라고 하겠다.

曙色明樓角   새벽빛은 누각 처마를 밝히고
春風着柳梢   봄바람은 버들 끝에 불어온다.
鷄人初報曉   時報 관리가 첫새벽 알릴 때는
已向寢門朝   부왕 계신 침소로 문안 가신 뒤.

　그런가 하면 일면에 오히려 서정시 계열의 자취도 못지않게 많았던 사실을 간과할 수 없다. 가을의 강가에서 임과 헤어진 외로움의 애상적 정조를 노래한 칠언절구 〈임진유감(臨津有感)〉 및, 술 깬 뒤에 읊었다는 〈주성유감(酒醒有感)〉이 자기적인 감정과 정서에 충실한 경우라 하겠고, 칠언율시 〈도솔원루(兜率院樓)〉와 〈관란사루(觀瀾寺樓)〉 등이 같은 대열에 서있는 시이다.

　한편, 〈문교방기창포곡가유감(聞敎坊妓唱布穀歌有感)〉, 곧 '교방 기녀의 〈포곡가(布穀歌)〉 창(唱)을 듣고'라는 칠절(七絕)이 있는바, 서정성과 교훈성이 잘 어우러져 조화를 이룬 경우로 볼 수 있다.

佳人猶唱舊歌詞　　어여쁜 여인들 지금도 부르는 옛 가사

布穀飛來橡樹稀　　듬성한 상수리목에 뻐꾸기 날아든다.

還似霓裳羽衣曲　　그 곡조 어쩜 <예상우의곡>만 같아라

開元遺老淚沾衣　　개원 시절의 남은 신하들 옷깃 적시던.

〈포곡가(布穀歌)〉는 뻐꾸기 노래라는 말이다. 포곡조(布穀鳥)는 곡우(穀雨)가 지나면서 처음 우는 새로, 그 소리가 흡사 '포곡(布穀)'이라 외치는 듯하여 이렇게 이름했다고 한다. 벌곡조(伐谷鳥) 또한 뻐꾹새의 울음 소리를 딴 차음자(借音字)로 간주된다.

마침 〈벌곡조(伐谷鳥)〉 제목으로 된 노래의 배경담이 『고려사』(권71 樂志 俗樂條)

『동문선』권19 소재 〈聞敎坊妓唱布穀歌有感〉. 권19에 김부식의 시가 가장 집중적으로 수록되어 있다에 전하고, 같은 내력이 『증보문헌비고(增補文獻備考)』(권106 樂考17)에 수록되어 있다. 16대 임금 예종(재위 1105~1122)이 자기의 정치에 대한 잘못이나 정치적 득실을 알고 싶어 언로(言路)를 크게 열었으나, 신하들이 감히 말하지 못하자 〈벌곡조〉를 지어 궁중에 있는 교방기생(敎坊妓生)들에게 부르게 했다고 한다. 그리고 바로 이 〈벌곡조〉 즉 '뻐꾹새 노래'가 『시용향악보(時用鄕樂譜)』에 악보와 함께 실려 전하는 고려가요 〈유구곡(維鳩曲)〉, 일명 '비두로기 노래'와 동일 작품이라는 설이 지배적이다. 바로 그 〈유구곡〉은 이러하다.

　　　비두로기 새는 / 비두로기 새는 / 우루믈 우루디 / 버곡 댱이사 / 난 됴해 / 　버곡댱이사 / 난 됴해

'비둘기 새는 비둘기 새는 울음을 울되, 뻐꾸기야말로 난 좋아, 뻐꾸기야말로 난 좋아.' 비둘기도 울기는 하지만 뻐꾹새 울음소리야말로 나는 좋더라 하는 아주 단순한 가사이다. 비둘기는 목멘 듯 가냘픈 소리의 목청 약한 새인지라 그 울음소리는 간관(諫官)답지 못하다고 했다. 반면, 청월(淸越)한 소리로 장시간 잘 우는 뻐꾹새는 제 직분 게을리 않고 직언해 주는 간관과도 같아 마음에 든다는 뜻으로 요해된다.

　　그러나 충간(忠諫)을 원하던 16대 예종 원래의 의도와는 다르게, 이러한 〈포곡가〉도 시간의 흐름 안에서 그 다음 왕인 인종(재위 1122~1146)과 김부식의 시대에 이르러는 한갓 교방의 기생들이나 부르는 유락(遊樂)의 노래로 퇴색되어 갔던가 보다. 위의 시 3구 중에 〈포곡가〉가 "차라리 예상우의곡만 같다(還似霓裳羽衣曲)"라는 구절에서 그것을 짐작케 한다. 〈예상우의곡(霓裳羽衣曲)〉은 당나라 때 선인(仙人)을 노래한 춤곡이고, 최종 구의 '개원의 남은 노인'이란 바로 현종을 보필하던 유신(遺臣)들을 말한다. 이들이 임금을 제대로 보필하지 못한 데 대한 회한으로

눈물짓는다고 한 것이니, 역시 비근한 고사의 비유로써 깨달음을 취한 경우이다. 작자는 교방의 기녀가 〈포곡가〉 부르는 것을 듣고, 당 현종에 빗대어서 역사의 치란(治亂)에 대한 경종을 유도하고 있다. 역시 김부식의 유교적인 의식이 잘 발로(發露)된 가작(佳作)이라 하겠다.

이제 만년(晩年) 작이 분명한 다음의 오율(五律) 〈감로사차혜원운(甘露寺次惠遠韻)〉은 60세 기년(耆年)도 훨씬 지난 화수(華首)의 구기(口氣)로만 여겨진다. 『동문선』권9에 있는바, 〈감로사차운(甘露寺次韻)〉으로 더 많이 약칭된다. 김부식이 관직에서 물러난 때가 1142년 만 67세였고, 이후 3년 간 『삼국사기』에 몰두 끝에 이를 완성시킨 때가 1145년 만 칠십 세였다. 그리고 곧 의종이 즉위했고, 이후 하직할 때까지의 6년 사이엔 다만 『인종실록』의 편찬 한 가지에 참여한 것이 전부였다. 이 기간 동안 가장 시간 여유가 많았으려니, 이 시는 암만해도 이 시기의 소산(所産)으로만 보인다. 그리고 이 마당에 특별히 김부식 시의 노경미(老境美)가 모처럼 광휘를 발한다.

俗客不到處	사람들 발길이 닿지 않은 곳
登臨意思淸	올라 보니 생각이 맑아 온다.
山形秋更好	산 자태는 가을이라 한결 곱고
江色夜猶明	강물 빛은 밤에 더욱더 맑구나.
白鳥高飛盡	白鷗는 훌쩍 아스라이 날아가고
孤帆獨去輕	외딴 배 호젓이 동동 떠서 간다.
自慙蝸角上	부끄럽구나, 이 조고맛간 땅에서
半世覓功名	반평생을 벼슬공명 찾아다닌 것.

감로사(甘露寺)는 개성 북쪽의 오봉산(五峰山)에 있는 절이다. 김부식이 이 절에 왔다가 시승(詩僧) 혜원(惠遠)이 지은 시의 운자(韻字)를 따다가 지은 것이다. 전성기

시절 그토록 예기방장(銳氣方張)하고 장력센 태도의 김부식은 어디 가고, 쓸쓸한 모습으로 하염없이 바장이는 노창(老蒼)의 까라진 심사만 애잔해 보이는 양하다.

홍만종(洪萬宗)은 이 시를 두고 "脩然出塵之趣(가지런하니 티끌세상을 벗어난 운치가 있다)"고 하였다. 표면상 충분히 수용이 되지만, 그 이면에는 전성기의 영화(榮華)가 다 사라지고 없는 데 대한 허망의 탄식이 배어있는 듯도 싶다. 다시 말해, 자신이 그 이전까지 쌓아올렸던 정치적 모든 관록과 기반도 부정하고 반평생 이룩한 일체의 공명(功名)까지 모두 포기하겠다는 심산인지 회의적이다. 그리하여 만약 하시(何時)라도 다시 왕의 총애를 받아 높은 벼슬로 소환된다고 할 때 극구 사양으로 벼슬길에 오르지 않을 건가 생각함에 의구심이 없을 수 없다. 감로사에 머물러 아래 세상을

『동문선』 권9에 들어있는 〈감로사차혜원운〉

김부식의 〈노경시〉 45

내려다보며 있는 그 시간 동안 부귀공명이 부질없다고 느꼈을 터이다. 그럼에도 벼슬이니 공명이란 명제 자체가 완전히 무화(無化)된 것은 아니다. 뇌리 속에서 여전히 그 가치를 앞에 놓고 떳떳하다커니 부끄럽다는 둥 시비 판단이 살아있는 까닭이다. 게다가 유학자 평생에 모처럼 찾아온 입신양명에의 환멸감이라곤 하나, 그조차 지속 가능한 정조(情操)일는지 의아하다. 그보다는 일과적(一過的)으로 스쳐 지나던 페이소스(pathos)일 가능성이 더 커 보이기에 더욱 그러하다. 하지만 작자 김부식의 신변은 감안치 아니한 채 시 자체만 독립시켜 본다면, 한 폭 회화적인 구도와 더불어 쇄락한 정경(情景) 묘사가 뛰어난 일품임에 틀림없다.

김부식보다 300여 년 뒤의 여말선초에 교은(郊隱) 정이오(鄭以吾, 1347~1434)의 칠언율시 〈감로사(甘露寺)〉라는 시는 어쩌면 김부식의 이 시를 의식하고 지은 것인지도 모르겠다. 여기서는 감로사 경내의 그윽한 정경 묘사에 보다 치중하였다.

그런데 공교롭게도 〈감로사차운〉의 서정과 구도는 그의 또 다른 편집(篇什)인 〈관란사루(觀瀾寺樓)〉와 기막히게 닮아 있다. 주제상 탈속(脫俗)을 지향코자 하는 의경(意境)만 아니라, 형태상 결구(結構)의 방식까지 혹초(酷肖)함이 놀랍다. 대개 위의 〈감로사차혜원운〉과 근사한 시간대 안에 이룩되었다는 생각이 드니, 김부식의 노경미가 돋보이는 쌍벽의 작품이라 하겠다.

六月人間暑氣融	인간 세상 유월은 더위가 가득한데
江樓終日足淸風	강가 다락엔 종일 청풍 불어 좋아라.
山容水色無今古	산 모양 물빛은 예나 지금 변함없으되
俗態人情有異同	세상 세태 인정은 한결 같은 건 아니네.
舴艋獨行明鏡裏	거룻배 외따로 맑은 거울 속 두둥실 뜨고
鷺鷥雙去畫圖中	해오라기는 짝지어 그림 속으로 날아간다.
堪嗟世事如銜勒	아아, 세상사 마치 저 재갈 굴레만 같아
不放衰遲一禿翁	쇠하고 우둔한 이 늙은이 놓아주지 않네.

정계 은퇴 뒤에 다 잊은 채 느긋이 여생을 보내려 했지만, 여전히 세간사(世間事)에 매여 있는 안타까움을 스스로 토로하고 있다. 주제 상 탈속(脫俗)을 지향코자 하는 의경(意境)만 아니라, 형태상 결구(結構)의 방식까지 혹초(酷肖)함이 놀랍다. 대개 위의 〈감로사차혜원운〉과 근사한 시간대 안에 이룩되었다는 생각이 들고, 돋보이는 노경미에서 쌍벽이라고 할 만한 작품이다.

노년의 김부식은 불교에 지대한 관심을 품었으니, 당시 유명한 화엄종의 승려이자 시인이던 혜소(惠素)와 가까이 교유했던 사실은 각별한 것이었다. 혜소는 천태종의 중흥시조로 불리는 대각국사(大覺國師) 의천(義天, 1055~1101)의 문도이다. 김부식은 관직에서 물러난 후 나귀를 타고 자주 이곳에 왕래하면서 그와 밤을 새우며

『동문선』 권9에 실려있는 〈관란사루〉

도를 논하였다고 한다. 최자(崔滋, 1188~1260)의 『보한집』에도 두 사람이 화답한 시화(詩話)를 전하고 있다. 혜소가 〈묘아(猫兒)〉라는 제하에 고양이 관물시를 지어 보이자 김부식이 응대 화작(和作)했던 일편(一片)을 보기로 한다.

螻蟻道存狼虎仁	땅개비 개미, 이리 호랑이도 도(道), 인(仁)은 있으니
不須遣妄始求眞	망녕됨을 없앤 뒤라야만 참을 얻는 건 아니라네.
吾師慧眼無分別	우리 스님의 혜안(慧眼)은 가르고 차별함 없으시니
物物皆呈清淨身	일체의 사물이 깨끗하고 맑은 몸으로 나타난다네.

그렇게 창화(唱和)했던 시가 큰 물량을 이루어 따로 하나의 편저로서 널리 보급되었음에도, 오늘날 전승의 면모는 한두 편으로만 남은 지경이 되고 말았으니, 거기엔 필경 이유가 따로 있었을 터이다. 동시에, 김부식이 불교에 대한 깊은 호의적 면모를 확인할 수 있는 충분한 증좌이기도 하였다.

이종문은 「김부식의 시세계」라는 논문의 결론부에서 "김부식의 개인적 기질이나 사관(史觀), 세계관을 이루는 사상이나 문화 의식 등 제반 요소들이 주제적 측면이건 미학적 측면이건 그의 시세계와 놀라울 정도의 일치를 이루고 있다고 믿는다. 요컨대 김부식의 한시들은 그의 현실 인식과 문화 의식 및 『삼국사기』의 사관 등과도 유기적인 상관관계를 지닌 정서적(情緖的) 등가물(等價物)에 해당하는 것"이라고 논급하였는데, 김부식 시의 본질에 다가서는 적절한 요령이 아닐 수 없다.

그리고 더 보태어 소위 김부식과 동 시대에 숙적(宿敵) 대결 구도로 있던 어떤 인물과의 강렬한 정보 사연이 있다면 그것이 또한 김부식 시의 위상(位相)을 정비하는 일에 문득 요긴한 작용이 될 수 있다.

『고려사』〈묘청전(妙淸傳)〉 안에 정지상(鄭知常, 1068~1135) 관련의 언급에서는 김부식이 평소에 정지상과 문학을 경쟁하다가 불만이 있어 묘청의 난에 연루된 것을 구실로 살해하였다고 기록돼 있다.

또한, 두 사람이 문장으로 경쟁하였다는 말도 잊지는 않았다. 사실 그 두 사람이 서로 통섭(通涉)치 못한 관계에 대해서는 이미 조선조에 쓰인『고려사』이전의, 고려 당년 이규보의 시화집『백운소설(白雲小說)』에 공언(公言)되어 있었다. 두 사람이 당시 문장으로 이름이 나란하였으나 서로 척지고 지냈더니, 하루는 정지상이 시를 지었으되, "琳宮梵語罷 天色淨琉璃"(절에서 불경 읽기 마친 뒤, 하늘이 유리보석처럼 맑구나)라는 교묘한 구절을 얻어냈다. 이 시의 존재를 알게 된 김부식이 계염이 나서 자신의 것으로 해 달라 요청했다. 하지만 정지상이 받아주지 않았고, 훗날 묘청의 난이 일어났을 때 김부식에게 주살 당하였다고 했다. 여기까지는 사실이라는 전제에서 두 사람이 문학적인 라이벌이라는 것, 더하여 김부식의 자승지벽(自勝之癖) 및 명리(名利)에의 탐욕 등을 쏘개질해 비난한 뜻이 담겨있다.

『백운소설』안에는 김부식이〈영춘시(詠春詩)〉를 짓다가, 이미 죽은 정지상에게 시구를 지적당하며 뺨을 맞았다는 이야기와 더불어, 정지상 귀신이 측간에서 김부식의 낭심을 붙잡아 죽였다는 얘기도 덧붙는다. 하지만 실제로 김부식이 정지상에게 뺨을 맞은 일도 없고, 또 그렇게 죽지도 않았으니, 완연한 무근지설(無根之說)에 허전(虛傳)일 따름이다. 한갓 지청구의 우스개라고만 할 수없는 이 허구는 이규보를 포함한 당시의 문단이 김부식에게 보내는 혐오와 비훼(誹毀)의 메시지이다.

侍中金富軾學士鄭知常文章皆名一時,兩人爭軋
不相能世傳知常有琳宮梵語罷天色爭琉璃之句
富軾喜而索之欲作己詩終不許後知常爲富軾所
誅作陰鬼富軾一日詠春詩曰柳色千絲綠桃花萬
點紅忽於空中鄭鬼批富軾頰曰千絲萬點誰數之
也何不曰柳色絲絲綠桃花點點紅富軾心頗惡之
後往一寺偶登厠鄭鬼從後握陰囊問曰不飮酒何
面紅富軾徐曰隔岸丹楓照面紅鄭鬼緊握陰囊曰

이규보 『백운소설』 안의 김부식과 정지상의 알력담

이규보가 〈동명왕편〉을 지었을 때도 그 서문에서, 『구삼국사(舊三國史)』의 〈동명왕본기〉와는 달리 김부식이 엮은 『삼국사기』는 동명왕의 사적을 너무 간략하게 다루었다〔頗略其事〕고 했다. 이것이 험담까지는 아니라도 에둘러 폄사(貶辭)한 기미가 없지 않았다.

그리고 공교롭게도 김부식이 또한 정지상이나 마찬가지로 후세에 문집이 전해지지 못했다. 정지상과는 달리 조정의 문병(文柄)을 잡았던 그였음에도 문집이 결(缺)한 데에도 그 어떤 숨은 이유가 있는 것일까? 이는 생각건대 그가 세상을 떠난 지 19년 후인 1170년 무신정변이 일어나고 정중부(鄭仲夫)에 의해 부관참시(剖棺斬屍)를 당한 일과 직접 관계 있어 보인다. 정중부가 그렇게 김부식을 표적으로 잡아 시신까지 꺼내 훼손할 정도의 잔혹한 보복을 가한 데는 작은 원한만으로는 그리했을 것 같지 않다.

돌이켜 그 참화의 근원을 소급하면 김부식의 아들 김돈중(金敦中, 1114~1170)이 무신들에 대한 오만방자가 한 원인일 시 분명하였다. 김돈중은 문과에 장원하여 관직에 올랐고 내시(內侍) 일을 맡고 있었는데, 사단(事端)은 1144년 섣달 그믐인

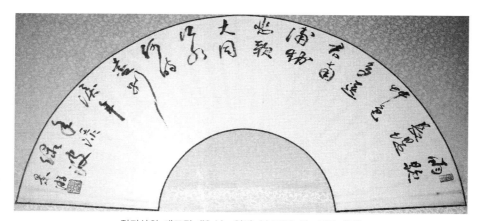

정지상의 대표작 〈送人〉. 일명 〈大同江〉詩. 저자 塗鴉

제석(除夕)에 역귀를 쫓는 의식인 나례(儺禮) 행사 날에 일어났다. 인종도 와서 구경한 자리에 각 관리들이 잡기(雜技)를 시연하고 즐기던 중 김돈중이 잽싸게 정중부의 수염에 촛불을 대었고, 그 사품에 수염이 불에 탄 정중부가 격노하여 김돈중을 치고 욕하였다. 이에 분개한 김부식이 왕에게 아뢰어 정중부를 매질토록 하였다. 그 후 1170년 경기도 장단(長湍) 남쪽의 보현원(普賢院)에서 정중부 등 무신들이 정변을 일으켜 문신들을 제거할 때 김돈중이 도망쳐 숨었으나 아우 김돈시(金敦時)와 함께 붙잡혀 육시(戮屍)된 채 저잣거리에 걸렸고, 김부식 또한 그 옆으로 부관참시를 당한 것이다. 정중부 입장에선 모욕을 당한 지 26년 만의 대갚음이었거니, 원입골수(怨入骨髓)의 정도를 짐작할만하다.

또한 훗날의 사대부들 처지에서는 모몰염치(冒沒廉恥)하고 몰강스런 행위를 자행한 김부식 부자가 무신의 난을 일으키게 한 장본인이라는 생각이 무엇보다 컸을 터이다. 설상가상, 정지상 같은 아까운 시인을 무참하게 학살한 원범(原犯)으로 생각했을 테니, 후대의 문인들에게는 그야말로 면목가증(面目可憎)한 이미지로 비쳤을 가능성이 높다. 게다가 신흥사대부인 이규보 등의 입장에서 문벌귀족 출신 김부식에 대해 일말의 알심도 없었을 터이다. 김부식의 문집이 나중까지 전해지지 못한 까닭이리니, 역시 자취기화(自取其禍)가 아닐 수 없다.

동시에, 위의 야담도 정지상 사후에 정지상을 아끼는 사류(士類)들 간에 얽어 만들어졌을 개연성이 크다. 다만, 김부식 뒤에 이규보까지 불과 반세기 안에 이같은 가공담이 퍼져 유행했다는 사실이 신기할 따름이다.

묘청의 난 진압 후 김부식이 정계를 좌지우지한 데 힘 받아, 시단의 분위기까지도 그가 장악해 버린 꼴이 되었다. 당시(唐詩) 풍 서정 위주의 정지상에 반해, 김부식은 문학에 일깨움을 담고자 하는 송시(宋詩) 쪽의 수용에 보다 적극적이었다. 그의 시에 전통유교의 가르침을 상위에 두는 사유(思惟)로서의 교훈주의·효용주의가 우세한 이유이기도 하다. 이때만큼은 만당 풍의 시 또한 모반자로 전락하고

만 정지상 등과 신세를 같이 하여 한동안 빛을 보지 못했다. 그 후 의종 때 정중부의 난 이후 무신들이 정권을 차지하면서부터는 시인묵객들 간에 만당 풍의 시가 다시 부상(浮上)하게 되었으니, 이 역시 송시를 애호하던 문벌귀족에 대한 반발의 일단이었다. 그리하여 무인시대 초기 이인로(李仁老)나 그 반대의 문학관을 지녔던 최자(崔滋)거나 간에, 각각 자신들의 시화집인 『파한집』과 『보한집』 안에서 정지상의 시재(詩才) 및 그가 끼친 사조(詞藻)에 대해 이구동성으로 칭찬을 아끼지 않았다. 더하여 무인들 앞에 억눌려 지내는 문인들 내부에 자리한 패배의식이 정지상의 정치적 비극과 어느 결에 오버랩 되어 더욱 정지상 쪽에 동병상련의 애정을 보탰을 수 있다. 아무튼 정중부 및 이들 문인들 덕분에 정지상은 시인으로서의 위상도 되찾고 또 반역의 누명에서 벗어나는 등 원통함을 달랠 수 있었다.

그렇다고 해서 이 같은 내력이 두 사람 사이의 능력차를 결정짓는 의미가 될 수는 없다. 후대에 이르기까지 시 장르에서만큼 의연히 정지상이 으뜸인 것으로 허여(許與)를 받고 있음이 사실이나, 반면 문학의 또 다른 분야인 산문 쪽에서는 김부식이 버젓이 종장(宗匠)의 지위를 지켰다고 하겠다. 마치 오늘날 서로 다른 전공의 시인과 소설가가 각자의 판도를 확보하고 있는 것과 다르지 않겠다.

아울러, 운문 시 쪽의 평가 역시 그것을 전체 단위에서 보았을 때 그렇다는 것이고, 어떤 특수한 창작 개체에 들어갔을 시엔 이 우열론 만을 그대로 고수하여 말하기 어려운 국면도 없지 않다. 이를테면 조선 성종 때의 시화집인 서거정의 『동인시화(東人詩話)』에서 양자를 나란히 다룬 것이 있다. 이 둘이 "한때 시로써 나란히 유명하였다(以詩齊名一時)"고 하고서, 앞서 인용한 김부식의 〈결기궁(結綺宮)〉·〈등석(燈夕)〉에 맞춰 정지상의 〈개성사팔척방(開聖寺八尺房)〉 전구(轉句) 경련(頸聯)인,

| 石頭松老一片月 | 바윗가 늙은 소나무에 조각달 걸려 있고, |
| 天末雲低千點山 | 하늘 저편 구름 밑에는 하고한 산봉우리. |

의 기어(綺語)를 일례로 놓고, "두 분의 기상이 똑같지 않다(二家氣像不侔)"라고 평했다. 역시 두 사람 간의 우열 고하에 대한 판가름이 아닌 각자의 개성을 추켜세움에 있었으니, 이를테면 사실주의와 낭만주의의 차이라고도 할 수 있다.

　돌이켜 산문 쪽에 추종 불허의 마에스트로인 줄만 알았던 김부식이 운문 시의 창작에서조차 역시 전혀 용장(冗長)한 태 없이 나름의 시사(詩史)를 잘 구축해 내었다. 뿐만 아니라 그의 도저한 걸구(傑句), 〈아계부(啞鷄賦)〉와 〈중니봉부(仲尼鳳賦)〉는 한국 문단에서 부(賦)의 창작에 첫 시위가 되기도 했다. 이처럼 전통시대에 운문의 양대 장르이던 시(詩)·부(賦) 쪽에 끼친 공효(功效)는 그의 웅장(雄長)으로서의 산문의 송림(松林)에 깃들인 송화(松花)며 송이(松栮)에 비할만하니, 이 모두 김부식의 문학 대가다운 천자(天資)의 보람이 아닐 수 없다.

정지상의
송인送人

고려시대의 대표 문인 정지상(鄭知常, ?~1135)은 정통 서경(西京) 출신으로, 본관 또한 서경(西京)이다. 호는 남호(南湖)이고, 처음 이름이 지원(之元)이었다고 한다. 정지상에 대한 우선적인 이미지는 정치인 아닌 문학인으로서의 면모이니, 김부식이 경주파를 대표하는 문인이라면 정지상은 서경파를 대표하는 문인이었다. 일찍이 편모슬하에서 성장하였는데, 이미 5살 때에 강물 위에 떠있는 해오라기를 보고, "何人將白筆 乙字寫江波"(누구가 흰 붓 들어서, 乙이란 글자 강물에 썼는가)란 시를 지었다고 한다. 1114년(예종9) 문과에 급제, 1127년(인종5) 좌정언(左正言)으로서 권신 척준경(拓俊京)의 발호를 탄핵하여 유배를 보냈고, 1129년 좌사간(左司諫)으로서 시정(時政)에 관한 상소를 하였다.

그러나 그의 일생일대 결정적인 사건은 1135년(인종13) 묘청(妙淸, ?~1135)과 함께 서경 천도와 금나라의 정벌을 주장한 이른바 '묘청의 난'에 연루되었다가 급기야는 역적의 오명을 입고 김부식에게 참살 당했던 일이다. 고려의 12시인 중 하나로 꼽히고, 오늘날까지도 최치원 이후에 고려 전기의 한시 문학을 주도했다고 평가되는 정도의 인물임에도, 『고려사』의 〈묘청전〉 안에 넣어 언급했을 뿐 따로 세운 '정지상열전'을 찾을 길 없다. 반역의 오명 때문에 그랬을 터이고, 따라서 개개인을 열서(列敍)할 것도 없이 수괴(首魁) 한 사람의 열전만 대표로 세워 그 안에 포함시키면 된다는 생각이었던가 보다. 이인로가 『파한집』에서 정지상의 기담에 대해 얘기하면서도 정지상이라는 실명은 덮어두고 정아무개 정도만으로 적은 일 역시 그 연유가 같은 데 있었다. 정지상의 불행은 역시 그 이유가 절대적으로 김부식에 의한 것임에 틀림이 없는 사실이었다.

바로 그 정지상에게 여(麗)·한(韓) 일천 년 시사(詩史)에 이름 높은 별리시(別離詩)의 백미로서 한때 '해동삼첩(海東三疊)'이란 찬사를 받으며 소단(騷壇)을 풍미한, 지금에까지 뭇사람의 입에 가장 회자되는 한시 한 작품이 있다. 바로 가향(家鄉)인

평양 대동강의 공간대 안에서 읊은 서정시의 명편, 세칭 〈대동강(大同江)〉, 혹은
〈송인(送人)〉이라 한 칠언절구 한 작품이 그것이다.

雨歇長堤草色多	비 개인 긴 둑에 풀 빛 더욱 짙은데
送君南浦動悲歌	남포에서 님 보내는 하 구슬픈 노래.
大同江水何時盡	대동강 저 물이야 언제나 마를 건가
別淚年年添綠波	해마다 해마다 이별눈물 더해지는데.

　계속 내리는 비라야 혹 떠나려는 님 막아볼 만도하건만, 비는 어느덧 개고 말았
다. 항구의 긴 둑엔 물기 젖어 말끔한 풀들의 푸르른 빛깔이 도두 짙어진 속에
속절없이 겪어야 할 작별의 애달픔도 가일층 고조된다. 강가의 긴 둑은 그 곧 별한
(別恨)의 길이일 수도 있다. 하물며 푸른 것은 긴 둑만이 아니다. 눈앞에 한그득이

淵民 이가원의 1982년 작 扇面筆. 정지상의 대동강 시

넘실대는 대동강 강물이 또 하나의 푸름이니, 이 푸름의 색조감은 어느새 이별의 비애감과 중첩되고 만다. 떠날 사람과 남는 사람의 마음은 암담하기만 한데, 저만치에 펼쳐있는 둑과 넘실대는 강물은 그냥도 고운 모습이 비 개인 뒤의 이별 속에서 한층 강렬한 자태로 다가옴이 더욱 가슴 아픈 것은 아니었을까.

정지상과 같은 고려조의 시인 이인로(李仁老, 1152~1220)는 수필 『파한집(破閑集)』에서 이것이 정지상 소년기의 풍류라고 하였다.

西都古高句麗所都也 控帶山河 氣像秀異 自古奇人異士多出焉 睿王時 有俊才姓鄭者 忘其名 垂髫時 送友人詩云 雨歇長堤草色多 送君千里動悲歌 大同江水何時盡 別淚年年添作波 其語飄逸出塵皆類此.

서도(평양)는 고구려의 서울이었다. 산을 끼고 강을 두른 기상이 단연 빼어나 예로부터 기이한 인물이 많이 났다. 예종 때에 정씨 성의 이름 모를 준재가 있었는데, 소년 때에 <송인(送人)>을 지었다. … 詩 생략 … 그 말이 표일(飄逸)하여 속세를 벗어난 모양이 다 이와 비슷하였다.

여기서 정지상을 정 아무개로 표현함은 대개 그가 역사 안에 입은 반역의 오명 때문인가 한다. 또, 정지상 이래 불과 50년 뒤의 사람인 이인로의 이 증언에서는 제2구가 만인이 알고 있는 "送君南浦" 대신에 "送君千里"로 되어 있음도 특이하다.

뿐만 아니라, 여기서 세상에 잘 알려지지 않은 정지상의 다른 두 편의 시작(詩作)을 소개하였으매, 그 앞의 것은 이러하다.

桃李無言兮	복사꽃 오얏꽃은 말이 없어도
蝶自徘徊	나비 스스로 기웃거리고
梧桐蕭洒兮	오동은 고요하고 말끔해도
鳳凰來儀	봉황은 의젓이 찾아오누나.

無情物引有情物	무정물도 유정물을 끌어당기는데
況是人不交相親	하물며 사람이 서로 사귀지 못하리.
君自遠方來此邑	그대 멀리서 이 고장까지 왔다가
不期相會是良因	기약 없이 만난 좋은 인연이었죠.
七月八月天氣涼	칠월이며 팔월은 날씨도 찬데
同衾共枕未盈旬	한 이불 베개한 지 열흘도 못되었소.
我若陳雷膠漆信	나는 陳重과 雷義다운 끈끈한 믿음 있건만
君今棄我如敗茵	그대는 이제 나를 헌 자리 버리듯 하네요.
父母在兮不遠遊	부모님이 계시기에 멀리 떠날 순 없어서
欲從不得心悠悠	따라가려도 어쩔 수 없어 마음만 아뜩해요.
前巢燕有雌雄	처마 밑 둥지의 제비도 암수가 있고
池上鴛鴦成雙浮	연못 위 원앙이도 짝 지어 떠다니네.
何人驅此鳥	누가 저 새들을 저만치 날려 보내
使我解離愁	내 이별의 근심을 풀어 줄는지요.

여인의 구기(口氣)를 빌어 지은 이별시임이 명백해 보이는 이 시와, 역시 서경 여인의 별리(別離) 명편인 그의 대표작 〈송인(送人)〉이 만나는 지점에 문득 고려 노래 〈서경별곡〉이 줌인(zoom-in)처럼 안정(眼睛)에 닥뜨리는 놀라운 광경도 접 하게 된다.

뒤에 서울 개성에 올라와 높이 급제하고 궁성에 출입하게 되었으니, 그의 직언 에 옛 충간의 신하다운 면모가 있었다고 한다. 겸하여 일찍이 임금을 모셔 따르다 가 장원정(長源亭) 정자에서 지은 칠언율시도 소개해 놓았거니, 역시 감상을 위해 이 자리에 옮겨 둔다.

岧嶢雙闕枕江濱	강가에 의지해있는 높디높은 두 대궐
淸夜都無一點塵	맑은 밤에 도무지 티끌 한 점 없고나.

風送客帆雲片片	바람이 객선 밀어내니 조각 구름인양
露凝宮瓦玉鱗鱗	궁궐 기와에 맺힌 이슬, 옥비늘 같다.
綠楊閉戶八九屋	푸른버들 속엔 문이 닫힌 여남은 집
明月捲簾三四人	달밤에 주렴 걷자 서너 사람 보인다.
縹渺蓬萊在何許	아스라한 봉래산은 어디만큼 있을까
夢闌黃鳥囀靑春	잠에서 깬 꾀꼬리는 한봄을 노래하네.

한편으로 동일 공간인 장원정에서 칠언절구도 지은 바 있는데, 역시 위의 시와 마찬가지로 경관 묘사적인 성향이 짙다.

玉漏丁東月掛空	한켠에 물시계소리, 달은 공중에 걸렸는데
一天春興牡丹風	온 천지가 봄의 흥취, 모란꽃에 부는 바람.
小堂捲箔春波綠	작은 마루에 주렴 걷으니 푸른 봄 물
人在蓬萊縹渺中	사람들 아득한 봉래산에 있는 듯하다

이것들 외에도 〈영죽(詠竹)〉, 〈월영대(月影臺)〉, 〈신설(新雪)〉, 〈제변산소래사(題邊山蘇來寺)〉, 〈개성사팔척방(開聖寺八尺房)〉, 〈영곡사(靈鵠寺)〉, 〈분행역기충주자사(分行驛寄忠州刺史)〉 등 상당수에서 대체 서경적인 특색을 나타냈다. 선경후정(先景後情)의 모양을 띠는 〈취후(醉後)〉와 〈제등고사(題登高寺)〉 등도 있는데, 특히 전자의 시 '술에 취해'에서는 그의 낭만주의 자유인다운 면모를 엿보기에 손색이 없다.

桃花紅雨鳥喃喃	붉은비같은 복사꽃에 새들 지저귀고
繞屋靑山間翠嵐	집을 에운 청산엔 푸른 기운 스민다.
一頂烏紗慵不整	머리에 쓴 사모 귀찮아 멋대로 둔채
醉眠花塢夢江南	꽃 언덕에 취해 누워 강남을 꿈꾼다.

대동강 부벽루

일면 〈춘일(春日)〉, 〈단월역(團月驛)〉 등은 주정(主情)의 비중이 두드러진 유작이라 하겠다.

그런 중에도 칠언절구 28자에 불과한 〈대동강〉 시 이 짧은 편장(篇章)이 유독 얼마만큼 대단하게 인식되었는지는 여한(麗韓)의 허다한 문헌에서 언급이 되어 있거니와, 일례로 조선 광해조 때 허균(許筠, 1568~1618)의 대표 시화집인 『성수시화(惺叟詩話)』 안의 다음과 같은 증언으로도 실감나게 대변된다.

　　鄭大諫西京詩曰 雨歇長堤草色多 送君南浦動悲歌 大同江水何時盡 別淚年年添綠波 至今稱爲絶倡 樓船題詠 値詔使之來 悉撤去之 而只留此詩.

대간(大諫) 정지상의 '서경시(西京詩)'… 지금까지도 절창이다. 누선(樓船)의 제영(題詠)들은 사신 올 때를 당해 다 철거하고 이 시만을 남겨둔다.

대동강과 그 주변의 절경에 취한 이름난 시인묵객들이 지은 시가 누각과 정자 등 사방에 걸려 있었지만, 중국 사신이 오면 모두 걷어내고 정지상의 이 작품만을 남겨두었다고 한다. 다른 것은 중국 사람에게 보이기가 마땅치 않았지만, 이 시만은 한시의 메카인 중국의 명인들 앞에 내놔도 손색이 없겠다는 자신이 있었기 때문이었다. 과연 이 시를 본 중국 사신들은 하나같이 귀재의 솜씨라고 찬탄을 아끼지 않았다 한다. 정지상의 이 시가 중국인들에게까지 인정받을 만큼 높은 성가(聲價)를 올렸음을 알겠거니와, 여기의 정자가 다름 아닌 부벽루(浮碧樓)라고도 하고, 역시 대동강변에 있는 연광정(練光亭)이라는 말도 있다.

평설만 있었던 게 아니다. 이른바 삼당파(三唐派) 시인으로 유명한 손곡 이달(李達, 1539~1612)과 최경창(崔慶昌, 1539~1583) 등이 정지상의 이 대동강 시에 있는 세 개의 운자(韻字)인 '多・歌・波'를 고스란히 차운(次韻)한 시를 창작하여 남겼으니, 그 매료된 정도를 너끈히 짐작할 나위가 있다.

허균은 또 다르게 불러 '서경시(西京詩)'라고도 했지만, 본래부터 이 시에 고유(固有)한 제목이 붙따르던 바는 아니었다. 서경 천도의 좌절로 인해 『고려사』 안에서 반도(叛徒) 역적의 이름으로 열전 안에 든 묘청의 도당이었다는 이유였던가, 『정사간집(鄭司諫集)』이란 문집이 있었다 하나 뒷세상에선 면모를 알 길 없이 되어버렸다. 그런 중에도 그의 다른 한시 10여 편이 요행으로 편영(片影)을 남긴 가운데, 그것들 거개에 표제마저 따라 전하는 행운이 함께 한 사실이 있다. 이에 반하여, 지금 저 800여 년 회자의 명시만은 오히려 그 제목이 후인들의 임의에 따라 붙여진바 되었으니, 기막힐 노릇이다.

김만중은 『서포만필(西浦漫筆)』 안에서 이 시의 결구(結句)에 대한 사연 및 주견(主見)을 펴 보였다.

高麗鄭司諫 南浦絕句 即海東之渭城三疊也 末句 別淚年年添作波 一作 添綠波
益齋以爲當從綠波 四佳又以作字爲勝 按沈休文別賦 曰 春草碧色 春水綠波 送君南
浦 傷如之何 鄭詩正用沈語 綠波不可易也.

고려 정사간의 '남포(南浦)' 절구는 곧 해동의 위성삼첩이다. 끝 구의 '별루연년
첨작파(別淚年年添作派)'를 '첨녹파(添綠波)'라 하기도 하는데, 익재(益齋) 이제현은
마땅히 '녹파(綠波)'를 따를 것이라 했고, 사가(四佳)는 '작(作)'자가 낫다고 했다.
생각해 보면 심휴문(沈休文)의 <별부(別賦)>에, "春草碧色 春水綠波 送君南浦 傷
如之何"라 했던바, 정사간의 시가 바로 심휴문의 말을 쓴 것인양 되겠기에 '녹파'
로 바꿀 수가 없다.

원래 『파한집』에도 '첨작파(添作波)'로 되어 있었는데, 김만중의 말로는 뒷날 이
제현(李齊賢)이 '첨(添)'과 '작(作)'은 그 뜻이 중복되기에 '작(作)'이 '녹(綠)'으로 고
쳐진 것이라고 하였다. 다만, 위에서 <별부(別賦)>는 심휴문이 지은 바라 하였지만
기실은 저 중국 양대(梁代)의 문인 강엄(江淹, 444~505)이 지은 것이었다. 이 부(賦)
의 거진 종단부가 바로 이러하였다.

春草碧色	봄 풀은 푸른 빛깔
春水綠波	봄 물은 초록 물결
送君南浦	남포에서 님 보내는
傷如之何	이 아픔을 어이할까

'춘초벽색(春草碧色)'과 '초색다(草色多)', '춘수녹파(春水綠波)'와 '첨녹파(添綠波)'
사이의 유사성, 더 나아가 '송군남포(送君南浦)' : '송군남포(送君南浦)', '상여지하
(傷如之何)' : '동비가(動悲歌)'의 대조에서 모태(摹態)와 점탈(點奪)의 분명한 자취를
발견할 수 있는 것이다.

〈별부〉는 『문선(文選)』 제16권 '哀傷'이란 주제 하에 들어있고, 『문선』은 정지상의 고려 전기 훨씬 이전부터 이 땅의 문사들의 수적(手跡)을 입은 지 이미 오래되었던 책이라 함은 주지의 사실이다.

그런데 "送君南浦"는 여기 『문선』에서만 아니라 이후 다른 시인들도 곧잘 한 덩어리로 합쳐 쓰던 관용적 시구(詩句)인 양하다. 예컨대 성당 시인 왕유(王維, 699~759)의 〈송별(送別)〉에도 이 네 글자가 보이고,

送君南浦淚如絲　　남포에서 그대 보내려니 눈물 주르르
君向東州使我悲　　동주로 향하려는 그대 날 슬프게 하네.

중당(中唐) 때의 재상이자 시인인 무원형(武元衡, 758~815)의 〈악저송우(鄂渚送友)〉란 시에서도 예외가 없다. '악수 물가에서 벗을 보내며'이다.

江上梅花無數落　　매화 꽃 강물 위로 무수히 떨어지는데
送君南浦不勝情　　남포에서 그대 보내는 맘 가눌길 없어.

그런데 여기의 '남포'가 장차 님의 지향처인 곳일까, 아니면 지금 남녀의 이별이 이루어지는 현장인 것일까에 대해서도 의견이 엇갈려 있다. 이를테면 '남포로'라고 해야 할는지, '남포에서'로 해야 할는지 문제가 그것이다. 이 구절은 흔히 님을 남포로 떠나보내며 슬픈 노래를 부른다고 해석하는 일이 많고, 남포를 대동강 아래쪽에 있는 진남포(津南浦)라고 하는 경

雨歇長堤艸色多 送君南浦動悲歌 大同
江水何時盡 別淚年年添綠波
　　右幷書鄭知常先生
　　送愛人詩 石軒

石軒 임재우 揮翰,
정지상 시 〈送人〉,
일명 〈大同江〉

우도 있지만, 그것과는 무관한 채 남포는 본래 이별의 공간, 그 위치가 동서(東西)든 남북(南北)이든 상관없이 작별 때에 전송하는 현장을 뜻한다. 이를테면 별장(別章)에서의 연원 깊은 관용어일 따름이었다. 그 가장 오랜 유래는 중국 전국시대 초나라의 시인 굴원(屈原, B.C.343?~B.C.277?)에게까지 거슬러 올라간다. 그의 초사(楚辭) 명편들 중 하나인 〈구가(九歌)〉 안에 "그대와 손을 잡고 동쪽으로 간다네, 사랑의 님을 남쪽 물가에서 보내네(子交手兮東行 送美人兮南浦)"라는 대목에서 처음 그 면모가 나타나 있던 것이었다.

셋째 구의 "何時盡"도 굳이 찾자고 한다면, 당 시인 노륜(盧綸, 739~799)의 〈산점(山店)〉 시 및, 신라 말의 문인 박인범(朴仁範)의 〈경주용삭사각겸간운서상인(涇州龍朔寺閣兼東雲棲上人)〉에서 목도할 수 있는 구절이기는 했다.

또한 마지막 구의 "別淚年年添綠波" 또한 소급해서 모색한다면 그 연상처가 없는 것은 아니다. 두보(杜甫, 712~770)가 고관 벼슬로 있던 고상시(高常侍)라는 이에게 올렸다는 율시 〈봉기고상시(奉寄高常侍)〉의 끝자락이다.

> 天涯春色催遲暮　　하늘가 봄빛은 해 더디 저물기를 보채고
> 別淚遙添錦水波　　이별 눈물은 저만치 비단 물결에 보태네.

그렇거니와 정지상의 이 시는 대관절 어떤 이별을 그린 것인가. 또 여기 '送君'의 '君'은 대체 누가 누구를 두고 일컬은 표현인지?

그 관건의 우선은 제2행 "送君南浦動悲歌(남포에서 그대 보낼 제 슬픈 노래 북받친다)" 중 '動悲歌' 석 자에 있겠다. 대개 이 시의 제목을 어디에선가는 〈송우인(送友人)〉 즉 '벗을 보내며'라고 한 것도 볼 수 있지만, 아마도 정지상이 친구와의 이별을 당해 지은 것이라 이해했던 듯싶다.

그러나 명분과 체면을 중시하는 전통적 오랜 유교주의 사고에서 선비들 간의

헤어짐에 임해 격정의 비가(悲歌) 운운의 표현은 그다지 적의(適宜)한 감을 주지는
못하였다. 물론 남자들의 이별이라고 하여 울음이거나 눈물의 표출이 전혀 없다
고 할 수는 없었다. 예컨대 두보의 오언율 〈송원(送遠)〉의 전반부,

帶甲滿天地	천지간에 전란만 그득한데
胡爲君遠行	그대 어이 먼 곳 떠나는가.
親朋盡一哭	친구들 다 소리 내 우는데
鞍馬去孤城	말 타고 홀로 성을 떠나네.

가운데 승구(承句) 첫머리에 '哭'자 표현이 있다. 이에서 벗들이 다함께 우는 사연
은 전란 통에 변성(邊城)으로 떠나는 벗의 생명을 걱정하였던 데 있다. 삶과 죽음
을 오가는 절체절명(絶體絶命)의 상황 때문이다. 정작 감상(感傷)에 우는 이별을
애써 찾기로 한다면 조선 세조 때 백원(百源) 이총(李摠)이란 이가 추강(秋江) 남효
온(南孝溫)의 부채에 제(題)하였다는 오언절 정도를 겨우 가려내 볼 수 있다.

相知八年內	알고지낸 세월 팔 년에
會少別離多	만남은 적고 이별은 많아.
臨分千里手	천 리 길 헤어질 손을 잡고
掩泣聞淸歌	눈물 가린채 고운 노래 듣네.

　하지만 이는 거의 비보편적인 특별한 양상에 든다고나 할 만하다. 고래(古來)로
선비 간 별리가 보여주는 대체적인 형상은 애상 그 자체를 감추지는 아니하되,
몌별(袂別)의 마당에 야기되는 강렬한 격정의 에너지 그대로가 표출된다기보다는,
어느 정도 차분하고 조용한 이지(理智)의 힘으로써 여과되어 표백됨이 붕우 간
헤어짐의 정석인 양 하였다. 그야말로,

丈夫非無淚	사나이가 눈물이 없음은 아니로되
不灑離別間	이별에 당해선 눈물을 뿌리지 않네.

의 자세가 기본인 양 되었던 터였다. 그 허다한 일례를 이루 들 수 없지만, 대표적
으로 한두 가지만 예시하되 우선 저 당나라 이백(李白, 701~762)의 잘 알려진 〈송
우인(送友人)〉, 곧 '벗을 보내며'라는 시 한 편을 본다.

靑山橫北郭	푸른 산은 성 북쪽에 비끼어 있고
白水遶東城	흰 강물은 성 동쪽을 안아 두르네.
此地一爲別	우리 이곳에서 이제 한 번 헤어지면
孤蓬萬里征	외로운 쑥대처럼 만 리 길 떠돌리라.
浮雲遊子意	뜬구름은 떠나가는 그대의 마음인가
落日故人情	서산 지는 해는 보내는 옛벗의 마음.
揮手自玆去	이제 손 흔들며 정녕 떠나려는 적에
蕭蕭班馬鳴	머뭇거리는 저 말도 히힝 울음 우네.

　수련(首聯)은 '푸른 산'과 '흰 강물'의 대비이다. 동쪽과 북쪽으로 딴 길을 가는
산과 강은 두 사람의 이별을 절묘하게 상징하고 있다. 또한 '쑥대'·'뜬구름'·'지는
해'·'말 울음소리' 등 여러 이미지들이 등장한다. 즉, 이 시는 사물을 설명하지
않고 형상을 제시함으로써 설명하는 이상의 쓸쓸함과 안타까움을 그려내고 있다.
이를 가리켜 '그림 속에 정이 담겨 있다(景中情)'고 하며, 한시의 중요한 특징 가운
데 하나가 되어왔다. 특히 시각적 변화가 전(轉)에서 나타나고 있다.
　또한 "위성삼첩(渭城三疊)"으로 유명한 당나라 왕유의 〈송원이사안서(送元二使安
西)〉, 일명 〈위성곡(渭城曲)〉 등이 붕우 이별의 전형으로서 대종(大宗) 노릇을 하기
에 충분하였던 것이다.

渭城朝雨浥輕塵	위성(渭城)의 아침 비에 가는 티끌 잦아들고
客舍青青柳色新	객 머문 집에 푸르디푸른 버들 빛 새로워라.
勸君更進一盃酒	그대에게 다시금 한 잔 술을 권하노니
西出兩關無故人	서쪽의 양관 나서면 옛 벗도 없으리니.

〈위성삼첩도(渭城三疊圖)〉와 張茗晧의 초서 〈위성곡(渭城曲)〉

　벗님 이별의 그 나머지 종종은 대개 이 정도의 정서 안에 머무름이 상례인 것이다. 지금 이 정지상 또한 친우와 이별하였던 실제적인 형국이 다행히 없지 않아 〈송인(送人)〉이란 제목으로 지은 시가 남아있다.

庭前一葉落	뜰 앞에 이파리 하나 떨어지고
床下百蟲悲	마루 밑 벌레들 울음 슬프구나.
忽忽不可止	총총이 떠남을 말릴순 없지만
悠悠何所之	그대 아득히 어디로 가려는가.
片心山盡處	조각 난 마음은 산이 다한 곳
孤夢月明時	달밝은 밤에 꿈마저 외롭겠네.
南浦春波綠	남포에 봄 물결 푸르러질 때
君休負後期	그대 후일 기약 잊지를 마오.

이때 그 서정(抒情)의 애절함이 기껏 이럴망정 앞에서처럼 비가의 일렁임과, 비록 과장인대로 이별 눈물이 대동강 물을 불어나게 하는 정도의 과도한 격발을 일으키기는 마침내 어려운 것이다. 격정의 비가와 그칠 줄 모르고 쏟아져 내리는 눈물의 이별이라면 그것은 체면을 존중하는 사대부거나 남정네에 어울릴 만한 형상이라기보다는 대개 여인네의 생리적 구조에 곧장 들어맞는 경상(景狀)으로서 타당해 보인다. 그나마도 ‘動悲歌’·‘添綠波’라 했으니 여인다운 정서 가운데도 가장 극단적이며 충격적인 정서, 이를테면 한 여자의 사랑으로서 삶의 전부나 다름 없다고 생각해 오던 님이 자기를 떠나려는 순간에나 촉발 가능한 특별한 정서 조건이 전제되어 있음이다.

　그렇거니와, 여기에 다시 제3, 4구 ‘대동강 물이 언제 마르랴, 이별의 눈물이 해마다 해마다 대동강 푸른 물결 위에 더해지는 것을’에 이르면 거의 그 판도가 한 군데에 정해지고 만다.

　‘이별 눈물이 연년(年年)히 뿌려진다’ 하는 이 말은 도대체가 어떤 한 개인 단위에서 가능할 만한 이별의 정경은 못 되는가 한다. 대동강 둑 위의 이별이 고정적인 연례행사일 수 없는 까닭이다. 지금 정지상이 어느 해이든지 똑같은 형상의 이별을 미리 예고 받거나 어떤 약속에 따라 연출하는 일이 주어져 있는 것이 아닌 이상, “別淚年年”의 말은 결코 성립이 불가능하다. 그리고 그 같은 개인의 이별로야 아무리 과장한대도 대동강 물을 불리어 변화시킨다는 발상에 무리가 따른다. 대동강 나루에서 끝도 없이 이뤄지는 이별의 대열, 별리 군중들의 눈물쯤 되었을 때라야 정녕 대동강 물을 움직여 불릴 수 있다는 과장도 가능할 것이었다.

　이제 정지상이 봄의 대동강 나루 위에서 목격하고 읊은 바 이별 앞에 눈물 뿌리던 여인들은 바로 이 대동강 나루 위에서 떠나려는 님을 목전에 두고, 하 기가 막혀 차라리 고향도 버리고 길쌈·베도 버린 채 울면서울면서 따르겠노라며 체루(涕淚)하던 〈서경별곡(西京別曲)〉의 주인공을 곧장 연상시킨다.

서경(西京)이 셔울히 마르는
닷곤디 쇼셩경 고외마른
여히므론 질삼뵈 브리시고
괴시란디 우러곰 좃니노이다.

구스리 바회예 디신둘
긴히쭌 그츠리잇가 나는
즈믄히를 외오곰 녀신둘
신(信)잇둔 그츠리잇가 나는

대동강(大同江) 너븐디 몰라셔
빈내여 노흔다 샤공아
네가시 럼난디 몰라셔
녈비예 연즌다 샤공아

『악장가사』에 수록된 〈서경별곡〉

대동강(大同江) 건넌편 고즐여
비타들면 것고리이다 나는

  이렇게 노래하던 여인 부류인가 한다. 곧 대동강나루 위에서 이별을 당한 여인
네들의 격정적인 장면을 정지상이 저만치에서 바라보고 묘사해 낸 시라고 할 때
합당할 것이었다. 정녕 많은 무리의 여인들이 한 데 어우러진 눈물이라야 문득
대동강 물을 불린다는 과장의 언어도 다소간에 수긍해 볼 나위가 있겠기 때문이
었다.
  정지상은 이 〈송인〉 시 외에도 일찍이 자신의 고향 서경을 다음과 같이 읊은
적이 있었다. 〈서도(西都)〉라는 시이다.

紫陌春風細雨過	번화한 거리에 봄바람과 이슬비 지나간 뒤
輕塵不動柳絲斜	가는 티끌도 자취 없이 버들만 휘늘어졌네.
綠窓朱戶笙歌咽	푸른 창 붉은 문들마다 구성진 노랫가락
盡是梨園弟子家	너나없이 다 이원(梨園) 제자의 집이로세.

  계절은 버들이 한창인 봄이다. 가느다란 봄비가 티끌마저 가라앉힌 버들 강변
의 거리하며 버들가지 휘늘어진 아름다운 풍경이 뒤따른다. 이원(梨園)은 당나라
현종 시절 가무를 가르치던 곳이다. 서경의 거리 풍광과 기녀들의 노래 풍류가
저 당나라 예능 풍류의 상징이던 이원에 빗대어 겨룰만하다고 읊었다. 고향 평양
에 대한 자긍심으로 이렇게 자신이 사는 고장인 평양의 이모저모를 객관적으로
시에다 옮겨놓은 정지상은 과연 시중유화(詩中有畵)의 명인이었다. 그러면 이 〈서
도〉 시와 마찬가지로, 저 〈대동강〉 시 역시 그러한 정지상의 애정이 어린 눈길이
미친 평양스케치 중의 한 단면들이었을 시 분명한 것이다.
  이 시가 평양 여인들의 이별을 다룬 것이라는 것은 저 조선의 시인 백호(白湖)

임제(林悌)가 쓴 〈패강곡(浿江曲)〉이란 작품을 통해서도 거듭 입증이 된다. '패강'
은 대동강의 옛 이름이니, 이 시 또한 '대동강 노래'가 된다. 10수 연작(連作) 중의
한 수이다.

離人日日折楊柳　　이별하는 이들 나날이 버들을 꺾지만
折盡千枝人莫留　　일천 가지 다 꺾어도 가는 님 못잡네.
紅袖翠娥多少淚　　어여쁜 아가씨들 흘린 눈물 탓인가
烟波落日古今愁　　낙조에 보얀 강물조차 수심 겹구나.

杏花
平生最是戀風光今日花前興欲狂願借漆園胡
蝶夢遶枝攀蘂恣飛揚

偶書
老閫詩書手不停可憐事業竟何成西窓風雪寒
蕭索獨對殘燈笑一生

初歸故園
里閭蕭索人多換墻屋傾頹草半荒唯有門前石
井水依然不改舊甘涼

鄭知常

西都
紫陌春風細雨過輕塵不動柳絲斜綠窓朱戶笙
歌咽盡是梨園弟子家

送人
雨歇長堤草色多送君南浦動悲歌大同江水何
時盡別淚年年添綠波

醉後
桃花紅雨鳥喃喃繞屋青山閒翠嵐一頂烏紗慵
不整醉眠花塢夢江南

長源亭
玉漏丁東月掛空一春天與牡丹風小堂捲箔春

『동문선』 안에 수록된 정지상 시 〈西都〉와 〈送人〉

대동강 가의 이별 노래가 조선조에 이르러도 계속하여 불렸음을 이 시로 인해 다시 한 번 실감할 나위가 있다. 정지상 시의 '이별 눈물이 강물에 더한다'란 뜻이 여기 '아가씨들 눈물에 강물조차 수심 겹다' 안에서 거듭 빈말이 아닌 확신을 자아낸다. 〈송인〉에서는 이별의 애한을 대동강 물결에 의탁하였거니와, 여기서는 그 앵글을 살짝 올려 강물 위에 어린 하얀 안개와 저녁나절 지는 해에다 부쳤으니 같은 그림 속 다른 자리를 비춰준 것만 같은 공교로움이 있다.

〈서경별곡〉의 주인공 여인이 자신의 이별을 주관으로 노래하였다면, 〈송인〉은 저만치 보이는 이별을 객관에 맡겨 읊은 것일 뿐 그 이별의 처소며, 이별의 당사자며, 그 이별의 정황에 있어서는 서로 다를 바가 없었다. 동일한 상황인데 그 놓인 처지와 입장에 따라 달리 표현되었을 따름이었다. 객관자인 시인 정지상은 〈별부〉의 한두 소절을 교묘히 탈화시켜 그침 없는 대동강 나루변의 체루별(涕淚別)을 공교히 묘출해 내었을 뿐이니, 결국 〈서경별곡〉과 〈송인〉 시는 고려시대 사녀(士女)간 사랑의 독특한 풍토색 위에서 파생되어진 여인 임별(臨別)의 풍속도, 동일 소재 양면도(兩面圖)에 다를 바 없을 것이었다.

정지상은 서경 사람으로서 더없이 고향 서경을 사랑했고, 고려의 국운을 고양시키기 위해 도읍을 서경으로 옮겨야 한다고 믿는 사람이었다. 『고려사절요(高麗史節要)』에 의지해 보면 정지상은 이미 인종 6년(1128)부터 서경천도론에 기울어 있었던가 보았다. 급기야 묘청(妙淸, ?~1135), 백수한(白壽翰, ?~1135) 등과 뜻을 같이하면서, 개성(開城)의 기반이 이미 쇠하였고, 서경(西京)에는 왕기(王氣)가 있으니 의당 임금께서 옮기어 도읍으로 삼아야 한다는 이른바 '서경천도설'을 공언하였다. 하지만 김부식(金富軾, 1075~1151)을 중심으로 한 개경파의 극구 방해로 인해 결국 왕의 서경 행차는 수포로 돌아가고, 막다른 길에 몰린 묘청 일행은 반란을 일으키고 말았으니, 이는 급기야 정지상의 비참한 최후로 이어지게 되었다.

주옥같은 명편들로 한 시대를 풍미했던 정지상은 훨씬 많은 시를 썼을 것으로 추정되지만 반란의 공모자로 처형된 역적의 이름을 얻은 탓인가 오늘날은 고작 빙산일각의 시만이 남았을 뿐이다.

　이규보가 쓴 수필집인 『백운소설(白雲小說)』 안에는 학사 정지상과 시중 김부식 간의 알력에 대한 사연을 적고 있다. 정지상이 어느 날 절에 머물다가 깨끗하게 정화된 심사를 문득 다음의 두 줄로 함축해 냈다고 한다.

　　琳宮梵語罷　　　　절 안에 불경소리 끝났을 때
　　天色淨琉璃　　　　하늘 빛이 맑기가 유리 보석.

　이 시구에 반한 김부식이 그것을 자신에게 달라고 했으나 거절당한 것이 계기가 되었노라 적고 있다. 이른바 김부식이 정지상에게 품었으니 『고려사절요(高麗史節要)』에 이른바 "문자 관계의 불평"이 이에서 비롯되었다는 말인데, 이 감정이 축적되어 정지상에게 반역자 처단이라는 혹독한 보복을 가했으리라는 얘기이다. 죽었으면 그만이련만, 정지상의 죽음을 애석해 하는 사람들에 의해 얘기가 만들어졌는지 이규보의 수필집에는 또한 정지상이 죽어 귀신이 됐다 하면서 김부식에게 원한을 갚는 가공(架空)의 야화(野話) 두 조각이 있다. 그 첫 번째 것 편의상 〈천사만점유숙수지(千絲萬點有孰數之)〉라고 하는 그 이야기는 이러하다.

　　後知常爲富軾所誅 作陰鬼 富軾一日詠春 詩曰 柳色千絲綠 桃花萬點紅 忽於空中 鄭鬼批富軾頰曰 千絲萬紅 有孰數之也 何不曰 柳色絲絲綠 桃花點點紅 富軾頗惡之.
　정지상은 김부식에게 죽음을 당한 후 귀신이 되었다. 하루는 김부식이 '유색천사록 도화만점홍(柳色千絲綠 桃花萬點紅), 버들 가지는 천 가닥이 푸르고 복사꽃은 만 송이가 붉구나'라는 시구를 지었다. 이때 문득 공중에서 정지상의 귀신이 나타나 부식의 뺨을 치면서, "누가 천 가닥 만 송이를 세어 보았는가? 어찌 '유색사사록 도화점점홍(柳色絲絲綠 桃花點點紅), 버들 가지는 실실이 푸르고 복사꽃은 송이 송이 붉구나'로 하지 않느냐"고 하였더니, 부식이 몹시 증오하였다.

실제로 그들의 시대가 지난 후에 김부식의 시는 거의 망각 도태되고 말았으나, 정지상이 살아생전 절찬리에 풍미되던 그의 시는 '해동삼첩(海東三疊)'이라는 이름으로 후대에까지 널리 회자되었다. 이는 당나라 왕유(王維)의 "위성삼첩(渭城三疊)"에 대한 우리 쪽의 자존심이었다. 조선 정조 때 이긍익(李肯翊)은 저서『연려실기술(練藜室記述)』에서 "김부식은 풍부하면서도 화려하지는 못하였고, 정지상은 화려하였으나 떨치지는 못하였다"라고 하였거니, 촌철로써 정곡을 건드린 표현인가 한다.

이인로와
죽림고회竹林高會

고려 후기 이규보와 동시대에 활약했던 문인들 가운데 중요한 인물로 의종에서 고종 때를 살다간 이인로(李仁老, 1152~1220)를 들지 않을 수 없다. 처음 이름은 득옥(得玉), 자는 미수(眉叟), 호는 쌍명재(雙明齋)로 알려져 있다. 증조부는 평장사(平章事)를 지낸 이오(李䫨)이니, 문종에서 인종까지 7대 80년 동안 권력을 장악했던 인주(仁州) 이씨의 후예이다.

　　어려서 고아가 되어 화엄 승통 요일(寥一)의 밑에서 유가(儒家)의 글과 제자백가서(諸子百家書) 등을 배우며 자랐다. 만18세 되던 의종 24년(1170), 정중부(鄭仲夫)가 무신의 난을 일으키고 문관을 탄압하자 머리를 깎고 승려가 되어 화를 면하였다. 난이 진정된 5년 후 환속하여 경대승(慶大升)이 권력을 잡고 있던 명종 10년(1180) 진사과에 장원급제하여 계양관기(桂陽管記)로 임명되었다가 직사관(直史館)으로 옮긴 이후, 14년 동안 한림원과 고원(誥院)에서 조칙(詔勅)을 짓는 일을 맡았다. 신종 때 예부원외랑(禮部員外郎)까지 올랐고, 고종 때 비서감(秘書監)과 정4품의 좌우 간의대부(諫議大夫)에 이른 것이 고작이었다.

　　훈구 귀족 출신이라는 이유로 큰 관직에 오르지 못하는 차별을 받았다는 말도 있는가 하면, "성미가 편벽하고 참을성이 없어서 크게 쓰이지 못하였다"는 『고려사』의 증언도 있다. 당시의 집권자들에게 거슬려 제대로 출세하지 못했다는 말이다. 그러한 울분 때문이었나, 죽림고회(竹林高會)라는 모임을 주도하여 오세재(吳世才)·임춘(林椿)·조통(趙通)·황보항(皇甫抗)·함순(咸淳)·이담지(李湛之) 등과 망년우(忘年友)를 맺고 시주(詩酒)로 자오(自娛)하였다. 일면 백낙천(白樂天)의 사우(四友)를 본따 스스로도 '미수사우(眉叟四友)'를 설정하였다. 곧 임춘을 시우(詩友), 조통을 산림우(山林友), 이담지를 주우(酒友), 그리고 승려인 종령(宗聆)을 공문우(空門友)라 칭했다.

　　한유(韓愈)의 고문(古文)을 따랐고, 시는 소식(蘇軾)을 사숙했으며, 초서와 예서에도 능했다. 『은대집(銀臺集)』·『쌍명재집(雙明齋集)』 등의 저서에 줄잡아 1500수를

청나라 강희 연간의 궁정화가인 冷枚의 〈죽림칠현도〉

상회하는 작품이 있다고 하나 전해지지 않고, 애오라지 『삼한시귀감(三韓詩龜鑑)』·『동문선(東文選)』·『대동시선(大東詩選)』과 『파한집(破閑集)』·『보한집(補閑集)』 등에 있는 시화 덕분에 약 120편에 육박하는 시문을 접해 볼 나위가 있다. 오늘날은 아들 세황이 엮은 『파한집(破閑集)』 한 가지만 전하니, 이는 패관문학의 효시, 첫 시화집이라는 의미를 확보했다.

이인로에 대한 연구는 동시대 인물 이규보와는 문학적으로 상반된 성향을 띤 라이벌 관계로 처리하는 경향 때문에 그의 정치인이나 문인으로서의 삶을 얘기할 때마다 이규보를 함께 언급하기 십상이다. 그 중에도 죽림고회에 대한 정체성 논의, 그리고 시 창작에 있어서의 '신의(新意)'와 '용사(用事)'에 대한 것이 중심축을 이룬다. 이규보가 참신한 발상으로서의 '신의(新意)' 쪽을 집중 강조하였다면 이인로는 시어(詩語)와 시의(詩意)를 함께 갖춘 소위 "어의구묘(語意俱妙)"의 작시론을 강조했다. 곧 이인로도 내용상 신의(新意)에 바탕한 '의묘(意妙)'를 중시하였으되, 동시에 수사적 측면에서 옛 전고(典故) 활용의 용사(用事)에 바탕한 '어묘(語妙)'까지를 동시에 역설했다는 점이 특징이었던 것이다. 이때의 용사는 토끼로 찍은 흔적이 없는 이른바 "무부착지흔(無斧鑿之痕)", 이를테면 표절이나 인위적 조탁 없는 자연스런 경계를 뜻하는 것이었다.

중국 3세기 후반 삼국시대의 위(魏)나라 말에, 사마씨(司馬氏) 일족들이 권력을 장악하여 전횡을 일삼자 이에 등돌린 한무리의 지식인들이 있었다. 그들은 산도(山濤, 205~283)·완적(阮籍, 210~263)·완함(阮咸, ?~?)·유령(劉伶, 221~300)·혜강(嵆康, 224~263)·향수(向秀, 227~272)·왕융(王戎, 234~305)이니, 이 일곱 사람이 항상 죽림의 아래에 모여 사의감창(肆意酣暢), 멋대로 흥건히 취하여 청담(清談) 속에 세월을 보냈으므로 세상에서 그들을 '죽림칠현(竹林七賢)' 혹은 '강좌칠현(江左七賢)'이라 불렀다. 여기의 좌(左)는 동쪽 방위를 가리키니, 강좌(江左)란 양자강의 동쪽이란 뜻이다. 노장(老莊)의 무위자연 사상에 의지한 이들 7인은 방관자적인 입장으로 당시 사회를 풍자하기도 하였다. 급기야 사마염(司馬炎) 등이 위나라를 몰아내고 진(晉)나라를 세우면서 칠현의 모임도 당국의 종용을 받고 해산되었는데, 그 가운데 혜강 같은 이는 끝까지 회유를 뿌리치다 죽임을 당하기까지 하였다. 그들 전부가 마침내 벼슬만은 나아가지 않았으니, 과연 처음 세운 명분을 잘 지킨 셈 되었다.

고려의 이인로가 주축이 되어 조성한 문학단체인 '죽림고회(竹林高會)'는 다름 아닌 진대(晉代)의 '죽림칠현'을 효방(效倣)한 그룹이었다. 또 죽림칠현은 일명 강좌칠현(江左七賢)이라고도 했기에, 이에 상응하여 역시 '해좌칠현(海左七賢)'으로도 자칭했으니, 바다 동쪽의 일곱 현자란 뜻이다. 명칭도 유사한데다 무신의 집권으로 문인들이 정계에서 소외되고 설 자리가 없는 처지에서 이루어졌기에 죽림칠현처럼 현실도피적인 성향의 그룹인 양 보일만 하였다.

하지만 죽림칠현이 임달불구(任達不拘)로 산림 간에 소요자적(逍遙自適)하였던 반면, 죽림고회는 그런 기색은 별로 없이 무리 지어 현실적 불안감을 완화하고 자신들의 존재감을 높이며 출사(出仕)의 길을 모색하고자 하는 의지가 우선해 보였다. 말하자면 생존(生存)의 적자(適者)에 가까운 편, 진정한 아웃사이더들은 아니었다는 사실에 아이러니가 있다.

이같은 현실지향적인 성향은 당시 이인로보다 17년 연상의 최당(崔讜, 1135~1211)이 조성한 '기로회(耆老會)'와도 다른 것이었다. 이는 죽림고회보다 조금 뒤에 수태위문하시랑 동중서문하평장사(守太尉門下侍郎 同中書門下平章事)로 치사(致仕)한 최당을 중심으로 최선(崔詵)·장백목(張白牧)·고형중(高瑩中)·이준창(李俊昌)·조통(趙通)·백광신(白光臣)·이세장(李世長)·현덕수(玄德秀) 등이 만든 모임이었다. 이후에도 관직에서 물러난 선비들이 모임을 만들 때에 이 비슷한 말을 많이 썼으니, 유자량(庾資諒, 1150~1229)의 '기로회(耆老會)', 이진(李瑱, 1244~1321)의 '후영회(後英會)', 채홍철(蔡洪哲, 1262~1340)의 '기영회(耆英會)' 등은 하나같이 관직에서 은퇴한 문신들 간에 접대와 친목을 위한 모임이었다. 이런 형태도 일찍이 중국에서 선행했던 일이니, 당나라 때 낙양으로 은퇴한 백거이(白居易, 772~846)가 인근의 인사들과 조성한 '구로회(九老會)'라는 모임이 있었고, 송나라 때에도 낙양에서 문언박(文彦博, 1002~?)·부필(富弼, 1004~1083)·사마광(司馬光, 1019~1086) 등 원로 13명이 시주(詩酒)로 즐겼다는 '낙양기영회(洛陽耆英會)'가 있었다. 3세기의 죽림칠현을 비롯해서 한중(韓中)의 이 같은 모임들이 하나같이 정치 현실을 접은 이들의 회합이라는 공통점이 있으되, 오직 이인로의 죽림고회만은 그 상황이 같지 않았다는 뜻이다. 이들의 경우는 신분 확보 및 생계 유지 같은 현실 문제가 그 누구보다도 절박하였던지 온전한 죽림처사의 모습으로 남지 못했기 때문이다.

이인로 역시 자연을 소재로 한 시가 많지만 실제로는 자진하여 자연 속에 은거하지는 않았다. 대신, 치열한 현실 속에 살면서 탈속이거나 자연 탐닉 같은 제재를 빌어 대리만족의 경지를 주로 노래했다. 자연은 그들에게 융합으로 어우러진 일체가 아니라 저만치에 바라보는 대상, 관념의 자연일 뿐이었다.

19대 명종(明宗) 재위(1170~1197) 시에 송나라의 문인화가인 송적(宋迪)이 소상(瀟湘) 땅의 여덟 가지 승경(勝景)을 읊고 그린 팔경시(八景詩)와 팔경도(八景圖)가 들어왔던가 보다. 왕은 이에 감화를 받았던지 이인로와 진화(陳澕)로 하여금 《소상팔경(瀟湘八景)》 시를 짓게 하였다. 이에 이인로도 산시청람(山市晴嵐)·어촌석조(漁村夕照)·원포귀범(遠浦歸帆)·소상야우(瀟湘夜雨)·연사만종(煙寺晩鍾)·동정추월(洞庭秋月)·평사낙안(平沙落雁)·강천모설(江天暮雪) 등 8건(件)의 경개 각각을 다룬 연작시(連作詩)를 읊었다. 여덟 편이 무비(無非) 맞갖지 않은 것이 없으되, 이 중 '秋'·'舟'·'愁'의 평성(平聲) 운자로 늦가을의 풍정을 음영한 '소상강 밤비', 원제(原題) 〈소상야우(瀟湘夜雨)〉가 더욱 승(勝)해 보인다.

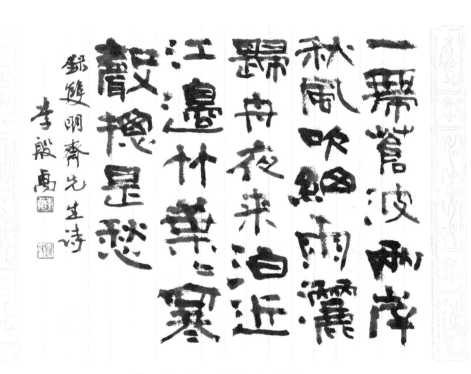

蘿峴 이은설 揮灑의 이인로作〈瀟湘夜雨〉

一帶蒼波雨岸秋　　푸른 파도 강 언덕에 가을 깊어 가는데
風吹細雨灑歸舟　　가는 비바람이 귀로의 뱃머리를 적신다.
夜來泊近江邊竹　　밤 들어서 강 가까운 대숲가에 묵노라니
葉葉寒聲摠是愁　　댓잎에 듣는 차가운 소리에 시름 한가득.

　팔경에의 직접 답사도 없이 그림만으로 감정이입하여 이처럼 시중유화(詩中有
畵)다운 올진 시를 쓰다니, 기위(奇偉)하기 그지없다. 역시 자연은 당시의 시인들
마음 한 구석에 몽롱한 피안(彼岸)의 세계로 자리해 있었음이 분명하다.

沈師正의 〈瀟湘夜雨圖〉

그러다가 아련한 동경의 자연이 아닌, 현실의 자연 속에 막상 자신의 몸이 놓이는 순간 사정은 달라진다. 그 동안의 자연 애호가 한갓 눈비음이었던가 의심이 갈 정도로, 자연은 더 이상 낭만적 몽환의 공간으로만 묘사되지 않는다. 이인로 시 가운데 가장 많이 회자(膾炙)되는 오언절구 〈산거(山居)〉를 본다.

春去花猶在	봄은 갔어도 꽃은 아직 남아 있고
天晴谷自陰	하늘은 맑건만 골짜기는 어둑하네.
杜鵑啼白晝	두견새 대낮에조차 구슬프게 우니
始覺卜居深	내 사는 곳 깊은 산중임을 알겠네.

어느 늦은 봄날에 심산유곡(深山幽谷)의 정경을 읊은 서정시로, 운자(韻字)는 '陰'과 '深'이다. 제4구의 '복거(卜居)'는 살만한 곳을 점쳐 선택한다는 말이지만, 여기서는 '거주하는 땅'의 뜻으로 전용된다. 이 안에서 우선되는 연상은 속세에서 멀리 떠나 호젓한 자연에 홀로 떨어졌다는 고적감(孤寂感)이라 하겠다. 이때의 감정은 혼자라서 마냥 자유롭고 즐거운 독락(獨樂)의 느낌보다는, 문득 감당이 쉽지 않은 고독 및 적막(寂寞)의 감정 쪽에 더 무게가 실리는 느낌이다.

일방, 정치인 이인로의 입장에서 관측한다면 중앙 권력에서 소외된 국외자(局外者)의 탄식만 같다. 그래서 마주해 있는 자연이 그다지 으늑하다거나 고즈넉해 보이지만은 않는다. 품에 안겼다는 느낌보다는, 별로 원치 않던 자연에 내쳐진듯한 감이 크다.

하물며 제3구 안의 시어(詩語) 한 가지는 그 의미가 한 단계 더 심장(深長)한 데까지 나아갈 수 있다. 바로 '두견(杜鵑)'이니, 이것이 구슬피 운다고 했으매 계절은 스스로 봄과 여름의 사이이다. 더불어 이 새야말로 시적 긴장과 여운을 살리는데 절호의 캐릭터로 자리잡아 왔다. 이를테면 저 촉(蜀)나라 망제(望帝)의 원혼이 죽어서 두견새가 되었다는 고사와 맞물려서 두견은 망국의 한을 상징했다. 한편,

고려 정서(鄭敍)의 〈정과정곡〉에서도 자신의 처지가 두견과 비슷하다고 했을 때는 사랑을 잃은 사람의 애처(哀凄)한 경상을 은유하기도 했다. 진정 문학상에 기특한 소재가 아닐 수 없다. 그러면 여기의 두견새가 숲속 허다한 여름새들 중 불특정의 하나를 끌어 붙인 말이라면 모르지만, 대수롭게 의미를 부여해서 따져 읽기로 한다면 화자 이인로의 불우한 처지를 환기시키기 위해 잔뜩 의도된 비유어일 수 있다. 이 경우 이인로의 정치적 생애와 맞춰 본다면 그가 무신란이라는 환란풍파를 피해 망명해 살던 도중이거나, 아니면 한 관인으로서 어떤 개인 혹은 집단과의 알력으로 폄척(貶斥) 찬배(竄配)당한 와중이 될 터이다.

앞서 죽림고회의 성격에 대해 이율배반적(二律背反的)인 집단이라는 말을 했지만, 이인로에게도 저 너머에 있는 전원적 삶이 궁극의 피안(彼岸) 당도처는 아니었다. 그는 어디까지나 유가의 사대부이기에 자연 중심으로 자연을 보지 않고, 인간 중심에서 자연을 본다. 이 시에서도 앞의 세 구는 궁극 마지막 결구(結句)를 위한 포진(布陣)이었다고 할 만하다. 사실은 이인로만 아니라, 모든 유자(儒者)들에게 있어 자연은 한갓 현실이 여의치 못할 때 의지하는 위안의 공간, 기대어 위로 받고 싶은 모성(母性)의 공간이었다. 역으로 현실은 못내 놓치고 싶지 않은 설렘의 공간, 연연히 늘 그리운 연인과도 같은 공간이었다. 시간적으로 전자가 임시적·단속적(斷續的)인데 반해, 후자는 항시적·지속적이다. 그리고 이러한 이중 구조는 꼭 은둔과 출사 간의 문제만 아니라, 유교와 불교 사이에서도 똑같은 관계로 다가온다. 입신양명을 필생로 삼는 목표인 유자(儒者) 근본이지만, 때로 여의치 않을 때는 불자(佛者)다운 의존을 나타내 보이니, 이 점은 이인로거나 임춘, 이규보 간에 다를 게 없다.

이제 임춘(林椿, ?~1196)의 경우를 본다. 그의 정확한 생년을 알지 못하나 대개 이인로와는 연갑인 듯하다. 초기에 잘나가는 문벌귀족의 자제였다가 정중부 난으로 하루아침에 몰락하여 비참한 신세가 된 대표적 문사이다. 그다지 문벌 높지 못한 집안에서 일어나 출세한 신흥사대부인 이규보와는 정반대의 처지인 셈이다. 1170년 정중부난 때 온 집안이 화를 입어 겨우 죽음을 면했고 개경에서 5년 정도 숨어 지내다 가속을 이끌고 영남 상주의 개령으로 옮겨 7년여 유랑 생활을 했다. 이윽고 개경에 환도하여 과거(科擧)로 재활하려 했으나 뜻을 이루지 못하였고, 이후 경기도 장단(長湍)으로 내려가 실의와 곤궁 속에서 방황하다가 요절했다. 무신란의 충격파가 누구보다 컸고 처절히 궁핍한 셈평을 견디면서 회생의 늘품까지 없던 당사자이기에 임춘 시의 기본 정조(情調)는 거의 울적과 분만(憤懣)으로 도포되어 있다.

그렇게 남긴 작품이 많은 중에도 갑오년(1174) 여름에 강남(江南)으로 피신하니 유랑의 탄식이 있었다고 하는 〈장검행(杖劍行)〉에서 시대를 향한 냉소적인 풍자 의식의 한 단면을 발견할 수 있다. 전체 30행의 장단가(長短歌), 꽤 긴 편장(篇章)이므로 후반 16행만을 인용해 보인다.

恒飢已變顏色鼇	늘 굶주려 얼굴 하마 검측측 변했으나
牢落枯腸千卷書	천 권의 책으로 메마른 창자 달래었네.
及骭亦足溫	정강이뼈만 따스하면 만족이고
滿腹亦願餘	배만 부르면 남은 원은 없어라.
可笑文章不直錢	가소롭다 문장해 봐야 돈도 안 되는 것
萬乘何曾讀子虛	만승천자가 어찌 子虛賦를 읽었겠는가.
紛紛世上鄙夫輩	어지러운 이 세상 더러운 무리들은
砥痔猶得三十車	남의 치질 핥고 설흔 수레 얻는다네.
我欲唾面去	낯짝에 침 뱉고 떠나고자 하여
浩然賦歸歟	호연히 이 글 짓고 돌아온거다.
休向閭閻老一身	여염가에 발 끊은 늙은 이 몸은
如籠中鳥池中魚	장에 갇힌 새, 못 속의 고기라.

盡室萬里行	온집안 움직이는 만 리 길이
蕭蕭一疋驢	쓸쓸히 한 필의 나귀로구나.
家山急赴秋風至	山家에 급히 몰아친 가을바람
蓴羹一杯方有味	순채국 술한잔이 제 맛이어라.

『동국이상국집(東國李相國集)』(권8)에 보면 이규보는 임춘 사후(死後) 2기(紀)가 되는 1198년(신종 1) 꿈속에 찾아온 친구 박환고(朴還古)의 부탁으로 임춘의 묘지명(墓誌銘)을 작성하였다고 하였다. 기(紀)란 열두 해, 혹은 30년, 혹은 일백 년을 뜻한다. 이 중 12년이라 해도 2기라고 하면 24년 전이니, 그러면 1174년이 된다. 1170년 이후 적어도 임춘이 개경에 5년, 상주에 7년 칩거했던 사실을 감안하면 전혀 어불성설이 된다. 따라서 여기의 '紀'는 '기년(紀年)', 곧 일정한 기원(紀元)에서 차례로 센 햇수로서 타당하다. 그리하여 1198년의 2년 전인 1196년이 그의 사거(死去)한 연도임을 산정할 수 있다. 그 내용은 이렇게 간략하였다.

林某字耆之 性孤峭 頗以才自負 累擧春場不捷 某月日卒于家 銘曰 未施才 命哉.
임모(林某)의 자는 기지(耆之)이다. 성품은 고고하고 엄격하였다. 자못 재주를 자부하였고, 여러 번 과거에 응시했으나 합격하지 못했다. 모월일(某月日)에 집에서 별세하였다. 명(銘)을 하되, 재주를 펼치지 못했으니, 운명이로다!

온기 없이 짤막하고 냉정한 글에 일말의 호의도 알심도 감지하기가 어려우니, 역시 임춘이 생전에 이인로와 정신적인 파당을 지었던 같은 기류(氣類)였기 때문이겠다. 이인로는 한 시인의 지적인 능력엔 한계가 있으니, 이를 극복하기 위해서는 선현들의 무한 경륜과 지혜와 체험을 나의 작문에 수용하여 필히 세련되게 조탁하는 공정이 필요하다[必加鍊琢之工]고 했다. 이른바 '용사(用事)'인 바, 그는 동시에 당시의 시단에선 임춘이 묘법(妙法)을 얻었다고 하였다. 그러매 혁신적인

'신의(新意)'를 앞세우던 이규보·최자(崔滋)의 진영에서 임춘과 이인로는 생사 간에 마뜩치 못한 상대일 수밖에 없었다. 한편, 임춘은 이 땅에서 최초로 술과 돈을 의인화한 〈국순전(麴醇傳)〉과 〈공방전(孔方傳)〉을 지음으로써 한국 가전(假傳) 문학의 개창자가 되었다.

오세재(吳世才, 1133~1199)는 고창 본관에 자는 덕전(德全), 호는 복양(濮陽)이다. 그 또한 무인시대의 개막으로 집안이 몰락하여 궁색해졌다. 임춘과는 달리 과거에 급제 했음에도 등용되지 못하였다. 죽림고회에서 나이 가장 연장인지라 좌장(座長) 격이었고, 이인로가 세 차례나 추천했으나 끝내 관직에 진출하지 못하였다.

한국 최초의 假傳인 임춘의 〈국순전〉과 〈공방전〉

나중에는 외가가 있는 경주에 머물다가 낙척 불우한 상태로 생을 마쳤다. 재주를 믿고 세상을 능멸한다(恃才傲物)는 세평(世評)처럼 문장에 자부심이 컸던지라 평생에 남을 허여(許與)하는 일이 적었다고 한다. 그러한 오세재가 19세의 이규보를 처음 만나자마자 그 오된 재능과 인금에 반해서 망년지교(忘年之交)를 맺었고, 칠현(七賢)의 모임에 잡아끌어 참여시켰던 사실을 이규보가 직접 〈칠현설(七賢說)〉과 『백운소설』에서 생생히 술회하고 있다.

나중 오세재가 경주로 떠난 어느 날 칠현의 모임에 간 이규보에게 이담지가 오세재의 빈자리를 보충할 것을 권했다. 이에 이규보가, "칠현이 무슨 조정의 벼슬자리라고 빈자리를 채운단 말입니까? 혜강(嵇康)·완적(阮籍)의 이후 그들을 계승한 이가 있었다는 말은 듣지 못했습니다"로 응답했으니, 듣는 이들로서는 꽤나 귀 거칠었을 터이다. 그리고 뒤미처서 '춘(春)' '인(人)' 두 자 운(韻)으로써 시를 요청 받았을 때 이렇게 지어 보였다.

榮參竹下會	영광스레 죽림의 모임에 끼어
快倒甕中春	흔쾌히 술단지 안에 엎어졌네.
未識七賢內	모르괘라 여기 칠현들 가운데
誰爲鑽核人	어느 분이 오얏씨를 뚫었는지.

죽림칠현의 한 사람인 왕융(王戎)이 자신의 집 오얏나무 씨를 남이 가져다 심을까 봐 송곳으로 씨를 뚫어서 버렸다는 고사를 끌어다가 은근 이 집단 누구(들)인가의 쩨쩨함을 비웃고 야유한 뜻이다. 자신을 알아주는 오세재로 인해 그들의 모임에 동참하긴 했으나 내심으론 못내 마땅치 않은 구석이 있었던 것이다. "매일 함께 모여 술 마시며 시를 짓되, 자기들 외에는 아무도 없는 양하더니 세상에서 빈정대는 사람들이 많아지자 기세가 조금 누그러졌다"는 〈칠현설(七賢說)〉 안의 증언도

이를 입증한다. 하지만 그들 여섯 사람의 입장에선 이제 스물을 갓 넘은 어린 자가 무례 당돌하게만 보였을 테니, "다들 꽤 불쾌한 기색이 있었다(一座頗有慍色)"함이 당연한 일이다. 그러나 이규보 처지에선 오세재도 없는 판에 마뜩찮은 속종을 참고 말 못할 이유는 더 이상 없었을 터이다. 이렇듯 임춘·이인로를 포함하여 그 모임 자체에 냉소적이던 그가 유독 오세재에 대해서만큼은 온공(溫恭)한 태도로 종유하였다.

글씨에도 일가(一家)가 있었던 모양이니, 동시대에 창작된 〈한림별곡〉 제3장 중 "오생 유생(吳生劉生) 양선생(兩先生)의 오생 유생(吳生劉生) 양선생(兩先生)의 위 주필(走筆)ㅅ경(景) 긔 엇더ᄒ니잇고"에서의 오생을 오세재로 보기도 한다. 여기서의 주필이란 재빠르게 써내려가는 붓을 뜻한다. 곧 일필휘지하는 글씨의 재주를 칭찬한 것이다.

또 이규보의 『백운소설』에는 오세재의 속성시(速成詩)에 관련한 일화 하나를 소개하여 있다. 한번은 북산에 올라가 개성부 북쪽 31리에 있는 바위인 극암(戟巖)을 읊고자 함에 옆에 있는 사람에게 운(韻)을 부르라고 했다. 그 사람은 골탕을 먹일 생각으로 어려운 운자를 골라 불렀으나 오세재는 조금도 머뭇거림 없이 즉시 그 운자에 화답하여 지었다고 하니, 그 시가 다름 아닌 오언율시 〈극암(戟巖)〉이다. 뾰족한 창 모양을 한 바위를 음영한 것이니, 조선 성종 대의 시문선집인 『동문선(東文選)』 덕에 볼 수 있게 된 3편의 유시(遺詩) 중 하나이다. 그의 또 다른 시 〈차운김무적견증(次韻金無迹見贈)〉은 김무적이 준 시에 차운(次韻)하여 화답한 칠언율시이다. 재주가 이하(李賀)보다 앞서고 도는 양웅(揚雄)에 비할만해도 쓰일 데가 없어 지금은 술병이나 기울이지만 결국엔 국은(國恩)을 입게 되리라며 격려한 내용을 담고 있다.

그 외에 오언율시 〈병목(病目)〉은 늙마를 탄식한 것이니 3편 중 가장 최종 작으로 보인다. 자신의 눈이 해마다 흐릿해져 감을 불우한 자신의 인생과 함께 자탄한 것이다.

老與病相隨	늙마에 병마저 따라오는데
窮年一布衣	한평생에 포의신세일 줄야.
玄花多掩翳	눈앞에 비문은 자꾸 아른거리고
紫石少光輝	눈동자는 조금씩 빛을 잃는구나.
怯照燈前字	등잔에 글자 비쳐보기 겁나고
羞看雪後暉	눈 온 뒤 햇빛에 눈이 시리네.
待看金榜罷	과거 발표 끝날 날 기다렸다가
閉目學忘機	눈 꼭감고 세상사 잊고 살리라.

시문은 각각 두보와 한유의 체(體)를 익혔다하거니와, 이규보는 그의 시를 '주매경준(酒邁勁俊)', 힘차고 굳세다고 평하였고, 최자(崔滋)는 '풍섬혼후(豊贍渾厚)' 즉

濮陽 오세재 선생의 문학비

넉넉하고 원만하다고 요약하였다.

오세재가 외가가 있는 경주에서 반환(盤桓)타가 죽으매, 23세의 이규보는 그의 재주와 삶을 애석해하는 충정으로 〈오선생덕전애사(吳先生德全哀詞)〉를 지었다. 게다가 '현정선생(玄靜先生)'이라는 사사로운 시호(諡號)까지 올려 바쳤으니, 이는 도연명이 죽자 그 문인들이 정절선생(靖節先生)이라 사시(私諡)한 선례를 본받은 것이다. 이규보가 이렇게까지 자별했던 데는 오세재가 자신을 최고로 알아주었다는 그 한 가지 때문임은 췌언할 나위도 없다.

이담지(李湛之)는 자를 청경(淸卿)이라 했는데, 역시 제대로 전하는 시는 없다. 임춘·오세재나 마찬가지로 기존 문벌귀족 출신이 무인란으로 몰락하여 개경 밖으로 유리(遊離)한 경우이다. 하지만 귀환하여 과거에 급제했고, 직후 토적병마서기(討賊兵馬書記)에 취직하였다. 또한 그를 '이유원(李留院)'이라고 호칭했다는 일로 미루어 유원(留院)이라는 벼슬도 지낸 것으로 보이는데, 모두 하급관리였다. 신종 2년(1199) 5월에는 이인로·함순·이규보와 나란히 최충헌의 저택에 초청되어 시를 지었다 한다.

이규보의 〈논주필사약언(論走筆事略言)〉에, 운자를 부르면 즉석에서 곧장 시를 써내려가는 재주인 창운주필(唱韻走筆)에 대해 얘기한 바, 이 방식은 이담지가 처음 내세운 것이라〔此法李湛之淸卿始倡之矣〕고 하였다.

그런데 이규보는 다만 주필이란 게 술기운에 호기를 발휘하여 친구 간에 쾌소(快笑)를 자아내고 호사자들의 구경거리가 될 수는 있겠지만, 상법(常法)은 아니라고 표명했다. 또 존귀한 이의 앞에서 함부로 할 일도 아닌데다가, 오직 빨리 지어내는 것만을 귀히 여기니 시 자체를 위해서는 적지 않은 허물이 된다고 비평했다. 〈한림별곡〉에조차 주필의 재주로 선양 받은 이규보임에도 이를 이렇게 부정적으로 보았다니 다소 의아하니 갸우뚱할 일이다. 아마도 초기엔 인기를 한 몸에 받은 일이 좋아서 한껏 과시하였지만, 원숙해지면서는 이 행위에 대해 회의가 깊어진 모양이다. 게다가 이담지에 대한 별반의 호의도 없던 터라 더 그런 생각을 품게 된 양하다. 아마도 이담지가 아닌 오세재가 그 말을 했다면 이렇게까지 비판하지는 않았을 듯싶다.

조통(趙通)의 자는 역락(亦樂)으로, 문과에 급제한 뒤 정언(正言)을 거쳐 고공낭중(考功郎中)이 되었다. 용모와 재능이 준수하여 여러 차례 명종의 부름을 받았다고 한다. 1197년 신종 즉위의 표(表)를 올리러 원외랑(員外郎)으로서 금나라에 사신 갔다가 3년간 억류 당한 후 풀려나, 귀국 후에 태자문학(太子文學)과 지서북면유수사(知西北面留守事)를 거쳤다. 1199년(신종 2) 지금의 경주인 동경(東京)에서 민란이 일어나자 장작소감(將作少監)으로 동경초무사(東京招撫使)가 되어 이를 무마했으며, 이듬해엔 소부소감(小府少監)으로 진주안무사(晉州按撫使)가 되어서는 선정(善政)으로 칭송을 받았다고 한다. 이후 조정으로 돌아와 정3·4품의 좌간의대부(左諫議大夫), 국자감대사성(國子監大司成), 한림학사(翰林學士)에 이르렀다. 죽림고회 외에도 최당(崔讜)·백광신(白光臣) 등과 기로회(耆老會)를 결성하여 소요(逍遙)한 행적도 남겼다.

황보항(皇甫抗)의 자는 약수(若水). 누대 문벌귀족 출신으로, 생애의 기록은 남아 있지 않다. 1176년(명종 6년) 승보시(升補試)에 수석으로 급제하였지만, 말직의 중원서기(中原書記)에 그쳤다. 이때 각별한 친교가 있던 임춘이 부임을 위로하는 시를 보내주었다. 또한 임춘의 편지글 〈여황보약수서(與皇甫若水書)〉는 황보항이 지은 악장(樂章) 6편을 보고 진선(盡善)하다며 탄상(歎賞)한 것이다.

함순(咸淳) 역시 소관(小官)에 그쳤고, 관련된 기록 또한 거의 전무하다. 역시 임춘이 그에게 보낸 편지인 〈송함순부익령서(送咸淳赴翼嶺序)〉는 함순이 하루아침에 모시던 부모를 뒤로한 채 강원도 양양의 작은 고을 익령(翼嶺)으로 부임해 갈 때, 장차 큰 벼슬로 불리게 될 날이 있을 것이라고 위로한 내용이었다.

이들이 비록 해좌칠현, 죽림고회라는 기치를 표방하여 표면상으로는 아웃사이더 그룹인양 보였지만, 전체의 관심은 못내 환로(宦路) 진출 쪽에 고개를 두고 있었음을 확인하였다. 그들 중 이인로와 조통 양인(兩人)의 경우 중앙의 혜택을 받아 어지간한 관력(官歷)을 나타냈고, 이담지와 황보항·함순의 세 사람은 겨우 찾아온 기회에 미관말직이나마 애써 임지에 나아갔으며, 임춘과 오세재의 경우 필생 과시(科詩)에 도전하고 추천을 시도하는 등 벼슬살이를 간절히 원했지만 그 어떤 기회도 만나지 못한 채 노박이로 생계의 위협을 당하다가 비참한 최후를 마쳤다. 결국 일곱 사람의 그 누구에게서도 진정한 은일(隱逸)의 명분을 기대하기가 난망한 일이 되고 말았다.

요컨대 죽림고회의 죽림은 깊게 파묻힌 자연이 아니라, 비접(避接)과도 같이 잠깐 머무는 자연이 되고 말았다. 은둔은 단호한 결정이 아니라 모호한 결정이었으며, 목적이 아니라 방편이었다는 사실을 마침내 둔과(遁過)할 수 없이 되었다. 험한 현실과 막연한 미래가 불안한 이들끼리 무리 짓고 위안 삼으면서 출사(出仕)에 대비하던 현실파 동아리였던 것이니, 저 중국의 죽림칠현이거나 한중(韓中)의 역대 기로회 같은 방외인(方外人) 단체들과는 애당초 동궤(同軌)일 수 없다.

겸하여 아쉬운 것은 칠현 가운데 임춘, 이인로, 오세재의 3인 정도에서 드리없지만 끼친 사조(詞藻)의 면면을 접할 수 있거니와, 나머지 인사들에게는 영성(零星)한 흔적조차 수습해 볼 수 없다는 사실이니, 그 실전(失傳)의 사유가 혹 족히 가관(可觀)할 바 없어서였을까?

다만, 이 모임의 구성원인 이인로가 첫 시화(詩話) 기록인 『파한집(破閑集)』을 남겨 한국문학사에서 패관문학의 남상을 확보했고, 임춘이 〈국순전(麴醇傳)〉과

〈공방전(孔方傳)〉을 써서 한국 가전(假傳) 문학의 효시가 되었다는 의미를 드리웠으니, 요행스럽고 가상한 일이었다.

이규보의
영정중월詠井中月

이규보(李奎報, 1168~1241)는 고려 고종 때의 문인·정치가로, 자는 춘경(春卿), 호는 백운거사(白雲居士), 지헌(止軒)이다. 시와 술과 거문고를 즐겨 삼혹호(三酷好) 선생으로도 자칭했다. 처음에는 관운없어 불우했으나, 32세인 1189년에 사마시에 합격하고 이듬해 문과에 급제한 이후 잠깐 전주목(全州牧)의 속관(屬官)인 전주사록(全州司錄)에 임명 되었으나, 41세 이후 승세를 타고 본격적으로 현관(顯官)하기 시작하였다. 52세(1219) 좌천과 63세(1230) 유배를 제외하고는 계속적인 영진(榮進)을 거듭하여 태자대보(太子大保), 문하

이규보의 초상

시중평장사(門下侍中平章事)까지에 이르렀으니, 벼슬에 임명될 때마다의 감회를 펼쳐 보인 즉흥시 또한 유명하다. 처음에는 도연명의 영향을 많이 받았으나 이윽고 자신의 개성이 실린 독자적인 시격(詩格)을 이룩했다.

그의 생애 문학을 총망라한 문집인 『동국이상국집(東國李相國集)』은 이규보 돌아간 해에 아들 이함(李涵)이 간행한 바, 전집 41권, 후집 12권, 총 53권으로 구성되어 있다. 여기에 이규보의 시문(詩文)만 아니라, 역사 및 문화 관련의 자료들도 실려 있다. 별개의 저술로 『백운소설(白雲小說)』이 있는바, 여기서의 '小說'은 현대의 그 허구적인 소설 장르가 아닌, 소소한 얘깃거리(小小之說)라는 뜻으로 오늘날의 수필 장르에 해당하는 내용이었다.

그는 문학 양식에 대한 실험 정신이 비상한 문인이었다. 고려시대에는 새로운 장르가 많이 생성되던 시기이기도 하였다. 서민 계층에서는 속요(俗謠)가 발생했고, 사대부 귀족 계층에서는 이를 재편성시킨 별곡(別曲)이 생성됐는가 하면, 의인

가전(假傳)과 경기체가(景幾體歌), 그리고 시조(時調)와 가사(歌辭), 서사시, 수필, 패관문학(稗官文學) 등이 우후춘순(雨後春筍)으로 출현하였다.

그런데 시조와 가사는 그 첫 개창의 당사자에 대해 명백할 길 없이 되어 버렸지만, 반면에 가전과 경기체가는 그 초기 작자의 분명한 모습을 확인해 볼 수 있다. 이 마당에 이규보가 〈국선생전(麴先生傳)〉·〈청강사자현부전(淸江使者玄夫傳)〉의 가전을 창작했음과 동시에, 〈한림별곡(翰林別曲)〉이라는 당시 한림 제유(翰林諸儒)의 공동 창작 전선에 듦으로써 두 단위 장르에 공통적으로 참여의 얼굴을 나타낸 당사자가 되었다. 그 뿐이 아니다. 이 나라가 원래 성인의 고장임을 알게 하고자 지었다는 〈동명왕편(東明王篇)〉은 한국 최초 민족대서사시의 남상(濫觴) 격으로 추대하지 않을 수 없고, 또 『백운소설(白雲小說)』을 남김으로써 『파한집(破閑集)』의 이인로(李仁老, 1152~1220)와 『보한집(補閑集)』의 최자(崔滋, 1188~1260)들과 나란히 평론 에세이 장르인 패관문학 분야에서 선구적인 역할을 했던 한 사람이었다는 점도 간과할 수 없고, 〈경설(鏡說)〉·〈슬견설(虱犬說)〉 같은 경수필(輕隨筆) 형태의 글을 처음 본격화한 사실도 망각할 수 없다. 과연 그는 바로 중세기 국문학에 있어서의 개물성무(開物成務)를 이룩한 주인공 당사자였다 할 것이다.

새로운 실험정신으로 문학 장르를 확대했을 뿐 아니라, 시 창작의 태도 면에서는 기성(旣成)의 틀에 대한 도전정신이 약여(躍如)하였다. 그는 당시의 문학원로였던 이인로와는 상반된 문학관을 갖고 있었으니, 이인로가 전통의 고전에서 좋은 구절을 응용하여 시를 짓자는 용사론(用事論)을 고수했던 데 반해, 이규보는 자신의 개성의 목소리가 실린 독창적인 표현을 써야한다는 신의론(新意論)을 폈다. 신의란 말 자체, 현대인에겐 장벽처럼 느껴지는 한문 원전 안의 생경한 용어라 난감해 한다. 게다가 이규보 같은 문호가 한 말이니 일반의 생각보다 더 깊은 다른 무엇이 있으려니 지레 벽역(辟易)하고 심각해지는 분석으로 외려 본질에서 멀어지는 일이 종종 있다. 하지만 그냥 요즘말로 한다면 옛 전거에 의존하지 않는 '참신

(斬新)한 생각'에 불외(不外)하다. '창의적 발상'이라 해도 무방하겠으니, 이규보의 시문이 훨씬 유창(流暢)하고 청신(淸新) 발랄해 보이는 이유인 것이다.

그 전형적인 사례가 바로 그의 대표작 중 하나로 꼽히는 〈동명왕편〉이다. 이 작품은 이규보가 26세(1193년) 개성 천마산 은거시절, 고구려의 건국 신화인 주 몽 신화를 영웅서사시 형태로 시화(詩化)한 것이다. 오늘날 일실(逸失)된 『구삼국 사(舊三國史)』에 수록되어 있다는 동명왕 본기(本記)의 줄거리를 141운(韻) 282구 (句)의 장편 오언시(五言詩) 형태로 전환시킨 체재이다. 당시 몽고의 침략에 맞선 거국적 항쟁의 상황에서 동명왕의 영웅적인 행적을 재인식시킴으로써 민족적 일 체감과 긍지, 투쟁 정신을 고취하고자 했고, 동시에 고려가 고구려의 계승 국가 로서의 정통성을 이어받았다고 하는 뜻세움도 겸한 양하다. 오늘날 이것이 훌륭 한 민족서사시로 평가를 얻게 된 것만 보아도 이규보가 일자천련(一字千鍊)의 고 음(苦吟) 쪽보다는 무난히 읽어내려 갈만한 서술형의 시작(詩作)에 더 능란했음을 알게 해 준다. 여기 〈동명왕편〉의 전반부 약간만 인용해서 본다.

王知慕漱妃	왕이 해모수의 왕비임을 알고
仍以別宮寘	이에 그녀를 별궁에다 두었다.
懷日生先蒙	해를 품고 주몽을 낳았으니
是歲歲在癸	이 해가 계해년 이었다.
骨表諒最奇	골상이 참으로 기이하고
啼聲亦甚偉	울음소리가 또한 심히 컸다.
初生卵如升	처음에 되 만큼한 알을 낳으니
觀者皆驚悸	보는 이들마다 소스라쳐 놀랐다.
王以爲不祥	왕이 상서롭지 못하다 여기며
此豈人之類	이 어찌 사람이라고 하겠나
置之馬牧中	마구간 속에 두었으나

群馬皆不履	모든 말들 밟지 않고
葉之深山中	깊은 산중에 버렸으나
百獸皆擁衛	온 짐승이 옹위하였다.

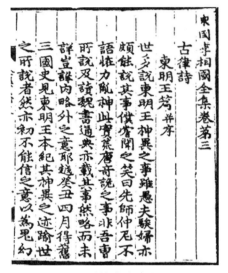

〈동명왕편〉의 序頭

나열된 시어가 특별한 수사법을 동원하거나 심각하게 연마한 자취가 없고, 그때 그때 떠오르는 바를 직설적으로 신속하게 표출한 태가 역력하였다. 진정 시풍(詩風)의 면에서 굴원이나 두보보다 도연명·이백 쪽에 근접한 시인이라고 할 만하였다.

당시 최고의 사학 기관이던 문헌공도(文憲公徒)에 입학했을 때 특히 시를 짓는 속작(速作) 시험인 각촉부시(刻燭賦詩)에서 큰 재능을 보였던 사실도 그의 시작(詩作) 태도와 무관하지 않아 보인다. '각촉위시(刻燭爲詩)'라고도 하는 이 시험은 촛불을 켜놓고 초가 타내려 가는 일정 부분에 금을 새겨 놓아 그 시간 안에 시를 짓게 하는 게임이다. 당시 사람들이 그를 "시첩(詩捷)"으로 불렀다 하니, 날쌘 시인이라는 뜻이다. 또한 당시 한림제유들의 합작인 〈한림별곡〉의 제1장에서 당대 문필가의 특장을 가려 내세운 중에 "李正言 陳翰林 雙韻走筆"(이규보와 진화의 쌍운 맞춰 달린 글)이라고 한 대목이 또한 그의 속성(速成)의 재기에 대한 너끈한 칭사(稱辭)였다.

『동국이상국집(東國李相國集)』의 〈논시중미지약언(論詩中微旨略言)〉에 서술된 이른바 '구불의체(九不宜體)'라고 하는 것 또한 이규보의 특이한 시론 가운데 빼놓을 수 없는 하나이다. 한시 작법에서의 아홉 가지 좋지 않은 문체를 지적한바, 일종

수사법 이론이라 하겠는데 그 비유의 말들이 흥미롭다.

詩有九不宜體 是余之所深思而自得之者也 一篇內多用古人之名 是載鬼盈車體也
攘取古人之意 善盜猶不可盜亦不善 是拙盜易擒體也 押强韻而無根據 是挽弩不勝體
也 不揆其才 押韻過差 是飮酒過量體也 好用險字 使人易惑 是設坑導盲體也 語未順
而勉引用之 是强人從己體也 多用常語 是村父會談體也 好犯丘軻 是陵犯尊貴體也
詞荒不刪 是稂莠滿田體也.

시에는 아홉 가지 좋지 않은 모양이 있으니, 이는 내가 깊이 생각해 온 바에,
스스로 체득한 것이다. ① 한 편의 시 속에 사람의 이름을 많이 쓰면, 귀신을 수레
에 가득 실은 것과 같은 '재귀영거체(載鬼盈車體)'이다. ② 옛 사람의 글 뜻을 몰래
취해 쓰면 서툰 도둑이 잡히기 쉬운 것과 같은 '졸도이금체(拙盜易擒體)'이다. ③
강운(强韻)으로 압운(押韻)하되 거기에 꼭 필요한 근거가 없다면 쇠뇌를 당기되
감당하지 못하는 것과 같은 '만노불승체(挽弩不勝體)'이다. ④ 그 재주는 헤아리지
않고 무리한 압운을 하면, 술을 너무 많이 마신 것과 같은 '음주과량체(飮酒過量體)'
이다. ⑤ 어려운 글자 쓰기를 좋아하여 사람을 헤매도록 만들면, 구덩이를 파놓고
장님을 이끄는 것과 같은 '설갱도맹체(設坑導盲體)'이다. ⑥ 말의 뜻이 순조롭지
않은데도 굳이 끌어다 붙인다면, 남에게 억지로 자기를 따르도록 하는 것과 같은
'강인종기체(强人從己體)'이다. ⑦ 상투적인 말을 많이 쓰면 시골 촌부들끼리 모여
떠드는 것과 같은 '촌부회담체(村夫會談體)'이다. ⑧ 공자 맹자 등을 함부로 쳐들면
존귀한 이름을 함부로 범하는 것과 같은 '능범존귀체(凌犯尊貴體)'이다. ⑨ 글이
거칠고 다듬어지지 않으면 가라지 잡초가 밭에 가득 찬 것과 같은 '낭유만전체(稂
莠滿田體)'이다.

이러한 마땅치 않은 틀을 벗어난 뒤라야 함께 시를 논할 수 있다고 하였으니,
이는 대개 그와 상반되는 문학관을 지닌 동시대의 이인로(李仁老)·임춘(林椿) 등을
상당부분 의식하고 한 말로 보인다. 하지만 그와 반대되는 처지에서 이규보의 이

같은 논의들을 가탈잡아 말하기로 하면 그 언어 결구(結構)가 꽉 배지 못해 성깃하고, 시에 웅숭깊은 맛이 없이 가볍다는 논폄(論貶)을 들을 수도 있다.

또한 이규보에게는 '물(物)'과 '관(官)'에 대해 긍정적인 가치를 부여하고 높이 존중했던 내력이 포착된다. 『동국이상국집』 제22 안에 들어있는 〈반유자후수도론(反柳子厚守道論)〉은 당나라 산문학의 대가인 유종원(柳宗元)이 '도(道)를 위해 관(官)을 버린다'는 생각에 대한 반론을 편 글인데, 그 요지는 이러하였다.

物者道之準也 守其物由其準而後 其道存焉 苟舍之 是失道也 官者 道之器 未有守道而失官者.

물(物)이란 도(道)의 기준이다. 물(物)을 지키기를 기준대로 한 뒤에라야 그 도가 보존된다. 진정 이것을 버린다면 이는 도를 잃는 것이다. 관(官)이란 도를 실천하는 그릇이니, 도를 지켰는데도 관(官)을 잃는다는 것은 있을 수 없다.

도를 지키기 위해서도 물(物)과 관(官)의 수호가 중요하다고 강조한 것이다. 언뜻 생각하면 선비가 물질이며 벼슬에 집중한다는 게 자칫 속물처럼 보일 수도 있을 텐데도, 오히려 이규보는 물질과 벼슬 안에 도가 들어있다고 하였다. 바꿔 말해서 물질이 없으면 도를 밝힐 수 있는 준거가 사라지고, 벼슬이 없으면 도를 부려 사용할 길이 없어진다는 뜻이다. 그에게 있어 물질과 벼슬은 필수 불가결한 가치였던 것이니, 이같은 그의 생각이 그대로 반영되듯 이규보의 삶엔 물(物)에의 지향과 관(官)에의 집념이 유달리 비상한바가 있었다. 그가 처했던 시대 상황과 긴밀히 관계있을 터이다. 곧 1170년 무신정변 이후 지속된 무신집정기(武臣執政期) 약 100년 중에 가장 든든했던 기반은 최충헌 부자의 정권이었다. 이때 그 치하에서 벼슬을 유지하던 당시 문인들의 특수한 상황을 이에 고려하지 않으면 그 실상도 제대로의 파악이 어렵다.

이규보는 23세(1190년) 되던 해 과거에 합격했지만 이후 15년 가까운 세월에 무위무관(無位無官)한 포의한사(布衣寒士)의 신세로 지낸다. 1196년에 무인정권의 판도를 잡은 최충헌이 1205년에 문하시중(門下侍中)이 되면서 명색으로는 왕의 아래이나 실제로는 최고의 권력을 휘두르는 자리에 서게 되었다. 이 상황 안에서 이규보가 최충헌의 앞에 두 차례 헌시(獻詩)하여 재주를 인정받고 천거도 얻었다. 이후에야 제대로의 등용을 입게 되니, 그의 나이 41세 되던 해였고 오랜 우여곡절 끝의 첫 앵천(鶯遷)이었다. 최충헌의 뒤를 이어 집권한 최우가 강화도로 도읍을 옮긴 이후에도 권력의 눈높이에 맞춘 이규보의 행각은 다를 바가 없어 급기야 승승장구하여 재상까지 오른다. 그의 관(官)에 대한 견집(堅執)과 고수(固守)의 배경엔 일찍이 무관자(無官者)의 처지로 있을 때 뼈저린 무기력 체험이 큰 부분을

『고려사』 권102의 이규보 열전

차지했을 터이다.

관도(官途) 지향 의지가 이처럼 확고 견강(堅强)했던 바에, 그가 아직 환로(宦路)에 나가기 전의 일화 안에서도 벌써 그러한 기미가 발견된다. 당시 그보다 전배(前輩)인 이인로(李仁老), 임춘(林椿) 등이 조성한 7인 그룹 죽림고회(竹林高會)의 일원이던 오세재(吳世才)의 유고로 한 자리가 비게 되었다. 이에 이담지(李湛之)가 이규보로 하여금 들어와 채우기를 청하였을 때, "칠현이 무슨 조정의 벼슬이라고 그 빈자리를 채운단 말인가?(七賢豈朝廷官爵 而補其闕耶)"하며 냉소적으로 거절했다던 그의 태도에는 그만한 이유가 있었던 것이다.

한편, 그의 문학 세계 안에는 보다 특이한 사물들의 존재가 열병(閱兵)하듯 쏟아져 나옴을 확인하기 어렵지 않다. 과실 접붙인 이야기인 〈접과기(接菓記)〉에서의 과일, 〈사륜정기(四輪亭記)〉에서의 바퀴 달린 정자, 〈답석문(答石問)〉에서의 큰 돌, 〈섬(蟾)〉에서의 두꺼비, 〈주망(蛛網)〉에서의 거미, 〈칠호명(漆壺銘)〉에서의 호로병 등, 동물·식물·사물 가리지 않고 동원되었다. 이규보 연구사에서 각별히 그의 영물시(詠物詩)를 주제로 삼은 논지들이 유난히 많았음도 그저 우연한 현상이 아니다.

박성규는 이규보 영물시에 관해 논하는 자리에서 특히 빈도 높고 의미 있는 소재로 거문고, 술, 대나무 세 가지를 꼽았는데, 여기서 그는 이규보가 자연물에서 도덕적이고 관념적인 주제를 추출하려던 목적 외에, 자연물 자체에 내재된 아름답고 진실된 실체를 함께 추구하고 있는 것으로 관측하였다. 그런데 그가 자칭 세 가지를 지독히 좋아하는 삼혹호선생(三酷好先生)이라 하였거니, 그 세 가지란 게 다른 무엇 아닌 술, 거문고, 시였음에 위에서 꼽았던 것과 둘이나 겹쳐 있다는 사실이 공교롭기까지 하다. 또 시가 꼭 영물 소재거나 의인화 수법을 통하지 않는 경우에조차 대상 사물에 대한 관찰 및 관조에 남달리 빛이 났다.

이규보의 물(物)에 대한 관조는 운문과 산문 가리지 아니한 채 훨씬 그 진폭이 크고 넓다. 〈방선부(放蟬賦)〉나 〈방서(放鼠)〉 시 같은 곳에서는 거미와 매미, 쥐의 천성을 인간적 수준에서 논단하였고, 〈요잠(腰箴)〉·〈준명(樽銘)〉·〈장척명(長尺銘)〉 같은 곳에서는 허리·술잔·긴 자 등의 대상을 모두 2인칭 인격대명사인 '너〔爾〕'로 호칭하면서 자신의 인생관을 극구 표명하였다. 심지어 〈구시마문(驅詩魔文)〉 같은 경우 '시적 창조력' 같은 추상명사조차 '시마(詩魔)'로 인격화했음을 엿볼 수 있다.

더 나아가, 사물에의 비상한 관심이 비인간에 인격을 부여시켜 창작을 가한 두 편(篇)의 의인 가전(假傳)으로 나타나기도 했다. 〈국선생전(麴先生傳)〉, 〈청강사자현부전(清江使者玄夫傳)〉이 그것이니, 술을 국성(麴聖)이라 가탁하고, 거북을 청강(清江)의 사신(使臣)으로 설정하여 사람의 삶인양 다루었다. 그의 의인법 구사를 통한 알레고리적 사유는 즉흥적 기분에 따른 일과적 분비물이 아니라, 평소 사물에 대한 진지한 대응과 꾸준한 인식의 결과물이었던 것이다. 비록 그의 단독 창작은 아니고 한림 제유의 합작으로 만든 〈한림별곡〉도 그 두드러진 특징이 사물의 열거에 있었다.

그러면 대관절 이규보에게 있어 그 어떠한 상황이 사물에 대한 비상한 응집의 성향을 가능하게 했을까? 이 물음에 대한 답 역시 위의 관(官) 지향과 마찬가지로 그의 무신정권에 밀접한 환해(宦海)의 삶과 관계있어 보인다. 곧 무인집권 하에서 개인적으론 최충헌과 특히 최우의 은우(恩遇)에 대하여 충심으로 감사를 나타내는 경우도 있었겠지만, 지식인의 객관적 양심으로 최충헌 일가의 무리한 전횡에 대해 바로 직시하고 초들어 충언할 수 없는 데 대한 자괴감 또한 끝내 마지못할 것이었다. 이 같은 정황 속에서 그의 문학 창작의 에너지가 절대 권력과의 충돌을 피하고 다른 쪽으로 선회하여 안주(安住)한 분야가 다름 아닌 사물에 집중하는 문학 형태였을 터이다. 요컨대 관물(觀物)·영물(詠物)은 입신출세의 현실을 구하는 과정에서 세계와의 갈등과 자기모순을 피해 가기 위한 현실도피의 문학적 한 방편(方便)이었다.

기실 이러한 경향은 꼭 이규보만 아니라, 1200년대 전후의 험난한 무인시대를 살면서 적극적으로는 입신출세 및 궁핍을 해결하고, 소극적으로는 난처한 상황에 얽히기를 원치 않았던 지식인 누구에게나 예외 되기 어려운 문제였다. 같은 무렵에 나온 임춘(林椿)의 〈국순전(麴醇傳)〉·〈공방전(孔方傳)〉과, 이규보의 벗 이윤보(李允甫)의 〈무장공자전(無腸公子傳)〉, 석(釋) 혜심(惠諶)의 〈죽존자전(竹尊者傳)〉, 〈빙도자전(氷道者傳)〉 등도 처세 및 진리에 대한 직접 서술 대신, 술·돈·게·대나무·얼음 등을 이용한 자기표현의 우회적 산물들이었다.

이러한 회피성 때문인가, 의외로 관직자 이규보의 인간에 대해 "양심적이나 소심(小心)한 사람"이었다는 평설도 있지만, 이규보가 스스로의 이야기를 남의 일인 양 빗대어 쓴 탁전(托傳)인 〈백운거사전(白雲居士傳)〉을 보면 탈속(脫俗)의 기운이 왕양하여 성정이 꽤나 대범하고 또 사뭇 파탈(擺脫)한듯 싶은 인상까지 받게 된다. 아울러 이규보의 풍류 넘치는 여러 시들에서도 외향적 습습한 기질이 잘 감수된다. 혹 이규보가 짐짓 그 같은 이미지를 발보인 것인가 의심도 해 보지만, 그러나 그의 또 다른 서사시인 〈노무편(老巫篇)〉 같은 데서 이규보의 꺽진 면모를 문득 엿볼수 있다. 그의 시대에 뜨악한 혐오집단으로 심하게 배척당했던 무당들에 대한 과격한 공세와 단호한 비판에 문득 선겁기까지 하다.

역시 그의 작문 세계에는 호일(豪逸)한 면모만이 보일 따름이다. 스스로가 강조한 시론 가운데서도 시 창작에 임해서 시는 '의(意)'를 주축 삼는 것이라 했다. 이것의 설정이 가장 어려우니, 시어의 연결 배치는 그 다음이라 했다. 의는 또한 기(氣)가 위주인데, 이는 역시 천성인지라 학습으로 얻어지는 것이 아니라고 했다. 역시 수사 면에서 치밀하게 다듬어진 조탁(彫琢) 대신 너글너글 활연(豁然)한 소통을 으뜸으로 삼았으니, 그의 시풍(詩風)이 호방 활달하다는 세평(世評)이 과연이었다. 또 박창희가, "작품들은 깊이 생각한 끝에 나타낸 자기표현은 아니었으며 그때그때 의식에 떠오르는 바가 그대로 표출되는 것을 특징으로 하고 있었다"고 평한 것 역시 이 의기론(意氣論)과 견주어서 수긍되는 터전이 있다.

다만, 그러다 보니 자칫 표현이 조밀하지 못해 시적 긴장(tension)이 아쉽다는 지적도 있는데, 그래도 이규보의 잘 된 시로 평가를 얻은 시작(詩作)들을 보면 이러한 폐단에서 꽤 벗어나 있음을 포착할 수가 있다. 그의 대표작 가운데 〈하일즉사(夏日卽事)〉 시 두 수(首)를 예로 본다.

簾幕深深樹影廻　　주렴장막 깊은 곳 나무그늘 바뀌어들고
幽人睡熟鼾聲雷　　은자는 잠이 깊어 우레 같이 코를 고네.
日斜庭院無人到　　날 저문 뜨락엔 찾아오는 이 하나 없고
唯有風扉自闔開　　바람만이 제 혼자서 사립문을 열고 닫네.

輕衫小簟臥風欞　　홑적삼 대자리로 바람 길 난간에 누웠는데
夢斷啼鶯三兩聲　　두어마디 꾀꼬리 울음에 곤한 꿈이 깨누나.
密葉翳花春後在　　잎에 가렸던 꽃은 봄 다 가도 남아있고
薄雲漏日雨中明　　엷은 구름 사이 햇살은 빗속에도 밝구나.

안전(眼前)에 세심 면밀한 관찰이 없다면 차마 자아내기 어려웠을 보람이 아닐 수 없다. 게다가 진밀(縝密)한 서경(敍景) 위에 틀수한 여운마저 자아내니, 여기 이파리에 가렸던 꽃하며 구름 사이 햇살은 혹 이규보 자신의 자기 연민 내지 고독의 은유법은 아니었을까.

일개 자연인 시객으로서 이백과 두보의 시경이 못내 그리워 외로움의 허무주의마저 감도는 또 한 편의 시를 읽어 본다. 〈만망(晚望)〉, '저녁나절 달 바라보며'이다.

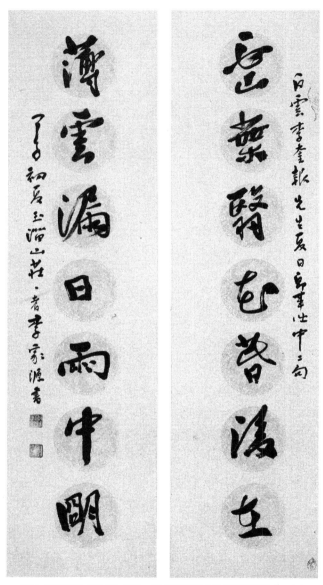

淵民 이가원의 1984년 遺墨, 〈白雲李奎報先生夏日即事詩中二句〉

李杜啁啾後	이백두보가 시 읊고 간 뒤에
乾坤寂寞中	온천지가 다 적막에 빠진 듯.
江山自閑暇	강산은 우두먼히 한가로운데
片月掛長空	구만장천에 조각달만 떠 있네.

이백과 두보가 살아 자신들을 읊어대던 그 시절의 산하(山河)는 참으로 맥박이 고동치고 생명감이 넘쳤을 텐데, 이제 그토록 근사하게 바라봐 주고 최고로 읊어 줄 희대의 두 천인(天人)을 여읜 후에 세상의 잿빛 무료(無聊)와 허탈의 심사를 노래한 것이다. 그런 세상 내려다보고 있는 달은 문득 쓸쓸하고 울가망한 이규보 마음의 표상이겠다. 평생 험난한 시대 최충헌 부자의 무인정권에 부합하여 명철보신(明哲保身)으로 이름 높았던 삶의 이면에 드리워 있던 생의 니힐리즘이 홀연 추창(惆愴)한 감회를 자아낸 순간이다.

이제 그의 잘 된 시로 오언절구 〈영정중월(詠井中月)〉을 본다. '우물 속의 달을 읊다'이다. 끼쳐 남긴 두 마리가 있으되, 그 중 두 번째의 것이다.

山僧貪月色	산에 사는 스님이 달빛을 탐하여
并汲一瓶中	물과 함께 병속에 길어다 담았네.
到寺方應覺	절에 다다르면 그제야 깨달으리라
瓶傾月亦空	병 기울이면 달빛도 간 데 없음을.

작자의 문집인 『동국이상국집』 후집(後集) 권1에 실려 있으며, 장지연(張志淵)이 편한 『대동시선(大東詩選)』에도 수록되어 있다. "산석영정중월(山夕詠井中月)"로 표기된 자료도 있다. 앞의 〈만망(晚望)〉이 이백과 두보의 시경(詩境)에 대한 애련(哀憐)한 유교적 선모(羨慕)의 정서에 입각해 있다면, 〈영정중월〉은 냉정(冷靜)한 불교적 허무주의를 용케 대변해 낸 산물인지라 대조가 된다.

두 번째 구의 '瓶(병)' 대신 '壺(호)'로 표기된 자료도 있다. '幷(병)'은 '아울러, 겸하여, 함께', '汲(급)'은 물 긷는다는 말이다. 전구(轉句)의 '方'은 '바야흐로, 막'으로 풀어도 좋고, '그제야, 비로소'로서 유연한 맛이 난다.

삽상(颯爽)한 조어(措語)로써 그림같은 풍경 연출과 함께 오의(奧義)가 배어나니, 그야말로 신의(新意)가 넘치는 시이다. 최다작(最多作)의 절구를 비롯해서 고시(古詩), 율시(律詩) 합하여 약 2000여 수(首)를 상회하는 이규보의 전체 운문 중에 필자는 이를 가장 관절(冠絶)한 시로 본다. 마침 조선 후기의 문신(文臣)인 남용익(南龍翼, 1628~1692)이 또한 이 시를 우리나라 오언절구 가운데 가장 뛰어난 작품으로 평했음을 접하고 혼자 열적게 격절탄상(擊節嘆賞) 하였다.

여기 산승의 달에 대한 은유법에 대해, 이상과 현실의 괴리(乖離)를 비유적으로 읊고 있다고도 하고, 달을 하나의 진리라고 상정하여 진리를 추구하여 가는 과정, 곧 수도(修道)의 어려움을 담고 있는 것이라는 해석도 없지 않다. 또는, 진리는 어디에나 있는 것이지만 그것을 발견해 내서 언어로 옮기는 순간 그 진리는 공허해지고 만다는 선 사상(禪思想)의 내포를 말하기도 한다. 짧은 4행, 불과 스무 글자 안에 이런저런 해석을 가능하게 만드는 그 함호(含糊)의 분위기가 무척 매력적이다.

동시에 교묘하게도 이 시 기승전결 각 행(行)의 끝자(字)들만을 따로 종단(縱斷)하여 읽으면 '색중각공(色中覺空)'이 된다. '색 가운데서 공을 깨닫는다'는 네 글자가 마치 숨은 그림인 듯, 또는 마음에 없으면 봐도 보이지 않는다는 "시이불견(視而不見)"인 듯, 비밀한 곳에 저장해 둔 보물인 양, 불교 금강경의 진리 한 도막을 감쪽같이 감춰 배치해 놓은 시인의 저의가 깜찍하기조차 하다.

돌이켜 '색즉시공'이란 말은 그 자체가 현실의 물질적 존재는 모두 인연에 따라 만들어진 것으로서 불변일 수 없고, 고유의 존재성도 없음을 의미한다. 환언하면 만물의 본연(本然)은 공(空) 뿐이되, 연속적인 인연에 의해 임시로 다양한 만물의 모습으로 존재한다는 것이다. 이 시에서도 우물에 비친 달빛은 바로 색(色)이고 하늘에 뜬 달이 진리로서의 공(空)이다. 우물 속 달빛은 가상(假相)이요 허상이고, 천공의 달이 진체(眞體)요 실상이다. 스님은 물에 비친 달 즉 색(色)을 탐내어 병에 담아왔으나, 물을 따르고 난 연후에야 비로소 자신이 보았던 현상이 공(空)임을 깨닫게 된다고 독자에게 풍기쳐 다지고 있다.

그런데, 여기의 달, 그 허망한 객체는 그것이 이규보가 그토록 중요하다던 세상의 물(物)이었다. 뜻밖에도 이규보의 한창 시절 관심사였던 물(物)의 권화(權化)가 이 자리에서 문득 허망한 객체로 스러지는 모양을 보게 된다. 지난날엔 진정 이것을 버린다면 도(道)를 잃는 것이라던, 없다면 도(道)도 설 자리가 없다던 그 물(物)이란 게 그 얼마나 허망하고 허황된 것인가에 대한 속 깊은 자각, 뼈저린 공허감이 짙게 토로(吐露)되고 있다.

이 시는 생각건대 보다 친불(親佛)의 성향이 강해진 만년의 작일 것이다. 만년에 이규보는 더욱 불교에 기울었고, 따라서 불교시는 그의 시작(詩作) 중에 상당한 비중을 차지하여 있다. 이규보의 불교 지향적 경향은 개인의 고유한 성향과 관련이 있지만, 그의 시대에 새로 풍미하게 된 조계종 사조(思潮)와도 무관하지 않다. 이규보가 의욕적으로 활동하던 시대에 권력을 잡은 무신 세력은 자신들의 정권 유지에 부합하는 종파를 지원하였다. 이참에 고려 불교의 경향도 기존에 고려 전반기까지 풍미한바 교종 경향으로서의 화엄종(華嚴宗) 및 천태종(天台宗)을 뒤로 하고, 돈오(頓悟)와 점수(漸修)의 병행을 주창한 지눌(知訥, 1158~1210)과 혜심(慧諶, 1178~1234)의 조계종(曹溪宗) 쪽으로 옮겨갔다. 요컨대 기존 문벌귀족의 종교가 신흥사대부 종교로의 변환이자, 교종에서 선종 쪽으로 그 무게 중심이 바뀌어 드는 변혁이었다. 신흥사대부인 이규보 또한 여러 종파의 불교를 다각적인 관점에서 인식하기는 했지만, 그의 관심의 중추는 역시 신진사대부의 선택인 조계종 분야에 있었다. 〈담선법회문(談禪法會文)〉에서는 선종의 종지가 최상의 법문임을 역설

摩河 선주선의 筆致 〈詠井中月〉

했다. 곧 "선(禪)은 더 이상이 없는 큰 법문"이라 하였으니 그가 승려사회 안에서 선종의 승려를 최고로 칭찬하고 선양했던 태도 또한 전혀 이상한 일이 못되었다. 또 실제의 문필 생활에서도 글로써 부처에게 봉사하는 이른바 "이문사불(以文事佛)"의 글쓰기를 한 자취가 많으니, 『동국이상국집』에 실린 300여 수의 불교 시와 130편에 가까운 불교 산문이 그 도렷한 증품(證品)이다. 다만 전문적인 불교 저술을 남기지는 않았지만, 그렇다고 이규보가 불교를 거탈로만 높였다거나 현학적 취미 차원에서 그런 것은 아니었다.

그는 출가(出家)하여 승려가 될 마음은 꿈에도 없었던 대신, 속세에서 수행하는 불교 신자 즉 '재가(在家) 불자(佛者)'로서의 역할을 충실히 수행한 인물이었다. 재가불자를 불교에서 '재가거사(在家居士)' 또는 '거사(居士)'라고 부르고, 이들의 믿음 형태를 '거사불교'라고 한다. 재가불자들은 당시 불교사회의 폭넓은 저변 기층으로 그 무렵 불교문화의 진흥에 강력한 전위(前衛) 역할을 하던 그룹으로, 청평거사(淸平居士) 이자현(李資玄), 낙헌거사(樂軒居士) 이장용(李藏用), 동안거사(動安居士) 이승휴(李承休) 등이 각별한 행적을 나타냈다. 이제 이규보가 또한 유학을 삶의 교양과 이념과 기반으로 살아가던 전형적인 사대부였지만, 재가불자로서의 특징과 위상을 실답게 간직하고 산 인물이었으니, 〈차운백낙천재가출가시(借韻白樂天在家出家詩)〉, 〈문상당게(問上堂偈)〉, 〈승통우화부답지(僧統又和復答之)〉 등의 선시(禪詩)에 반반(斑斑)히 드러난다. 나아가, 그는 자신이 지닌 문학적 탁월한 재능에 의지하여 동 시대에 조계종의 대표적 출가 승려였던 무의자(無衣子) 혜심(慧諶, 1178~1234) 같은 고승과 나란히 담론했으며, 1234년 혜심의 입적(入寂) 뒤엔 손수 추모의 비문을 써줄 정도로 교계(交契)가 두터웠다.

이처럼 이규보는 불교 주제의 시문을 상향 발전시킨 재가불자의 공로자이기도 한바, 그의 불교시에서 불교는 단순히 소재거나 수단의 차원에 머물러 있지 않고 어엿한 중심 주제 가운데 하나로서 작용했음을 명기(銘記)할 이유가 다분하다. 반면에 불교 또한 이규보의 문학적 업적 및 지명도를 상향시킨 정신적 프롬프터 (prompter) 역할을 했으니, 지금 〈영정중월〉 시가 그 대표적인 사례라고 하겠다.

高麗守太尉門下侍郎平章事致仕李奎報卒奎報九

歲能屬文號奇童稍長經史百家之書一覽輒記放曠

以詩酒自娛號白雲居士中第十年不調宰相禁省交

薦之义司兩制時蒙兵壓境奎報製陳情書表帝感悟

撤兵平生詩文不蹈古人畦徑橫鶩別駕江洋大肆一

時高文大冊皆出其手

太學博士劉應起進對言大有為之君常使近倖使宰

相今宰相畏使近倖使宰相畏臺諫今臺諫畏宰相願陛

下官府事一以付之中書而言官勿專用大臣所引則

조선 세종 때의 『治平要覽』 권138 宋 理宗 篇에 게양된 이규보

우탁의
탄로가 嘆老歌

고려 말의 유학자이자 정치가인 우탁(禹倬, 1262~1342)이 늙음을 탄식하여 지었다는 시조들이 있으니, 세간에선 통상 '탄로가(嘆老歌)'로 알려져 있다. 그렇게 일반과 친숙한 만큼 곧장 우탁의 삶과 연결시켜 그 노년의 서정에 대해 얘기하면 그만일 듯싶지만, 그의 시조에 접근하는 데는 얼마큼 감수해야 할 난관이 없지 않다.

　　첫째는 시조의 기원이 고려 말보다 훨씬 나중일 수 있을 개연성 바탕에서 아예 고려조 시조들의 존재자체를 부정하는 논의가 있어 왔다. 이는 여말 시조연구에 상당한 걸림돌이 되어 왔다. 정녕 그것이 모두 허상이요, 위작이라고 한다면 연구는 원인적으로 의미 없는 일이 될 것이기 때문이다. 실제로도 우탁의 시조를 포함하여 여말 시조에 대한 접근을 주저하는 분위기까지 가세하여 여말의 시조 연구는 별반 진전을 보지 못했음이 사실이다. 요는 우탁의 시조가 정음 창제(1443) 훨씬 전의 것이라는 데서 유인된 혐의라고 할 수 있다. 역으로 우탁의 시대에 이미 한글이 있었다면 모든 의심에서 자유로워졌을 테지만, 한낱 입에서 입으로의 전승으로만 우탁과 '탄로가'의 관계를 얘기되어 온데서 의단(疑端)이 발생했다고 하겠다. 처음부터 글로 정착되지 못해서 야기되는 문제는 이 '탄로가'만 아니라, 여말의 시조 모두에 걸려 있는 멍에와도 같은 것이기도 했다. 그리하여 시조의 기원을 어떡해든 여말로 견지하려는 논자들의 반면에는, 그보다 200년이나 뒤진 조선 중기 15세기말, 16세기까지 내려서 보겠다는 입장이 팽팽히 대립하기도 했다.

　　시조의 기원에 대해서는 여말의 다른 시조들을 대하는 공간에서도 거듭 유념해 볼 사안이 되겠거니와, 구비 전승의 것이라 불완전하다는 혐의는 여기 여말의 시조에만 걸려있는 핸디캡은 아니다. 정음 창제 이전의 구구전승을 모태로 하고 있는 장르들 모두에 해당되는 이슈가 된다. 이를테면 고려가요들 역시 훈민정음이 창제되고도 또 몇 십 년을 더 기다려서야 그 오랜 구비전승의 메시지가 겨우 글자로의 혜택을 입게 된 것이었다. 따라서 작자거나 발생의 시점 등에서 심히 안정적이지 못하다. 심지어 〈정읍사〉 같은 경우는 백제 노래인지 고려 노래인지 그 정체성 확보조차 어려운 정도이니, 말의 전승이 안고 있는 폐단이 이와 같은 것이다. 하물며 고려가요야말로 시조보다 훨씬 이른 시기부터 구비문학의 형상으로 내려오다 조선 9대 성종 이후에나 비로소 문자 혜택을 받은 것이다. 거기 비한다면 시조는 오히려 더 시대적으로 가까워 수월한 상황 안에 있다.

시조나 고려가요 뿐이랴. 구전가요였다가 나중 가서 한문으로 정착된 한국의 고대시가도 예외가 될 수는 없다. 〈공무도하가〉야 아예 연대 불명이요, 〈황조가〉·〈구지가〉 등의 고대 노래도 그것의 배경인 기원전 1세기의 고구려 유리왕이거나, 기원후 1세기의 가락국 김수로 당년에 한역화로 정착된 것이 아니다. 한참의 역사가 흘러 11세기 고려의 『삼국사기』와 13세기 『삼국유사』에서나 겨우 한역되어 정착한 것이니, 일천 년 넘는 세월 동안에 과연 원 모습이며 작자, 창작의 시기 등을 보장할 수 있었겠는지 그 정체성이 의심스러운 것이다.

그렇다고 이러한 처지에 있는 전체를 믿을 수 없다 간주하여 죄다 치지도외한다면 고대와 중세의 한국문학사 서술은 원인적으로 성립이 불가할 것이다. 일체가 제시된 문헌들 외에 의지할 다른 어떤 대안도 없는 정황에서, 다시 어떤 근거를 믿고 따라가겠다는 건지 그 역시 모호한 일이 아닐 수 없다.

이제 의심을 두되, 여말 우탁의 탄로가를 위시해서 연하여 점철을 이룬 소위 다정가, 하여가, 단심가, 회고가 등 자못 여러 편의 고려 시조들 전부가 일시(一是) 후인들의 의작(擬作)이라고 하였으나, 그것들이 의작, 위작이라고 판정할 만한 꼼짝 못할 근거도 아쉬운 마당이다. 신기루 허상으로 믿지 못하겠다는 그 불신의 근거란 게 거의 옛사람들의 증언 하나 없는 추측성 논의 이상이 되지 못하니, 그것이 가상(假象)이라는 보다 명징하고 결정적인 근거가 아쉽다. 혹 16세기 기원을 옹호하는 입장이면서도 백성들의 시조사(時調史)에 대한 희망을 무시할 수 없어서 여말의 것도 시조사에 포함시킨다는 변설도 볼 수가 있다. 하지만 정작 백성들의 희망이 초점이고 핵심이었다면 을파소와 설총부터를 시조사에 넣어야 마땅할 것이나, 그렇게는 하지 않는다.

이제 글자의 혜택을 받지 못한 시대의 작품들에 대한 혐의만을 고수하여 부정적 배타적인 태세부터 우선함은 자칫 자기 발등 찍는 일일 수 있다. 그러므로 애매한 상황에, 우선 버리는 쪽보다 일단 거두어 보합(保合)시키는 쪽의 안전과 실익을 고려하는 속에 여말 시조들의 모색에 나선다.

우탁은 고려의 정치가, 유학자로, 시호는 문희공(文僖公)이다. 단양(丹陽) 본관에, 자는 천장(天章)·탁보(卓甫·卓夫), 호는 백운(白雲)·단암(丹巖)이다. 역동(易東)이라는 호는 만년에 얻은 호일 것이다. 다름 아니라, 벼슬에서 물러나 안동 예안(禮安)에 은거하면서 교학(敎學)에 전념하던 중 안향에 의해 원나라로부터 들어온 신유학인 정주학(程朱學) 곧 성리학을 접하고 깊이 연찬하였다. 특히 정이(程頤)가 주석한 『역경(易經)』의 '정전(程傳)'은 처음 들어왔을 때 아는 이가 없었는데, 두문불출로 연구하기를 달포 만에 터득하여 후생들에게 전수하였다고 한다. 이렇듯 남다른 혜오(慧悟)를 발휘한 것이 중국의 학사들에게 알려진바, 그들로부터 "오역동의(吾易東矣)" 곧 '우리의 역(易)이 동쪽으로 전해졌네'라는 칭찬을 얻은 계기로 역동(易東)이란 호가 더해졌다고 한다.

기실은 신유학인 주자 성리학을 이 땅에 처음 도입한 이는 우탁보다 20년 선배인 회헌(晦軒) 안향(安珦, 1243~1306)이었다. 안향이 44세 되던 1286년, 충렬왕을 따라 원나라에 갔을 때 수도인 연경(燕京)에서 처음 『주자전서(朱子全書)』를 보고 환희하여 베꼈고, 또 공자와 주자의 화상(畵像)을 그려 왔다. 귀국 후에 주자의 초상을 항상 벽에 걸어두고, 주자의 호인 회암(晦庵)의 '회(晦)' 자를 취해 회헌(晦軒)이라 자호(自號)하며 신유학인 주자 성리학을 연구하였다.

그런데도 어찌해서 역의 동전(東傳)을 우탁에게서 찾는지 의아함이 따를 수 있으나, 이는 그 연찬(研鑽)의 깊이 면에서 보다 점진했다는 의미일 터이다. 요컨대 안향의 연구가 결코 경담(輕淡)할 리 없겠으나 수입해 들인 쪽에다 더욱 착중(着重)을 두어 말한 결과이겠다. 이렇게 안향으로부터 시작된 성리학은 한국 유학의 경지를 새롭게 개척하여 고려의 불교 세력과 대항하고 나아가 그것을 압도하면서 조선시대의 건국 및 정치 이념으로까지 성장했다. 그리하여 한국 성리학의 초창기 계보에서 우탁은 안향(1243~1306)과 이제현(1287~1367)의 정확히 중간 지점에 속하는 셈이다.

禹倬

禹倬丹山人父天珪鄉貢進士倬登科初調
寧海司錄郡有妖神祠名八鈴民惑靈怪性
犯甚瀆倬至即碎之沉于海淫祀遂絶累陞
監察糾正時忠宣蒸淑昌院妃倬白衣持斧
荷藁席詣闕上疏敢諫近臣展疏不敢讀倬
厲聲曰卿爲近臣未能格非而逢惡至此卿
知其罪耶左右震懼王有慚色後退老懀安
縣忠肅嘉其忠義再召不起倬通經史尤深
於易學卜筮無不中程傳初來東方無能知
者倬乃閉門月餘究乃解敎生徒理學
始行官至成均祭酒致仕忠惠三年卒年八
十一

『고려사』 권109에 수록된 우탁열전

『고려사』 열전에 기록된바 이후의 그의 삶의 행적은 크게 세 가지 두드러진 일화로 정리가 가능하다.

첫째는 그가 1290년 문과에 급제한 뒤 만 28세에 영해사록(寧海司錄)으로 부임 하였으니 단양 출신인 그가 경상권과 연결되는 첫 지연(地緣)·학연(學緣)이었다. 그때 고을에 팔령신(八鈴神)이라고 하는 요망한 귀신을 섬긴 신사(神祠)가 있어 백성들이 현혹한 것을 보고 바로 요신(妖神)의 사당을 철폐하였으니, 이후로 부정한 제사가 근절되었다.

둘째는 충선왕 즉위년(1308), 만 46세에 감찰규정(監察糾正)에 올랐을 당시, 충선왕이 충렬왕의 제 3비(妃)인 숙창원비(淑昌院妃) 김씨를 간범(奸犯)하자 우탁이 흰 옷차림에 도끼를 들고 거적을 멘 채 대궐로 나아가 거리낌 없이 통간(痛諫)하는 소를 올렸다. 측근 신하가 상소문을 펴들고 감히 읽지 못하자, 우탁이 매서운 소리로, "경은 가까이 모시는 신하이면서도 잘못을 바로잡지 못하다 나쁜 상황에 봉착함이 이 지경에 이르렀으니, 그 죄를 아는가?(卿爲近臣 未能格非 而逢惡至此卿知其罪耶)"라고 꾸짖었다. 이 일로 말미암아 '지부(持斧) 상소'란 말도 생겨났다.

셋째는 만년(晩年)의 행적이다. 왕이 자신의 간언을 듣지 않으므로 관직을 떠나 안동 예안(禮安)에 은거하여 정주학을 연구하되, 특히 정이(程頤)가 주석한 『주역』 을 터득하여 후진에게 전하였다. 제자들에게 도학, 예의, 절조의 세 가지를 가르친 곳이라고 세상 사람들이 '지삼의(知三宜)'라 불렀다. 충숙왕이 그의 충의를 가상히 여겨 재차 불렀지만 나아가지 않고 오직 역학에만 집중했다. 그러나 왕의 누차 소명으로 성균좨주(成均祭酒)를 지내다 물러난 후, 충혜왕 3년(1342)에 돌아가니 나이 80세였다.

첫 번째 팔령신 철폐담은 역시 유학에서 불용(不容)하는 민간신앙 타파에 대한 것이니, 바로 그 영해 지역에서 〈팔령신 퇴치설화〉로 구전되었다. 설화 모양대로 옮기면 우탁이 영해사록으로 부임하니 사당에서 팔령이라는 방울 신들에게 굿을

치를 준비를 하고 있었다. 그가 두서너 줄의 문자를 사자(使者) 편에 보내어 팔령신을 제압하니, 이후로 백성들은 팔령신의 횡포에서 벗어나 무사히 생업에 종사하였다고 한다. 분류상 '요물퇴치설화'의 한 형태라 하겠다. 또, 팔령신 중 일곱을 없애 모두 수장했는데 남은 하나가 살려 달라고 빌자 살려 주었다 함은 제한된 범위 안의 관습 허용으로도 풀이하기도 한다. 그 여덟 번째 신은 눈도 멀고 신세 가련한 할미였고, 그 신이 지금 당고개 서낭이라 한다.

우탁이 『주역』을 깊이 공부하여 복서의 능력도 뛰어났을 뿐 아니라 도술도 지녔다 하여 파생된 이야기도 있다. 시끄러운 개구리 울음소리에 계속하면 멸종시키겠다고 글로 써 보내자 개구리들이 동헌에 모여들어 살려 달라 했다고 하고, 또 백호(白虎)에게 처녀를 희생의 제물로 바치던 화난(禍難)도 '경(敬)' 자를 써 붙여 없앴다고 한다.

그를 크게 존숭했던 퇴계 이황의 발의에 따라 1570년(선조3)에 예안 부포(浮浦)의 오담(鰲潭)에 그를 기리기 위한 서원을 창건하였으니, 안동 최초의 서원이다. 그때 퇴계가 역동서원(易東書院)으로 명명하면서 "이 땅에 역학 없어 황량하기가 이를 데 없었는데, 그 길을 닦은 이는 오직 우탁 이 분이시다"로 표양(表揚)하였다. 그리고 거기서 공부하고 있는 제자들에게 지어 보낸 3편의 율시 가운데 제2수 전반부에서 더욱 칭송을 아끼지 않았다.

麗李程朱教始東	고려 말 정주학이 처음 동방에 들어와서
兄今諸說滿區中	지금에 여러 학설이 온 나라에 가득하네.
當年首發公微孁	당시 선구자는 공 임이 역사에 뚜렷한데
繼世眞情孰任駱	대 이어 이 학문 위해 몸바친 이 누군가.

이처럼 역학 연구의 선구(先驅) 수발(首發)이었다는 의의만 아니라, 시조 방면으로도 우탁이 궐초(厥初)의 위치를 점(占)했을 개연성에 대해서도 언급이 된다. 1881년(고종 18) 후손 규영(圭榮) 등이 편집 간행한 『역동문집(易東文集)』(2책) 안에

우탁의 작품은 〈제영호루(題暎湖樓)〉, 〈잔월(殘月)〉, 〈사인암즉경(舍人巖卽景)〉 등 3편의 한시가 전부이다.

처음의 '영호루에서'는 안동 영호루의 초여름 승경과 그 일대의 평화스런 분위기를 묘사한 것이다. 『동문선(東文選)』 권15에 있고, 안동 예안면 소재의 역당선생 묘소 앞에 시비로 새겨지기도 했다.

嶺南游蕩閱年多	영남땅 여러 해 두루 다녀 놀았으나
最愛湖山景氣加	이 강과 산의 경개 가장 사랑한다네.
芳草渡頭分客路	풀 우거진 나루터에 행로는 갈라지고
綠楊堤畔有農家	수양버들 푸른 둑가엔 농가도 있어라.
風恬鏡面橫煙黛	바람잔 수면에는 고운 연기 비껴있고
歲久墻頭長土花	해묵은 담장 가에는 이끼 무성하구나.
雨歇四郊歌擊壤	비갠 뒤 벌판마다 격양가 부르는 소리
坐看林杪漲寒槎	우두머니 숲가 쪽에 밀려든 뗏목 본다.

안동 영호루(映湖樓)

〈잔월(殘月)〉 또한 역동다운 기지와 낭만적 서정이 우러나는 가집(佳什)이다.

昔爾圓如竟	저번엔 네 모습 둥근 거울다웠건만
今何細似眉	지금엔 어이하여 가는 눈썹 같은가.
蟾蜍全喪體	두꺼비는 완전히 그 몸 다 잃었고
丹桂半消枝	계수나무도 가지가 반이나 사라져.
疎螢方吐點	드문드문 반딧불은 희미한 빛 토하고
列宿競揚輝	하늘 저편 별빛들도 다투듯 반짝인다.
婦憐垂箔早	아낙네들 예뻐하여 일찍감치 발 걷고
童戲閉門遲	아이들도 즐기느라 느릿느릿 문 닫네.
印水銀先淺	물에 비친 달빛은 은빛이 가장 옅고
籠沙白影微	모래 위에 비친 흰 그림자 아련하다.
鎌掛青天迥	파란 하늘 아득히 낫을 걸어 놓았나
梳懸碧崗危	푸른 산 갓머리에 빗을 달아 놓았나.
弓張山鳥畏	당긴 활시위이런가 산새들 두려워하고
鈎曲海魚疑	굽은 낚시바늘인가 바다고기 의심하네.
莫歎天眼缺	밝은 달 이지러진 탄식일랑 하지 마오
三五病還醫	십오야 돌아오면 그 병 도로 나으리니.

거울처럼 둥근 보름달이 문득 그믐 되면 눈썹달로 바뀌는 것은 변화이고 순환이다. 그러한 변환의 법칙은 바로 역(易)의 원리이기도 하다. 비상히 역학에 정진한 우탁에게 이 시는 가장 우탁다운 표현만 같다.

더하여 3편 안팎의 시조들이 지금(至今)에 회자된다. 우탁 명의(名義)의 시조는 『역대시조전서』에는 4수, 『시조문학사전』에는 2수 수록되어 있다. 『한국시조대사전』에는 3수가 우탁의 것이라 하였고, 1수는 작자를 '이정보(李鼎輔)'로 표기하고 주석에다는 우탁을 적기도 했다. 궁극엔 탄로 주제의 2수만큼 자못 신빙되어

온바, 대표적인 시조집인 『청구영언(靑丘永言)』과 『해동가요(海東歌謠)』에 전한다.

> 흔손에 가시를 들고 쏘 흔손에 막디 들고
> 늙는 길 가시로 막고 오는 白髮 막더로 치랴터니
> 白髮이 제 몬져 알고 즈럼길로 오더라.

　세월이라는 추상적인 개념을 '(늙는) 길'이라는 언어로 구상화, 시각화했다. 또한 신체 일부의 물체인 백발을 길 다니는 사람인 양 인격화시켰다. 이같은 의인화 수법을 통해 문득 길과 백발, 가시와 막대라는 네 단위가 서로 대치하는 영상이 눈앞에서 펼쳐진다. 문장을 읽으면서 그 문장의 이미지가 떠오르는 언어를 '감각적 언어'라 하고, 그 용도는 작가가 받은 인상이나 느낌을 보다 실감나게 표현하기 위한 것이라 한다. 이때 우탁의 이 시조야말로 시감각적(視感覺的) 언어와 이미지에 성공한 작품이라 하겠다.

　가시는 식물의 뾰족하게 돋친 것이지만, 여기선 '가시 돋친 나뭇가지'를 말한다. 백발은 노화의 한 가지 양상이다. 늙음의 다양한 현상들로는 탈모, 기력 및 기억력의 저하 내지 시력, 청력의 기능 저하, 낙치(落齒) 등이 있겠으나, 문학 내부로 들어왔을 때에 역시 대세는 '백발'인 양하다. 탈모도 만만치 않은 듯싶으나 오히려 그것 반영의 사례는 발견이 쉽지 않고, 여타의 것들 역시 백발에 비하면 깜냥이 안 된다. 여기의 '지름길'은 초인간의 시간이다. 사람이 일상 다니는 '다님길'이 인간의 시간이라면, 지름길은 인간의 능력으로 절대 감당할 길 없는, 초자연의 시간이다. 그럼에도 불구하고 중장 끝의 '막고…치렷더니'라는 말 안에서 작가가 어떡해든 자신의 앞에 닥친 불만스런 상황을 타개해 보려 애면글면하는 안타까운 몸짓이 보인다. 그리하여 여느 탄로가에서는 잘 찾아보기 어려운 되알진 느낌마저 받을 수 있다.

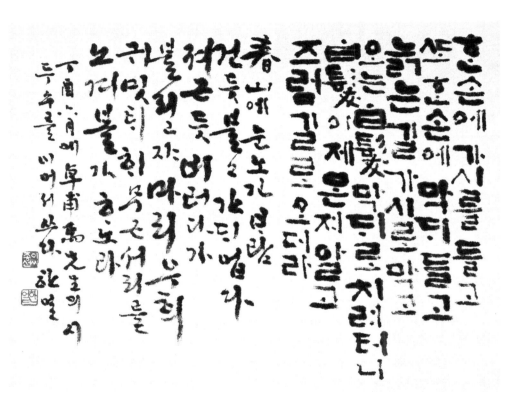

한얼 이종선 筆調의 우탁 선생 〈탄로가〉 兩章

그런데 우탁의 이 시조가 그악히 늙음을 막아보겠다는 그 요란한 동작에도 불구하고, 악착스럽게 보이지는 않는다. 늙음에 대한 거부의 몸짓을 직선적 심각한 언어로 나타냈다면 진정 추하게 보였을지도 모를 일을, 우회적인 표현의 익살스런 언어로 형상화했기에 용케 그 분위기를 면할 수 있었다.

나이 많은 남자의 처연(凄然)한 비장감 따위도 감수되지 않는다. 뾰족한 긴장의 분위기도 없다. 대신, 체감되는 것은 완연(莞然)한 해학미와 누그러진 이완의 분위기이다. 환언하면 '비장미' 쪽을 지양하고 '해학미'를 선택함으로써 이 시조가 전혀 구차하지 않을 수 있었다. 또, 직선적 분노의 언어를 사양하고 우회적인 웃음의 언어를 구사하면서 통속적인 감정이 문학적인 정서로 승화를 이루었다. 추레함이 멋스러움으로 바뀌어들면서 일약 노시인의 풍류시로 발돋음할 수 있었다.

그의 또다른 탄로가에서는 안존(安存)과 체관이 배인 우아미가 감지된다.

> 春山에 눈 노긴 ᄇᆞ람 건듯 불고 간 듸 업다
> 져근듯 비러다가 불리고쟈 마리 우희
> 귀 밋티 히 무근 서리를 노겨볼가 ᄒᆞ노라.

중장의 도치법도 꽤 멋스럽다. "져근 듯"은 잠깐만, "불리고쟈"는 '불게하고 싶구나'의 뜻이다. 앞의 시조가 늙음의 불가항력을 하소연한 것이라면, 이번 것은 진일보하여 청춘에의 염원이 담겨 있다. 여기서 춘산은 청춘이라는 원관념을, "히 무근 서리"는 백발이라는 원관념을 지시하는 보조 관념이 된다. 초장의 "눈" 또한 백발의 보조관념으로 가세하고 있다. 결국 '서리와 눈'은 모두 '백발'의 은유적 시어이다. '녹여보고자 한다'는 인생의 전성기로 돌아가고픈 염원의 발로이다. 늙음을 마다한다는 입장에서 앞의 시조와 하등 다르지 않다. 그 앞에서 분노거나 역정을 나타내 보이지 않는다는 점도 동일하다. 말에 성금이 서지 못함을 잘 알기

스페인 화가 고야의 1812년 작,
〈늙은 여자들의 시간〉

때문이다. 다만 앞의 시조가 활발한 동적(動的)·해학적인 영상같은 느낌이라면, 여기서는 나릿나릿 우아한 정적(靜的)·사색적 회화 같은 분위기가 연출된다.

인간은 기본적으로 오래 젊음에 안주하려 하고 늙는 것을 기피한다. 그러나 '늙음'이라는 결코 초대받지 않은 그 손님이 숙명처럼 찾아들 때 그 야속한 손님 앞에 난색을 짓는다.

스페인의 궁정화가 프란시스코 고야(Francisco de Goya, 1746~1828)의 1810년 작 〈늙은 여자들의 시간〉은 화려한 신부 차림에 온갖 장신구로 치장한 노파의 병적인 젊음 집착을 극명히 묘파해 낸 그림이다. 늙음을 거부하고 젊음에 대한 지나친 집착에 빠져있는 혐오스런 인간 심상을 기자(譏刺)한 것이다. 그의 만 64세 노경(老境)의 때였다.

이 두 편의 시조를 쓴 작가의 저의가 궁극 자연의 섭리를 따르는 쪽인지, 아니면 오히려 거슬려보겠다는 쪽인지 할 때 자칫 후자로 넘겨짚을 수도 있다. 간혹 주자학적 관점에 선유학자들에게 이 탄로라는 주제는 쉽게 허용될 만한 것이 아니어서 해당 작품은 드문 편이라고 일껏 평설해 보인 것도 없지 않았다. 그러나 전언했듯 거탈로는 '막는다'이지만 자연 역행의 개념을 넘어선 해학 및 체관의 의미를 포착한다면 하필 성리정신과의 타합 여부까지 들고 나올 일이 처음부터 없는 것이다. 하물며 탄로의 시조는 모든 시조집 및 자료집의 주제 분류상 엄연히 한 자리를 차지해 있고, 또 그 분량 면에서도 이드거니 중상위권을 유지한 채였다.

이때 한국의 선비 지식인들이 내심은 어떠한지 몰라도 최소한 그들의 표현 안에서는 싫은 내색 없이 사뭇 점잖게 그 손님을 맞이한다. 신체적 노화를 내면적 수양의 계기로 삼거나, 신선 도인같은 여유와 멋스러움, 중후한 달관 등을 앞에 세운다. 그리하여 보통의 탄로가가 보여주는 양상은 대개 이러한 것이다.

> 靑山도 절로절로 綠水도 절로절로
> 山절로 水절로 山水間에 나도 절로
> 그 中에 절로 즈란 몸이 늙기도 절로 ᄒ리라

한국의 선비치고 자연의 순리와 질서에 맞서겠다는 생각을 지닌 이는 애당초 없기 때문이다. 그런데 유독 예외적으로 역동만이 자연의 순리인 늙음에 결연히 대항했던 것이었을까? 늙음을 꺼리는 감정이 그조차 없다고는 할 수 없겠지만, 못내 의도했던 바가 과연 시조의 표면에 나타난 그 같은 도전과 낭패였을까? 반대로 그러한 도전의 몸짓이 얼마나 허무하고 맹랑한 것인지를 밝혀 알리고자 한 저의는 또 아니었는지. 오히려 늙음을 막으려는 그 동작 묘사들은 자신만 아니라, 인간 보편의 객관적 현상이 그렇다고 본 것일는지 모른다. 돌이켜, 우탁의 탄로 시조들이 백거이의 시에서처럼 늙음의 긍정으로 노경을 즐기겠다는 의욕 대신 탄식의 일변도라는 점도 포착이 가능하다. 따라서 우탁의 이 시조들은 저 이백의 〈장진주(將進酒)〉 비탄 구인, '높은 누각 거울 앞에서 백발 설워하노니, 아침에 청사같던 검은머리 저녁때 하얀눈 되었네(高堂明鏡悲白髮 朝如靑絲暮成雪)'류(類)의 탄식일 테요, 암만한들 도를 넘어선 집요한 젊음 집착은 아니었다.

다음, '전(傳) 우탁'의 이름이 걸린 제3시조를 보면 1,2시조에서의 해학과 우아함 대신 늙음에 대한 비장이 나타난다.

늙지 말려이고 다시 져머 보려트니
靑春이 날 소기고 白髮이 거의로다
잇다감 곳밧츨 지날 제면 罪 지은 듯ᄒ여라

늙지 말고 다시 젊어 보렸는데 청춘이 날 속여 거진 백발이 되었다는 탄식이다. 그리곤 종장에 이르러 이따금 꽃밭을 지날 때면 '죄를 지은듯하다'고 하였다.

우탁의 시조는 단양시 대강면 소재 사인암(舍人巖) 뒤편과, 안동시 예안면 소재 유적지 안의 '역동우선생시조비' 및, 역동서원 내의 '역동우탁선생시조비'란 이름으로 새겨져 있다. 그런데 같은 탄로 주제임에도 이것 만은 어디에도 새겨진 자취가 없다. 대개 훤전(喧傳) 된 정도 및 문학적인 우선순위에 따른 것일 듯싶다. 어쩌면 강도 높은 원색적 의미를 담고 있는 까닭에 제외했을 것으로 보는 견해도 없지는 않다. 이 경우엔 종장 안의 '꽃밭'을 '여인'의 은유어라고 본다. 그랬을 때 젊은 여인(꽃밭)을 탐하는 노년 화자의 욕구가 절로 노출된다. 고매한 성리학자의 점잖지

안동 예안면의 역동묘소 경내에 있는 〈易東禹先生時調碑〉

못한 욕망을 엿보는 꼴이 되어 외람된 일이라 여겼을 수 있다고 풀이한다. 그나마 좋은 쪽으로 해석하여 헛된 노욕에 사로잡히지 말자는 지혜를 담은 것이라고는 하나, 정말 여인이 맞다면 솔직함의 차원을 넘어서 피차가 민망할 분위기에 가깝다.

한편, 탄로 주제 외에 『해동악장(海東樂章)』에서 우탁의 것이라 하는 다음의 시조도 있기는 하다.

> 臨高坮 臨高坮ᄒ야 長安을 구버보니
> 雲裏帝城은 雙鳳闕이요 雨中春樹는 萬家라
> 아마도 繁華民物이 太平인가 ᄒ노라

그러나 압도적 다수의 문헌에서 조선후기 숙종 때의 관료 문인인 이정보(李鼎輔, 1693~1766)로 되어 있으니, 두 작가 간의 진위(眞僞) 반경이 무려 400년도 훨씬 상회한다.

무릇 시조의 원류에 대한 논란이 있는 중에도 고려 중후반, 보다 안전하게는 고려 말로 정설화한 분위기가 가장 우세하였고, 그 이전의 시조에 대하여는 아예 신용하지 않는 분위기가 깊다. 『한국고시조사』를 쓴 박을수는 수용이 어려운 작가 중 가장 오랜 인물인 고구려의 재상 을파소(乙巴素, ?~203)의 시조를 인용하면서 다음과 같은 유의미한 추론을 제시하였다.

아마도 이 작품은 작자 미상으로 구전되어 오던 것을 가집 편찬 당시에 그 시조의 내용과 부합되는 인물을 생각해 낸 것이 을파소가 아닌가 한다. 그렇게 기록된 것이 그 후 편찬된 다른 가집에서는 아무런 고증도 없이 그대로 수록되어 현전하는 것이 아닐까?

그런데 시조의 비롯됨을 조선조 15세기말, 16세기경까지 내리고자 하는 논자들 입장에서 본다면 하필 을파소거나 강감찬, 이규보만 아니라, 탄로가 작자로서의 우탁도 의심 받을 법하다. 그러나 십분 양보하여 일리 있는 의심이라고 해 두자. 이때 우탁이 무엇에 근거하여 탄로 시조에 부합한 주인공 인물로 선택되었을지 타당한 설명이 필요한데, 대개 우탁의 노수(老壽) 쪽에 초점을 맞추는 경향이 있다.

우탁은 만80세까지 살았으니, 당시로서는 꽤 장수한 축에 들어간다. 그러니 아주 허황되다고만은 할 수 없는 전제는 갖춘 셈이다. 장명고수(長命高壽)한 셈이지만, 그의 이전에 강감찬이 만83세, 최충이 만84세, 곽여가 72세, 이규보가 73세를 누렸고, 이후에 이조년 74세, 이제현이 80세를 향수한 것을 감안하면 딱히 대수로울 것도 없다. 15, 16세기 기원설 논자의 입장에서는 우탁보다도 강감찬, 최충, 이제현 등이 선택의 당사자로서 훨씬 타당한 것이다. 한 수 더하여 조선조 들어서는 76세에 장가들어 아들 낳고 99세까지 살았다는 홍유손(洪裕孫, 1431~1529)이라는 최상의 모델도 있다. 그러니 역시 고령의 이미지로 시조 주인공을 우탁으로 선택하지는 않았을 테요, 해당 시조는 역시 그의 개인적 인성과 경륜의 직접 산물일 터이다.

그의 탄로 시조는 충선왕의 역륜을 극간하다 사직하고 안동 예안(禮安)에 은일하며 『주역』 공부에 힘쓰다 저근덧 백발이 되어버린 자신의 처지를 반추한 노래였다.

당시 그가 그렇게 탐닉했던 『주역』 상경(上經)의 30번째는 이괘(離卦)이다. 이괘를 형성하는 여섯개 효사(爻辭) 중에 '九三' 효사는 '해가 기운 때의 밝음이다. 질그릇을 두들기며 노래하지 않으면 늙어 한탄하게 된다. 좋지 않다(日昃之離 不鼓缶而歌 則大耋之嗟 凶)'로 풀이된다.

이어 이 효사의 바로 아래에는 부연 설명에 해당하는 '전(傳)'의 글귀가 있다. 그런데 이것을 대하는 순간, 역(易)에 온축(蘊蓄)한 우탁이 탄로가를 지은 일과 관련하여 무언가 마주치는 한 줄기 섬광 같은 것이 감각된다.

鼓缶而歌 樂其常也 不能如是 則以大耋爲嗟憂 乃爲凶也 大耋 傾沒也 人之終盡 達者則知其常理 樂天而已 遇常皆樂 如鼓缶而歌 不達者 則恐有將盡之悲 乃大耋之 嗟爲其凶也 此處死生之道也.

질그릇 두드리며 노래함은 떳떳한 이치를 즐기는 것이다. 이와 같이 하지 못하면 늙어 한탄하고 근심하리니, 마침내 좋지 못하다. 늙음은 기울고 가라앉는 것이다. 사람이 삶을 마칠 시에 진리에 도달한 자는 그 떳떳한 이치를 알아 천명을 즐거워할 따름이라, 마주하는 일마다 즐거운 것이 질그릇을 두드리며 노래하는 심경과 같다. 도달치 못한 이는 장차 생명이 다하는 슬픔이 있을까 조릿조릿하니, 늙어 한탄하게 되어 좋지 못하다. 이것이 삶과 죽음에 대처하는 길이다.

시조는 여말 유가의 신 이념으로 떠오른 성리학 신봉의 학자들이 대거 관여돼 있던 새로운 시형이었다. 그러기에 철학으로서의 성리학과 문학으로서의 시조 간에 관계의 필연성을 모색하기도 한다.

성리학에 여생을 바친 노경(老境)의 우탁이 어느날 『주역』의 이 대목에 봉착하고는 그 지남(指南)을 따르기로 했다. 질그릇 두드려 노래하는 심경으로 운율 맞춰 세 줄 노래로 읊었거니, 그것이 이 땅의 시조의 첫 포문이 되었다는 '탄로가'는 아니었을까.

이조년의
다정가 多情歌

이조년(李兆年, 1269~1343)의 자는 원로(元老), 호는 매운당(梅雲堂) 또는 백화헌(百花軒)이며, 본관은 경북 성주(星州)이다.

성주 이씨의 시조 이순유(李純由)는 신라가 망하자 나라에 대한 절개를 지켜 이름을 극신(克臣)으로 고치고 성주에 은거해 버린 인물이다. 12대손은 이장경(李長庚)으로, 다섯 아들을 두었다. 그들 다섯 형제의 이름이 맏이부터 아래로 백년(百年), 천년(千年), 만년(萬年), 억년(億年), 조년(兆年)이다. 5형제가 모두 문과 급제하여 나라에 공이 많았기에, 이장경을 관직에 높이 추증하고 성산부원군에 추봉하니, 성주 이씨 가문에서는 그를 중흥시조로 삼는다.

『고려사』에는 이조년에 대해 나면서부터 위엄이 있어 향인(鄕人)이 두려워했다 하고, 또 의지가 굳고 도량이 컸으며 문장에 뛰어났다라고 하였다. 1294년 26세에 문과 급제하였다고 했으나, 이제현(李齊賢, 1287~1367)이 1344년에 쓴 이조년 묘지명(墓誌銘)에서는 1285년 17세에 진사(進士)로 병과 급제했다고 기록되어 있다. 매운당 서세(逝世) 이듬해였다. 이후, 안남 서기 예빈 내급사와 협주 지주사 등을 거쳐 비서랑이 되었다.

충렬왕은 서로 관계가 껄끄러웠던 아들에게 1298년, 마지못해 고려를 넘겨주었으니 그가 충선왕이었다. 그러나 충선왕은 그 해 조비무고사건(趙妃誣告事件)으로 폐위되고 원나라에 끌려가는 신세가 되었다. 1306년, 원에 입경하는 충렬왕을 이조년은 비서승 자격으로 호종하였다. 그때 왕유소(王惟紹)·송방영(宋邦英) 등이 충렬왕과 충선왕 부자를 이간시키고 서흥후(瑞興侯) 왕전(王琠)을 왕위에 앉히려고 했을 때에도 이를 저지하였다. 원의 내정간섭으로 왕위는 재차 충렬왕 쪽으로 넘어갔지만, 이조년은 어느 쪽에도 가담하지 않은 채 왕의 수행에만 힘썼다.

1308년 그의 40세에 충렬왕의 죽음으로 드디어 복위한 충선왕이 왕유소 등 부왕 쪽 사람들을 제거할 때 그 또한 충렬왕을 수행했다는 이유로 멀리 유배를 겪은 뒤에 고향으로 돌아왔다.

충선왕은 원나라에 머무르며 전지(傳旨) 만으로 고려를 다스리다가 1313년 왕위를 아들에게 물려주니, 그가 충숙왕이다. 총애하는 조카인 왕고(王暠)에게는 세자 자리와 함께 원나라로부터 받은 심양왕의 지위를 물려주었다.

1321년 53세 때까지 이조년은 고향 성산(星山)에 '매운당(梅雲堂)'을 세우고 은거하여 있었다. 한 번도 억울한 상황에 대해 변명하지 않아 사람들로부터 '대범한 군자'라는 칭송을 받았다. 일백 가지 화초를 심어 〈백화헌시(百花軒詩)〉 등을 짓고, 비시(非時)를 노래하기도 하면서 학문에만 정진하였다. 1321년에 충숙왕이 원에 의해 국왕인(國王印)을 빼앗긴 채 억류당하고, 설상가상 고려국을 원나라로 복속시키고자 책동하는 심양왕 왕고의 모해까지 입는 등, 왕이 거진 자립성을 잃는 정황에서 그는 한림원의 관원 16명의 서명을 받아 홀로 원의 중서성(中書省)에 나아가 충숙왕의 정직을 호소하는 글을 상소하였다.

『고려사』 권109에 실려 있는 〈이조년〉 열전

1325년 5년 만에 귀국한 충숙왕에 의해 영진(榮進)을 거듭하였다. 고려왕의 야심을 지닌 심양왕 왕고의 끈질긴 모략으로 원이 다시금 왕위를 고에게 선양시키려 하자, 57세의 매운당은 거듭 한종유(韓宗愈)등과 함께 극력 저지하였다.

1330년 2월, 충혜왕이 만 15세로 왕위에 올랐을 때 62세의 그는 장령이 되었다. 그 뒤에도 여러 번 충혜왕을 따라 원나라를 왕래하면서 왕을 해살하는 세력들을 물리쳤으나, 워낙 변태성욕의 음란한 행실이 극에 달한 임금은 꼭 2년 뒤에 폐위되고 말았다.

1339년에 복위되었으나 왕고를 세우려는 조적(曺頔)이 난을 일으키는 바람에 24세 충혜왕은 연경으로 압송되어 영어(囹圄)의 몸이 되었다. 이때 매운당은 담대한 언변과 행동으로 형부(刑部)에 갇힌 임금의 구출과 복위에 헌신하였다. 71세의 고령으로 옥에 갇힌 임금을 구출한 충정은 실로 대단한 것이었으니, 당시 사람들이 '담이 몸보다 큰 사람'이라고 칭송했다 한다. 퇴계 이황도 "난세의 허다한 험난 변고 속에서 혼주(昏主)를 받든 금석다운 지조와 충직이 500년 고려 역사에 으뜸"이라고 추중(推重)하였다.

1340년, 원으로 돌아가려던 왕고가 평양에서 다시 역모 획책하는 것을 사전에 봉쇄하니, 그 공으로 정당문학(政堂文學) 예문관대제학(藝文館大提學)을 제수 받았다. 하지만 부왕의 후비까지 강제 추행하는 등 소위 '막장'의 난행을 저지르는 패륜 군주를 상대해야 했던 이조년의 심사가 암연(黯然) 괴로웠을 터이다. 황음(荒淫)이 극에 달한 충혜왕 앞에 줏대잡이로서 누차 직간하였으나 수용되지 않자 급기야 1341년(73세) 충혜왕 복위 2년에 진현관 대제학의 벼슬을 사직하고 필마단기로 고향 성주에 귀거래 하였다. 이듬해(74세), 충혜왕을 시종한 공로로 성근익찬경절공신(誠勤翊贊勁節功臣) 일등공신과 동시 성산군(星山君)에 봉해졌고, 공신각(功臣閣)에 초상이 걸렸다. 1343년 충혜왕 복위 4년에 75세로 세상을 떠나매, 시호를 문열(文烈)이라 하였다.

梅雲堂 이조년의 移模本 초상화

이렇듯 이조년은 고려 역사에 가장 험애(險隘)하였던 충렬왕, 충선왕, 충숙왕, 충혜왕의 4대에 걸쳐 환해풍파를 겪은 난세의 충신·직신(直臣)이었다.

한편, 그는 형제 간의 의리를 지키기 위해 황금을 강물에 던진 '형제투금(兄弟投金)'고사의 주인공으로 알려진 인물이기도 하다. 이조년은 다섯 아들형제 중의 다섯째로, 형제 사이 우애도 깊었다고 한다. 특히 바로 위의 형인 이억년과는 더욱 의초롭다고 했으니, 『성주이씨가승(星州李氏家乘)』에 보면 이 이야기가 이억년과 이조년 사이의 일화로 되어 있다.

두 형제가 함께 길을 가다가 아우가 황금 두 덩이를 주워서 형에게 한 덩이를 주었다. 나루터에 도착해 함께 배를 타고 건너는데, 아우가 갑자기 금덩이를 강물 속으로 던져 버렸다. 형이 놀라 까닭을 묻자 아우는 "제가 평소에 형님을 매우 사랑하였는데, 금을 나눈 다음에는 느닷없이 형님을 꺼리는 마음이 생깁니다. 하여, 상서롭지 못한 물건이기로 강물에 던져 잊어버리는 것만 못합니다"라고 대답했다. 형은 고개를 끄덕이며 "네 말이 참으로 옳구나"라며 자신의 금덩이도 강물에 던져 버렸다.

개성유수를 지냈던 이억년이 벼슬을 버리고 경남 함양으로 낙향할 때, 아우인 이조년이 한강나루 건너까지 배웅해 주다가 생긴 일이라고 한다. 또한 이 이야기가 『신증동국여지승람』 권10 양천현(陽川縣) 산천(山川) '공암진(孔巖津)'조에도 실려져 있다. 충렬왕 20년(1294) 경이라고 하니, 이조년 만 25세 때가 된다. 어디서

는 공민왕 때라고 한 곳도 있지만, 공민왕은 그의 사후 8년 뒤인 1351년에야 왕위
에 올랐으니, 이조년과 연관해서는 맞지 않는다.

　아쉽게도 그의 문학적 유산은 한유(罕有)하기 짝없다. 1308년 유배를 당한 뒤
성주에 은거하던 시기에 자신의 집 현판을 '백화헌(百花軒)'이라 하였으니, 기화
요초를 몹시 기애(嗜愛)했던 징표였다. 시문에 뛰어났다고 하는 그에게 어떤 작
품도 찾아보기 어려운 가운데, 바로 여기 '백화헌에 유숙(留宿)하며' 지은 〈차백
화헌(次百花軒)〉 칠언절구 한 편만이 세간에 유전되었다. 『동문선(東文選)』 권20
에 실려 전한다.

爲報栽花更莫加	당부커니 꽃가꾸는데 거푸 힘쓰지 말고
數盈於百不須過	그 숫자 백에 차거든 게서 넘어가지 말라.
雪梅霜菊清標外	눈 속 매화, 서릿발 국화의 맑은 운치 외에
浪紫浮紅也謾多	허랑한 울긋불긋 꽃들이야 왕청 부질없나니.

　이는 표면상으로는 남다른 꽃 애호가로서 순수히 화초에 대한 주견을 나타낸
시라 하겠다. 하지만 그것만으로는 뭔가 언부진의(言不盡意)한 허전감이 있다. 이
를테면 그 이면에는 중방(衆芳)의 경우에 의탁하여 자신의 신념이거나 신조를 강
변해 둔 의미가 깔려있다고 할 것이다. 다른 사물에 빗대어 의도한 뜻을 드러낸,
일종의 우언시(寓言詩)로 다가온다.

　이때 1,2구에서의 꽃은 세인마다 좋아하고 소유하기 원하는 부귀거나 영화라고
하겠다. 2구에서 백 가지를 넘어가지 말라는 말은 지나친 욕심[過慾]을 경계하고
욕심을 줄이라는[寡慾] 뜻이다. 당부한다고 했으매 타인을 향한 말 같기도 하나,
궁극 스스로한테 다짐을 가하는 수칙(手則)일 수 있다.

　3,4구에서 매화 국화의 운치와 울긋불긋한 꽃들의 부화를 대조했거니와, 역시

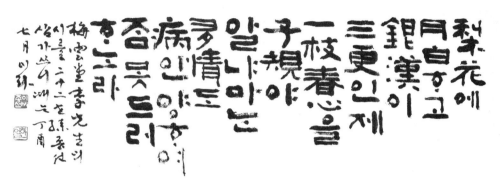

한얼 이종선 敬書. 梅雲堂 이조년의 多情歌

속종으론 사람 인격의 격조를 내포한 뜻이 있다. 이를테면 군자와 소인, 탈속과 비속의 구분인 것이다. 백화(百花) 천화(千花)를 두루 탐미하던 그이지만, 꽃에도 '청표(淸標)'와 '부화(浮華)' 간에 차별이 있으니, 매화나 국화처럼 정신적인 이념과 지표가 될 만한 대상을 높여 선양하리라는 그의 화훼관(花卉觀)이 나타나 있다. 허랑(虛浪)·부화(浮華)한 울긋불긋 꽃들은 권세의 추이에 따라 변화하는 세상의 인심, 곧 염량세태(炎凉世態)를 우의(寓意)한 뜻이다. 울긋불긋이라고 함에 도리화(桃李花) 곧 복사꽃과 오얏꽃으로 추측하는 경우도 있다. 게다가 도리화는 자주 소인의 대명사로 등장하기에 더 그럴법하다. 하지만 복사꽃은 백색 또는 담홍색으로 피고, 오얏 곧 자두나무 꽃은 백색으로 피어나니, 울긋불긋 '홍자(紅紫)'란 꼭 도리화라고만 할 것은 아니다. 그냥 여러 가지 아름다운 색깔의 꽃 일반을 일컫는 말 정도로 보면 무난하다.

그리고 이제 시여(詩餘)로 읊은 다음의 한 창작이 긴 세월에 높이 훤자(喧藉)되었다.

梨花에 月白ᄒ고 銀漢이 三更인 제
一枝 春心을 子規야 알냐마는
多情도 病인 양ᄒ여 좀 못 드러 ᄒ노라.

이형상(李衡祥)의 『악학습령(樂學拾零)』(1713)과 김천택(金天澤)의 『청구영언(靑丘永言)』(1728) 진본(珍本)에 실려 전한다. 이화, 달빛, 은하수, 자규 등 소재와 함께 기려(綺麗) 정채(精彩)한 시어(詩語)들의 천의무봉한 배열 속에 화천월지(花天月地)의 낭만적 정조(情調)가 유감없이 분사(噴射)되고 있다. 전체하여 불과 41자의 짧은 정형시가 시대를 초월하여 우금(于今)에 파다히 회자되는 이유이기도 하니, 편의상 이를 '다정가(多情歌)'라 칭하는 이들도 있다.

어귀인 이화에 월백은 흰 달빛이 하얀 배꽃에 비치어 백색의 영상미가 한껏 고조된 천수(天授)의 기어(綺語)이다. 은한(銀漢)은 구름 같은 흰색 혹은 회백색의 성운(星雲)이니, 그것이 강물처럼 보인다고도 하여 은하수(銀河水)라고 하는 그것이다. 작가가 짐짓 의도한 것인지, 우연한 일치였는지 잘 알 수 없으나, 모로매 초장 전체는 온통 흰 빛깔 일색의 시감각적(視感覺的) 이미저리를 띠고 있다. 중장의 자규는 청감각적(聽感覺的) 이미지이다. 그리고 이 둘의 융화로써 문득 공감각적(共感覺的)인 상승이 이룩된다.

그 뿐이 아니다. 배꽃, 달빛, 은하수가 발산하는 순백·결백 및 환상의 이미지는 자닝스러운 자규의 유독(幽獨)·원망(怨望) 및 처량(凄凉)의 이미지와 어우러져 애수(哀愁)의 정한이 십분 고양된다. 요컨대 초·중장의 유기적인 보완과 상승 안에서 춘야의 애처(哀凄)한 경상(景狀)이 완벽히 그려졌다.

그리고 승상기하(承上起下)로 종장에서 화자의 심중 서회(叙懷)가 화룡점정(畫龍點睛)을 이룬다. 그 결과 한시에서 말하는 '선경후정(先景後情)'의 구도와도 용케 합치되었다.

시간적 배경은 노래 안의 '이화(梨花)'와 '춘심(春心)' 등으로 막연히 어느 알뜰한 봄밤의 감친 분위기를 불러일으킴이 당연하지만, 보다 좁혀 볼 때 대개 5월쯤으로 상도된다. 배꽃이 피는 시기는 5월 전후이고, 두견은 4월에서 8월까지 계속해서 울어대나 그 최성(最盛)의 때는 5월~6월인 까닭이다. 다정과 다감의 매운당에게도 역시 그냥 잠들어 버리기에는 아까운 봄날의 어느 밤이 있었던가 보다. 이 시는 그날의 애틋한 정서가 곡진히 표출된 값진 성금이라고 할 수 있다.

창작의 공간은 충선왕에게 밀려난 40세에서 53세까지의 유배지거나, 성주(星州) 거류처(居留處)가 유력하다는 추정도 있다. 하지만 1341년 충혜왕 복위 2년에 급기야 73세로 자진 낙향한 만년작일 개연성에 나우 비중을 두기도 한다. 어느 경우든지 일선 정치의 뒤안길이었다는 사실만큼 명백하다.

이 시를 접하는 대다수 독자들은 이 시조에 무슨 비유법적인 의미가 있다고 보는 대신 문면에 나타난 그 모양 그대로 감수(感受)한다. 직서법적 순수 서정시로서 봄이 일반인 것이다. 그리하여 중장의 일지춘심도 의당 '일지의 춘심', 즉 나뭇가지에 깃든 봄날의 서정으로 자연스레 수용한다. 여기의 '일지'는 문맥상 이화나무 한 가지임이 당연하다. 송나라 사람으로 1013년 고려에 귀화했다는 대익(戴翼)이라는 시인 역시 〈탐춘(探春)〉-봄을 찾아서-이란 시에서 '온종일 다녀도 찾지 못하던 봄이 돌아오는 길의 매화가지 끝에 달려 있었노라'고 읊어낸바 있다.

盡日尋春不見春	종일토록 찾으려던 봄은 못 보고
杖藜踏破幾重雲	지팡이로 구름속까지 헤매다니다
歸來試把梅梢看	돌아와 매화나무 가지 잡아 보니
春在枝頭已十分	봄은 하마 가지끝에 찾아와 있데.

정녕 여기 매화가지 끝의 봄이, 바로 이화가지 끝의 봄과는 나란한 경계일 터이다. '춘심'은 봄날의 감상적(感傷的)인 정서이다. 마침 당나라 시인 이상은(李商隱)의 〈금슬연화(琴瑟年華)〉라는 음영(吟詠)에서도 '望帝春心託杜鵑'(망제의 춘심이 두견이 되었다)라는 회심(會心)의 일구(一句)를 발견할 수 있다.

그러면 〈다정가〉에서의 춘심의 주체 역시 그 배꽃가지를 바라보고 있는 마음 당사자로서의 작가 이조년으로서 타당하다. 그리하여 최종적으로, '배꽃에 달밝게 비치고 은하수 흐르는 깊은 밤에, 한 가닥 나뭇가지에 깃든 봄밤의 감상(感傷)을 두견이 알고 느꺼워 울겠는가마는, 다정함도 병이 되는 것인지 나 이조년은 잠 못 들고 있노라'로 요해된다. 애잔히 낭만 그윽한 서정의 절정이다.

반면, 이 시를 은유법으로 분석 접근한 풀이도 있다. 곧 이조년이 충혜왕의 패륜 정치를 극구 충언하였으나 불용(不容)되고 고향에 내려와 있는 상황에서 조정에 대한 걱정 및 안타까운 하소연으로 간주하는 방식이다. 이 경우 '은한'은 '궁중', 한밤중을 뜻하는 '삼경'은 '캄캄히 어둔 세상', '일지춘심'은 시임(時任) 왕에 대한 '우심(憂心)'의 비유어로 본다. 과연 일지춘심이란 말에 어쩐지 일편단심(一片丹心)의 연상 작용이 느껴지고, 그러면 그 충정 단심을 알 리 없다고 한 대상으로서의 자규는 필경 이 시를 지을 당년의 시임(時任) 왕일 시 분명하다.

범사에 엄정했던 그는 극한의 방종으로 주색잡기의 방탕을 일삼는 충혜왕의 실정이 안타까워 누차 직간하곤 했다. 하지만 수용되지 않자 "왕의 나이는 한창이고 방종한데, 내 나이는 이미 늙어 왕을 바로잡아 줄 수 없으니 벼슬을 떠나지 않으면 필경 화가 미치리라" 하고 탄식했다 하니, 그렇게 은결든 채 둔거(遁居)해 있던 어느 해 봄의 마음 자취라고 보는 것이다. 그러면 이 같은 관점에서의 '다정(多情)'은 상춘(傷春)의 다단(多端) 정회(情懷)가 아니라, 문득 시정(時政)에 대한 다다(多多) 고정(苦情)이란 의미로 바뀌어 든다.

그러나 이조년의 진실한 속내가 어느 편에 있을까에 대해 심각하게 택일할 필요는 없다. 그것이 혹 둘 모두를 겸유(兼有)하는 의미일 수도 있을지니, 인문학의 자유자재한 경계가 이와 같은 것이다.

구한(仇恨)을 머금은 듯한 자규(子規)와 그 애절하고 독특한 울음소리는 사람의 감흥을 흔들어 일찍부터 서정문학의 중요로운 소재가 되었으니, 특히 역대 한시 작품에 높은 빈도를 차지하기도 했다. 전설상 자규는 초나라 망제(望帝) 두우(杜宇)라는 이의 원혼이 변하여 됐다는 새이다. 망제가 강물에 떠내려 온 별령(鱉靈)이란 이를 살려주고 국사까지 맡겨 정사에 소홀하다가 별령에게 나라를 빼앗기기에 이르렀다. 그 원통함에 망제는 죽어 두견(杜鵑)이라는 새가 되었고, 새는 맺힌 한에 피를 토하며 울었다. 뒷사람들은 망제의 죽은 넋이 화(化)해서 된 이 새를 원조(怨鳥)라고도 하고, 두우(杜宇)라고도 하며, 귀촉도(歸蜀途) 혹은 망제(望帝), 망제혼(望帝魂) 등으로 불렀다. 이 밖에 접동새, 두백(杜魄), 두혼(杜魂), 불여귀(不如歸), 사귀조(思歸鳥), 촉백(蜀魄), 촉조(蜀鳥), 촉혼(蜀魂) 등으로 혼용하기도 했다.

한편, 두견의 이칭 중에는 '임금새'라는 말도 있다. 황해도 봉산(鳳山) 땅에 바로 이 〈임금새〉라는 제목의 구전 동요가 있다. '새야 새야 임금새야 / 명년 봄에 꽃이 피리 / 소년 고목 꽃이 피면 / 너의 백성 환생하리'한 여기의 새가 또한 필시 두견인 것이다.

그렇게 문학 속에서 두견은 언젠가부터 애련(哀憐)한 임금의 이미지 구실을 맡아왔다. 두보의 〈배두견(拜杜鵑)〉이란 시는 안녹산의 난을 만나 수난 당한 당나라의 황제 현종을 두견에 비긴 뜻이었다. 영월로 유배 당한 단종이 스스로의 참혹한 신세를 접동새에 비겨 〈자규사(子規詞)〉를 썼던 내력도 잊을 수 없다. 이 분위기에 맞춰 퇴계 이황(李滉)과 손곡 이달(李達) 등이 두견을 소재로 비운의 임금 단종에 대한 애석(哀惜)을 한시로 읊은 사례를 들면서, 오직 임금 신분으로서만이 자규새의 이미지를 간직한다는 취지를 세웠다. 당연히 고려 의종 때 정서가 지은 〈정과정곡〉에 대해서도 "임금의 모습을 생각하니 그 신세가 자규와 흡사하다"란 의미라 하였다. 그리하여 여기 이조년의 시조에 등장한 자규 또한 금상(今上) 왕을 암유한 표현이라고 함에 별반 저촉돼 보이지 않는다.

다만, 임금만이 두견에 가탁할 수 있음이 철칙은 아닌듯한 사례도 포착된다. 조선 초기의 문신인 어세겸(魚世謙, 1430~1500)이 〈정과정〉 가사를 한시로 옮긴 자리에서는 명백히 산중의 촉백(蜀魄) 즉 두견이 자신과 비슷한 신세라고 하였다.

苦憶吾君泣涕時　　애달피 내님 그려 눈물 흘리니
山中蜀魄我依稀　　산 접동새와 나는 비슷한 신세

근대의 국문학자 김태준(金台俊, 1905~1949) 역시 작자인 정서가 "님 그리워 우는 양이 접동새와 비슷하다"로 이해했고, 이래 상당수의 논자들이 이에 동의하는 추세를 보여 왔다.

다시 조선 성종 연산조 때의 문신인 조위(曺偉, 1454~1503) 지은 가사인 〈만분가

(萬憤歌)〉에서도 같은 현상을 보게 된다.

    차라리 죽어져서 억만 번 변화하여 / 남산 늦은 봄에 두견의 넋이 되어 / 이화 가지 위에 밤낮으로 못 울거든 /

 자신이 천상(天上) 백옥경(白玉京)에 나아가 가슴 속 쌓인 비분을 임금〔성종〕께 사뢰기 위해 두견의 넋으로 화(化)하고 싶다고 했다.
 뿐만이 아니다. 조선조의 시조 등에도 작자가 꼭 임금이 아닌 신분으로조차 지어낸 조어(措語) 종종을 어렵지 않게 볼 수 있다.

    이 몸이 싀여져서 접동새 넋시 되야
    梨花 띈 가지의 속닙 헤 쌋혓다가
    밤中만 슬하져 우러 님의 귀에 들니리라

    이 몸이 싀여져서 접동새의 넋시 되야
    님 자는 窓 밖에 불거니 뿌리거니
    날 잇고 깊이 든 잠을 깨워 볼까 하노라

 그러나 이제 매운당의 시를 정치적 은유법으로 보겠다는 관점에서의 '자규'는 금상(今上)의 왕이 된다.
 다만 이 시어들을 보조개념으로 보는 전제에선 역시 중장 안의 '일지춘심'에조차 혹 감춰져있을지 모르는 각별하고 심장한 의미를 그냥 지나칠 수는 없다. 이를테면 일지춘심(一枝春心)이 일지의 춘심, '한 가지의 봄 마음'인 것으로만 요지부동일까? 일지(一枝)에 '나무 한 가지〔樹之一枝〕'란 뜻이 있기도 함에 보편적으로는 이렇게 적용시키고 있지만, 여기엔 '꽃 한 가지〔花之一枝〕'란 뜻마저 담겼음도 간과치 못할 일이다. 그리고 외려 '꽃 한가지에의 춘심'이라고 함이 '한 나뭇가지에의 춘심'보다 훨씬 순리롭다. 기존의 해석과는 살짝 비껴나가 더 자연스러워진 국면인 것인데, 그랬을 때 잼처 다른 쪽의 가능성은 아예 없는 것일까? 만약 그 쪽이 전적으로 의미 불통만 아니라면 기왕의 선입견은 일단 판단 유보한 채, 모든 경우를 등거리에 놓고 타진해 보는 일이 무익할 것 같지 않다. 작품을 비상히 천착하는 이의 처지에선 작가의 의중이 뜻밖에 건너편 기슭에 있을 수도 있다는 의심이 의외의 발견을 기약할 수도 있는 때문이다. 그리하여 일지춘심이 '일지의 춘심'이 아닌, 혹 '일지춘의 마음'을 의도하여 쓴 표현은 혹 아니었을까 하는 감연한 생각의 이탈이 심중에 돌올하였다.

게다가, 이 가정이 아주 무리하다고만은 할 수 없는 실마리도 있다. 사전들 안에서 '일지춘(一枝春)'은 '일지화(一枝花)'와 동일한 뜻이라고 했다. 나아가 통상 매화나 작약을 가리키는 말이라고도 했다. 항차 이 시를 은유법으로 관측하는 논지에서 보자면 '일지춘' 곧 매화는 '매일생한불매향(梅一生寒不賣香)'의 신조에 살던 작자 매운당이 된다. 그리고 바로 뒤에 나오는 대상인 '자규'는 당연 임금을 가탁한 뜻으로 수용된다. 앞서 그의 〈차백화헌(次百花軒)〉에서도 "눈 속 매화, 서릿발 국화의 맑은 운치 외에 허랑한 울긋불긋 꽃들이야 다 부질없다"고 한 그의 화훼관을 끌어놓고 본다 해도 이조년을 매화에 견준다 한들 전혀 이상해 보이지는 않는다. 결정적으로는 그의 아호가 역시 매운(梅雲)이었다. 이때 '일지춘심'은 시의 '화자'가 되는바 결국, '나의 충심을 임금께서 알 리 있으랴만'으로 의미가 순조로워진다.

그렇지만 이같은 추론과 상관없이 이 노래가 진정 염체(艶體)의 순수 서정시일 개연성은 여전히 상존(尙存)한다. 만약 그래서 이 적용이 무용하다고 판단될 시 원인무효로 용도 폐기하면 될 뿐, 이러한 시도조차 처음부터 배제될 이유는 없는 것이다.

이화월백 = 한밤중의 은은한 정서

吾玄 원은경 作. 梅雲堂 시조 표상의 〈梨花月白圖〉

이조년의 이 사조(詞藻)가 각별히 여말의 시조들 중에서도 그 시정(詩情)과 수사(修辭)에서 가장 문학성 높은 작품이라는 평을 얻은바도 있다. 따라서 오늘날만 아니라 이미 조선시대에 널리 애송되었던 것이나, 다만 아쉬운 것은 이 여사(麗辭)가 한동안은 구승(口承)으로만 전래되었다는 사실이다. 자하(紫蝦) 신위(申緯, 1769~1845)는 우리나라의 구전하는 노래를 시로 채록하지 않으면 없어질 것을 비상히 우려하였다. 그리하여 시조 40수를 칠언절구 한시로 옮긴 〈소악부(小樂府)〉가 그의 시문집인 『경수당전고(警修堂全藁)』권17에 남게 되었다. 그 안에 담긴 매운당 시조의 재탄생이다.

莫拂挽衫輕別離長堤昏草日西時客窓輥轉愁滋
公莫拂衣
寄語子規休且哭哭之無益到如今云何只管焦心
事我淚翻敎又不禁。
梨花月白五更天啼血韺韺怨杜鵑儘覺多情原是
病不關人事不成眠。
子規啼後腔
子規啼前腔。
柱不知何柱降神弦。
水雲湫湫神來路琴作橋梁濟大川十二琴弦十二
神來路
怨最難畫出筆相思。
人間百卉皆堪種唯竹生憎種不宜前往不來長笛
竹謎
我任情灰盡寸來心。
房中紅燭爲誰別風淚汍瀾不自禁畢竟恠伊全似

이조년 시조의 한역화가 『경수당전고』 안에 소악부의 이름으로 실현되었다.
시조 원문의 '三更' 대신 '五更'으로 표기된 점이 특이하다.

梨花月白三更天	이화에 월백하고 은한이 삼경인 제
啼血聲聲怨杜鵑	일지 춘심을 자규야 알랴마는
儘覺多情原是病	다정도 병인 양 하여
不關人事不成眠	잠 못 들어 하노라

　여기서 그 미제(眉題)를 〈자규제전강(子規啼前腔)〉이라 하였다. 조선조 후기의 서정시를 대표할 만한 신위가 같은 감성으로 통하는 서정시인과 마주한 감동과 기쁨을 그냥 지나치고 싶지 않았을 시 분명하다. 급기야 변변한 한철(漢綴)로 엮글린바, 조선말의 신위가 고려 말의 이조년과 만나 교호(交好)하는 순간이었다.

　그리고 이러한 금수장(錦繡腸)이 어디 이매운과 신자하만의 전유(專有)일 것이랴. 익숙하게는 송대의 문호 동파(東坡) 소식(蘇軾, 1036~1101)도 〈춘소(春宵)〉라는 시에서, "춘소일각치천금(春宵一刻値千金)"을 탄식하고 꽃과 달을 상찬(賞讚)했거니와, 봄밤의 한 순간은 다감(多感)과 다한(多恨)의 시인들에겐 천금(千金)에 값할 터이다.

　그런 중에도 이조년의 이 주타(珠唾)가 훨씬 후세에 명종(鳴鐘)하였던지, 이를 연상케 만드는 인적(印跡) 종종을 쉽게 볼 수 있다. 조선 선조 때 백주(白洲) 이명한(李明漢, 1595~1645)의 다붓한 3장(章),

　　西山에 日暮하니 天地 ᄀ이 없다
　　梨花 月白ᄒ니 님 싱각이 시로왜라
　　杜鵑아 너는 눌을 그려 밤시도록 우느니

과, 이로부터 한 세기 지난 조선 영조 때 삼주(三洲) 이정보(李鼎輔, 1693~1766)의 야무진 서회(敍懷)가 또한 다정가와의 연대를 연상케 하는 가운데 별개의 월장성구(月章星句)를 이루었다.

杜鵑아 우지 마라 이제야 니 왓노라
梨花도 픠여 잇고 시둘도 도다 잇다
江山에 白鷗 이시니 盟誓 푸리 흐리라

　1954년에 손노원 작사, 박시춘 작곡으로 백설희가 부른 가요 〈봄날은 간다〉 가사의 1, 2, 3절 내에는 각각 '꽃이 피면 같이 웃고, 꽃이 지면 같이 울던∥별이 뜨면 서로 웃고, 별이 지면 서로 울던∥새가 날면 따라웃고, 새가 울면 따라 울던'의 소절이 있다. 이 노래의 글감인 꽃과, 별과, 새가 이조년 시조 안의 이화, 은한, 두견 소재와 묘하게 일치한다.

　더욱이 이조년의 이 서정 단편이 시대사가 반영된 정신적 울민(鬱悶)의 산물이 었던 것처럼, 이 가요 역시 "전쟁 직후의 정신적인 피폐를 위로하는 짙은 서정성으로 일찍이 대중의 큰 호응을 받았고, 2003년 시인 대상 설문조사에서는 애창 대중 가요 1위로 선정되기도(한국민족문화대백과사전)" 했던 사실과 견주어서 또한 스쳐 지나가기 아까운 부분이 된다.

　이것이 설령 옛 다정 노래와 우합(偶合)이었다 손, 이조년의 3행 41자에 불과한 이 절묘호사(絕妙好辭)가 시대를 초월한 잠재적 우리 정서의 보편성을 내함(內含) 하고 있다는 사유만큼 미쁘게 다가온다.

이제현의
산중설야山中雪夜

고려 말의 문신 이제현(李齊賢, 1287~1367)
의 자는 중사(仲思), 호는 익재(益齋)·역옹(櫟
翁)이다. 본관은 경주이다.

익재 28세인 1314년은 그에게 각별한 해였
다. 원에 대한 정치 감각과 대응력이 뛰어났
던 충선왕은 1307년(충렬왕 33)에 원나라에서
무종(武宗)을 옹립한 공으로 이듬해인 1308년
고려 왕위를 되찾았고, 그 뒤 5년 동안 고려
에 전지(傳旨)를 통한 원격 정치를 했다. 원나
라에 영주하고자 급기야 1313년 아들 충숙왕
에게 양위하고, 그 이듬해인 1314년 정월 원
나라 인종(仁宗)의 양해를 얻어 수도인 연경
(燕京) 자신의 저택에다 만권당(萬卷堂)을 세
웠다. 이 자리에 요수(姚燧)·염복(閻復)·원명
선(元明善)·조맹부(趙孟頫)·장양호(張養浩)·
우집(虞集) 등 당시 원의 명사(名士)들이 초치

益齋 이제현의 초상

(招致)되어 학술과 문학의 강론·유세가 이루어졌다. 왕은 그들 본국인 수준에 맞
서 화응할 만한 인물이 필요했고, 그때 배신(陪臣)으로 선정된 인물이 다름 아닌
이제현이었다. 그가 이 사이에 주선하면서 날로 글솜이 장취(將就)하므로 제공(諸
公)이 탄복했다고 한다. 한번은 충선왕이 중국 문사들 앞에 지은 '계성사류(鷄聲似
柳)' 구의 용사(用事) 근거를 질문 받고 말문이 막혔는데 이때 재빨리 기지를 발휘
하여 왕의 체면을 살렸다는 일화도 있다.

1316년 30세 때엔 충선왕을 대신하여 서촉(西蜀) 사천성 소재의 아미산(峨嵋山)
에 다녀왔는데, 도처청산(到處靑山)으로 지은 시들이 사단(詞壇)에 회자되었다.

1318년에 충선왕을 수행하여 중국 강남 지방을 여행하였을 때도, 전후 간의 광대한 견문(見聞)과 각지(覺知)의 보람을 일일이 글로 휩싸 묶었다.

그러나 새로 영종이 즉위하면서 충선왕은 1320년 이역만리 티베트〔吐蕃〕로 원찬되는 신세가 되었다. 이에 익재가 원나라 조정에 상소를 올려 해배(解配)를 요청함에 보다 가까이 중국 감숙성 소재의 타사마(朶思麻)로 귀양지를 옮길 수 있었다. 바야흐로 이배(移配)된 왕을 찾아가는 도중에 〈황토점(黃土店)〉 3편과 〈명이행(明夷行)〉 1편 등 충분(忠憤)의 감정이 애연(藹然)한 시들을 남겼다.

이윽고 1324년 왕이 풀려나고, 이제현은 이듬해 재상의 지위에 올랐다. 이같은 와중의 얼추 10년 사이에 만권당은 자연 도태됐을 테지만, 그의 고려 귀환과 더불어 성리학이 확산되고, 조맹부의 송설체 글씨와 원나라의 화풍이 도입되는 계기가 되었다.

이제현의 遺作 〈騎馬渡江圖〉

1339년 충숙왕이 죽자 충혜왕(忠惠王)과 심양왕(瀋陽王) 왕고(王暠) 사이에 왕위를 둘러싼 정쟁이 있었다. 정승 조적(曹頔)이 충선왕의 조카 왕고를 왕으로 추대하여 반란을 일으켰지만 충혜왕이 진압하여 왕위에 올랐다. 하지만 조적의 잔당들이 왕을 하리노는 글을 원나라에 보내 왕이 소환되었는데 익재가 수종(隨從)하였고, 사태를 수습하고 복위시키는 데 일등의 공이 있다 하여 철권(鐵券)을 하사 받았다.

그러나 54세 되던 1340년 4월, 귀국 뒤엔 정치배들의 선동에 자취를 감추고 두문불출하였다. 이렇게 본가에 칩거 중이던 충혜왕 3년(1342), 그의 56세의 여름에 집중하여 저술한 바가 『역옹패설(櫟翁稗說)』이었다.

1344년 충목왕 즉위 후 정계에 복귀하면서 문란해진 정치를 바로잡는 데 힘썼고, 65세 되는 1351년 공민왕 즉위 때까지 여섯 임금 밑에서 네 차례나 재상을 역임하였다. 그러다가 70세인 1356년 반원운동이 일어나 기철(奇轍) 등이 죽자, 문하시중으로서 상황을 안정시키고 이듬해 관직에서 완전히 물러났다. 그럼에도 중대한 국사 때마다 왕의 자문 노릇을 했고, 홍건적이 개경을 함락시켰을 때에는 남쪽으로 피신하는 왕의 수레를 호위하며 길을 따르기도 했다.

만년에는 집에서 실록을 편찬하는 일에 몰두하며 생을 보냈다. 그는 원이 심하게 간섭하는 고려 국난의 시기에 원나라의 일방적 부당한 처사를 가말기 위해 두 나라를 넘나들며 나라와 임금을 위한 구듭을 마다하지 않았다. 정치적 생애 내내 난세였음에도 귀양 등의 정치적인 풍파는 입지 않았거니, 관운도 따랐겠으나 역시 결곡한 성품에다 진퇴에 대한 현명한 판단이 뒷받침된 것이겠다.

목은(牧隱) 이색(李穡, 1328~1396)은 아버지인 이곡(李穀)과 나란히 부자가 함께 이제현의 문하였다. 목은이 자신의 사부인 이제현을 위해 쓴 묘지명(墓誌銘) 글 가운데 이처럼 찬양하기도 했다.

名溢域中	천하에 이름 들날리며
身居海東	몸은 해동에 두셨나니,
道德之首	도덕의 으뜸이요
文章之宗	문장의 마루일세.

이는 공연한 치사(致辭)가 아닌, 뒷시대도 공감한 추허(推許)라 하겠으니, 익재는 과연 자신의 생애 안에서만 아니라 고려 전 시대를 통해서 제일 대가라는 정평(定評)을 얻은, 진정한 국사무쌍(國士無雙) 이었다. 이색은 〈익재선생난고서(益齋先生亂藁序)〉도 썼는데, 선생의 촉(蜀)·오(吳) 기행 글의 트여 활달한 기운이 사마천에 못지않다고 칭예하였다.

그의 수필 명편인 『櫟翁稗說』은 '역옹패설'로 읽는 대신, '낙옹비설', 혹은 '늑옹비설' 등으로 독음해야 고의(古意)를 살리는 것이라는 견지도 있다. 이것을 지은 나이가 56세임에도 스스로 '옹(翁)'이라고 자처한 것은 당시의 통념이 그랬던 양하다. '재목감 못되는 늙은이의 돌피처럼 하찮은 이야기'란 말이지만, 오히려 익재 문학관의 진수(眞髓)와 요체가 여기서 더 잘 구현됐다는 고평을 얻었으니, 결과적으론 역설적인 표제가 되었다. 전집(前集)에는 서(序)·사화(史話)·일화(逸話)·골계(滑稽) 등이 실려 있고, 후집에는 서(序) 및 중국과 한국의 시에 대해 평설한 시화(詩話)가 대체를 이룬다. 이 책 서문 중, "해학이 있은들 무엇이 괴이할 것이 없고, 장구(章句)를 수식하고 아로새기는 일이 장기·바둑을 두는 일보다는 오히려 좋지 않겠는가"한 데서 그의 문학관의 광폭을 엿볼 수 있다. 또한 이 저작이 고려 말 이인로, 최자, 이규보 등이 판비해 놓았던 『파한집』이며 『보한집』·『백운소설』 등을 계승한 바에 여기서도 역시 문학가로서 한중(韓中)의 시에 대한 논평은 물론이고, 용사론(用事論)과 신의론(新意論)에 관한 견해도 피력되어 있다. 하필 시학론에 국한할 뿐만 아니라, 원나라에 대한 사대(事大)의 절충의식, 무신정권의 부당함 및 삼별초 세력에 대한 비정통성 판단 등, 정치적인 견해까지 포함하고 있어 패관 문학 부문의 압권(壓卷)으로 추상(推尙) 받기도 한다.

이제현의 문학적 역량을 기릴 때 예외 없이 '사(詞)'에 대해 말한다. 각 구(句)의 글자 수가 전체로서 일정한 일반 시(詩)와는 달리, 사(詞)는 구법의 장단이 일정하지 않기에, '장단구(長短句)'·'전사(塡詞)'라고 부르기도 한다. 사(詞)를 지을 수 있는 역량이 여타 고려의 문인들마다 있는 게 아니었고, 설령 있다손 익재만큼 할 수 있는 이가 없었다는 뜻이었다. 조사(措辭) 행문(行文)의 어울림이 뛰어났다는 평을 얻었던 그의 사(詞) 작품들은 『익재난고(益齋亂藁)』 권10에 '장단구(長短句)'라는 표제로 54편이 올라가 있다. 그 중 선두의 작품은 심원춘(沁園春)의 〈장지성도(將之成都)〉이다. '성도로 가면서'이니, 그 전단(前段) 13구를 시미(試味)로 보인다.

堪笑書生	우습구나, 일개 서생으로
謬算狂謀	잘 못 생각과 허황한 계획으로
所就幾何	이룬 것 얼마나 될까.
謂一朝遭遇	마음 같아선 일조에 기회를 만나
雲龍風虎	구름이 용을, 바람이 범을 따르듯
五湖歸去	오호(五湖)에 귀거래하여
月艇煙蓑	달빛 실은 배타고 안개에 도롱이 걸치렸거늘.
人事多乖	사람의 일, 어그러짐도 하고할사
君恩難報	임금님 은혜 갚기도 어려운 속에
爭奈光陰隨逝波	흐르는 물과 다투는 세월을 어이하리.
緣何事	지금은 또 어인 일로
背鄕關萬里	일만 리 고향땅 등진 채
又向岷峨	다시금 아미산을 향하나.

이제현이 1316년(충숙왕 3년)에 아미산에 가 제사하라는 사명을 받고, 수도 연경에서 사천성 소재 성도로 떠나면서 지은 것이다. 오호는 옛 범려(范蠡)가 월왕 구천(句踐)을 도운 후 물러나 배를 띄우고 놀았다는 명승지이다. 이제현도 그만 관직생활을 접고 그러한 승경에서 은거하며 지냈으면 하는 소망을 피력한 뜻이다. '심원춘'은 '억강남(憶江南)'·'보살만(菩薩蠻)' 등과 나란히 율조에 맞춰 짓는 사패(詞牌)의 한 명칭이다. 그러니까 '심원춘'은 큰 단위로서 사패 명이고, '장지성도'는 개별제목으로서의 사제(詞題)가 된다.

본보기로 꼽히는 장단구 〈장단석벽(長湍石壁)〉 또한 '귀밑머리 희끗한(鬢毛斑)' 나이에 지은 사(詞)의 명편이다. 고귀한 신분의 호사가나 생업에 바쁜 어부들은 감득하기 어려운 장단 석벽의 아름다움을, 시인이 시로 형상하려 하나 결국 이룰 수 없을 정도의 환상적인 절경임을 강조하였다. 보다 적극적으로는 그 석벽에서 유구한 민족의 대찬 이미지를 찾기도 한다.

또한 익재는 민간의 속요와 궁정의 별곡 등 11수의 여요들을 칠언절구 형태로 지어놓았는데, 이것이 오늘날 국문학사에 아주 진귀한 자산이 되었다. 자신의 시대에 미만(彌滿)하던 속요 별곡에 대한 유별한 관심이 이 같은 한역화를 가능케 한 것으로, 이를 '소악부(小樂府)'라 이름하였다. 『익재난고』 권4에 〈장암(長巖)〉·〈거사련(居士戀)〉·〈제위보(濟危寶)〉·〈사리화(沙里花)〉·〈소년행(少年行)〉·〈처용(處容)〉·〈오관산 (五冠山)〉·〈주기(珠璣)〉·〈정과정(鄭瓜亭)〉의 9수가 수록되어 있다. 뿐만 아니라, 같은 문집 권4의 바로 다음 란에는 익재가 후배인 급암(及菴) 민사평(閔思平)에게 '별곡' 지을 것을 권장하는 뜻에서 다시금 〈수정사(水精寺)〉·〈탐라(耽羅)〉 두 편을 역시 칠언시로 옮긴 바에, 총 11편인 셈이다. 열거의 순서상 1·2·3·4·6·7·9에 대한 표제는 마침 『고려사』 악지 등 타 문헌에서 소개하면서 지정해 보였던 제목을 썼고, 5는 양주동이 붙인 것이며, 8·10·11번째 제목은 저자가 임의로 가칭한 것이다.

그리고 위의 11편 가운데 〈처용〉과 〈주기〉, 〈정과정〉 등 3편은 오늘날 국문 가사를 확인할 수 있는 노래들이기에 익재 한역시와의 대조 안에서 그 진면목에 바짝 접근할 수 있고, 그 나머지 가사부전의 가요도 이제현의 한역시를 통해 대체적인 면모는 개견(概見)할 수 있기에 그의 소악부에 일자천금(一字千金)의 가치가 있는 것이다.

〈정과정〉과 〈오관산〉, 〈주기〉는 이왕에 〈정과정곡〉과 〈정석가〉, 〈서경별곡〉 다룰 때 소개하였으므로 여기서는 〈제위보〉 한 수를 옮겨 보기로 한다.

浣紗溪上傍垂楊	수양버들 늘어진 냇가에서 빨래할 제
執手論心白馬郎	손 잡고 마음을 속삭이던 백마랑이여.
縱有連簷三月雨	처마 끝에 석 달 긴 비가 내린다 해도
指頭何忍洗餘香	내 손끝에 님의 향기 어이 씻어지우리.

여기 백마 타고 나타난 사내인 백마랑은 당시 말을 타고 전국에 유력하던 한량 계층이 연상되고, 여인은 여염 처자거나 유녀(遊女) 쯤으로 다가온다. 이들은 정동(情動)에 따라 만나고 헤어지는 페이소스 강렬한 부류들이었으니, 다름 아닌 고려의 속요를 생성케 한 주역들이었던가 한다. 그런 의미에서 이 시는 정녕 고려 당년의 남녀풍속도라고 할 만하였고, 그 시대를 살던 익재의 금심수구(錦心繡口)가 아니었다면 영영 묻혔을 말 노래 유산이었다.

조선 전기에 사가(四佳) 서거정(徐居正, 1420~1488)은 『동인시화(東人詩話)』에서 이인로의 〈소상팔경(瀟湘八景)〉과 진화(陳澕)의 칠언장구(七言長句)는 다 절창인지라 뒤의 작가로서 만만히 겨룰 자가 없지만, 유독 익재의 절구와 악부 등이 향후 수백 년 동안 그 두 사람과 맞서 버텼다고 칭도하였다. 또, "상국(相國) 이규보, 대간(大諫) 이인로, 예산(猊山) 최해, 목은(牧隱) 이색 등이 다 큰 문장가였지만 손대어 미치지 못하는 바가 있었다. 오직 익재만이 문학의 모든 체(體)를 두루 갖춰 짓되 그 법도가 삼엄하였다"고 극찬을 하였다. 조선 말기의 창강(滄江) 김택영(金澤榮, 1850~1927)도, "공묘(工妙) 청준(淸俊)하고 만상(萬象)이 구비되어 조선 삼천 년에 제일 대가(大家)이다"라고 절찬해 마지않았다. 과연 그는 어느 군데도 매이지 않는 불기(不羈)·불기(不器)의 연대지필(椽大之筆)임에 의심의 여지가 없는 양하다. 이가원(李家源, 1917~2000)은 "우리나라 역대의 시인 중에 오직 그가 중국의 음률에 능통했기 때문"이라고 하였다.

약간의 견제도 없지는 않았다. 용재(慵齋) 성현(成俔, 1439~1504)은 익재를 두고서 "노건(老健)하나 미려하지는 않다〔能老健 而不藻〕"라고 평했다. 하지만 훗날 청장관(靑莊館) 이덕무(李德懋, 1741~1793)는 이 논평에 불만을 나타내면서 익재의 시가 단연 2천년 이래 동방의 명가라고 하였다. "동방의 벽체(僻滯)의 누습을 벗어나 비록 중국 원나라 명사들과 견주어도 나으니, 성현이 익재를 평하되 노건(老健)하되 미려하지는 않다고 한 것은 철론(鐵論)이 못된다. 익재의 시가 곱지 않다면 다른 누구 것이 과연 곱단 말인가"하면서 크게 두둔하였다.

익재 시의 명편으로서 30세 되던 가을, 서촉 미주(眉州)에 갔을 당시 지은 〈방주향아미산(放舟向峨眉山)〉를 덮어두기 어렵다. 성현이 괜한 편견으로 미려하지 못하다는 평을 할 리 없었겠으나, 이 시에 이르러서는 그 말이 잠깐 무색할 정도이다. 유아(幽雅)·유려(流麗)하니 시정 넘치는 경타(瓊唾)가 아닐 수 없다. '8월 17일, 배 띄워 아미산을 향하다'이다.

錦江江上白雲秋	금강 강위에 피어오른 가을의 흰 구름
唱徹驪駒下酒樓	이별곡 부른 뒤에 술팔집을 내려온다.
一片紅旆風閃閃	한 조각 붉은 깃발, 바람에 펄럭펄럭
數聲柔櫓水悠悠	지국총 노젓는 소리, 강물은 넘실넘실.
雨催寒犢歸漁店	송아지 비 맞힐까 바삐 몰아 집에 가고
波送輕鷗近客舟	파도에 밀린 흰갈매기 뱃전에 다가든다.

孰謂書生多不偶	글하는 이는 불우하다고 누가 말했나
每因王事飽清遊	나랏일 다닐 적마다 뿌듯이 노니는 걸.

하지만 같은 곳에서 지은 〈사귀(思歸)〉 시에서는 고국의 순채국이 서촉의 명물이라는 양락(羊酪)보다 맛있다고 하여 느꺼운 회귀의 속내평을 토로했다.

54세 때 원에서 환국하는 도중에 지은 〈제화문주루시(齊化門酒樓詩)〉에선 서글픈 만년 탄식의 여운이 감돌고, 금강산 층암절벽 위에서 읊은 〈보덕굴(普德窟)〉과, '저물녘의 낚시터에서'인 〈어기만조(漁磯晚釣)〉 등은 다 노년 은퇴기의 소산으로 보이거니, 화의(畵意)가 넘치는 유연(油然)한 시정(詩情)을 이루고 있다. 또 〈소상야우(瀟湘夜雨)〉―소상강 밤비―는 진즉에 이인로(1152~1220)의 동일 제하(題下)의 시가 있었거니, 대개 그것을 의식한 염체(艶體)의 가십(佳什)이었다.

이렇듯 익재에게 여러 빛나는 명편들이 있지만 그 가운데 〈산중설야(山中雪夜)〉를 대표작으로 세우는 일에 아무런 이견이 없는 양하다. 『익재난고』 권3, '詩'에 수록되어 있다. 칠언절구, '산중에 눈 내리는 밤'이다.

紙被生寒佛燈暗	홑이불에 한기 일고, 불등은 어스름한데
沙彌一夜不鳴鐘	사미승은 밤이 새도록 종을 치지 않누나.
應嗔宿客開門早	묵는손님 꼭두에 문 연다고 성을 낸다손
要看庵前雪壓松	암자 앞의 눈 덮인 소나무는 보아야겠네.

평성(平聲)의 '冬' 운(韻)이다. 칠절은 1·2·4구에 압운(押韻)을 맞춤이 정석인데, 2·4구만 맞춰진 변격(變格)의 시라 하겠다.

어느 해 겨울인가 익재 선생이 산사의 작은 암자에서 밤을 보냈던가 보다. 아마도 은일 생활을 하던 노년의 어느 겨울날만 같다. 여기의 지피(紙被)는 종잇장처럼

竹林 정웅표 揮翰의 〈산중설야〉

얇은 이불이라 해도 무방하겠으나, 그것이 꼭 홑이불 아니라도 차마 종잇장 느낌만 같아서 그렇게 표현했다고 보는 일이 얼마든 가능하다. 불등은 불상(佛像)을 비추기 위해 놓은 등불이다. 일야(一夜)는 하룻밤이라는 말이나, 여기서는 '밤새도록, 어둔 밤중 내내'로 새긴다. 숙객은 하룻밤 자고 가는 손님이다. 응진(應嗔)은 응당 불만을 터뜨릴 게 뻔하다는 말이고, 설압송(雪壓松)은 펑펑 쌓인 눈의 무게에 가지가 쳐진 소나무이다.

이 시에서 불평하는 주체는 사미승이다. 나어린 사미의 처지에서 자던 손님이 난데없이 부산을 떠는 게 탐탁치 않아 짜증이 난다는 뜻이다.

그런데 의외로 '응진(應嗔)', 곧 성내는 주체를 절에 묵은 손님으로 보는 수도 없지 않다. 곧, 나그네가 시간 맞춰 종을 치지 않는 사미승을 꾸짖고자 문 열고나서는 형상으로 보는 관점이다. 그러나 이 경우 '사미를 꾸짖고자 나섰는데 소나무를 보려함일세' 한다면 뜻이 서지 않는다. 따라서 해석의 방향도 이렇게 선회할밖에 없다. '왜 여직 일어나 종을 치지 않느냐고 꾸짖으려 일어나 문을 열어 나서는 순간, 밤새 내린 눈에 소나무 가지 축 쳐진 모습이 한 눈 가득 들어오누나.' 다만 이와 같은 상황 설정을 위해 '嗔'을 '나무라다·꾸짖다'까지 확대 해석했고, '要看'(요간) 또한 '보인다'로 해석한 셈이다.

그러나 '嗔'이라는 글자는 그 본의에 '성내다, 성질을 부리다'가 있을 뿐, '나무라다'는 뜻은 부재하다. '要看'도 마찬가지이다. '要'는 '바라다, 구하다'란 뜻이니 '보기를 바라다', '보고자 하다'로서 타당하다. '보고 싶다'란 말인 바에, 아직은 그 설경을 눈으로 맞이하여 담은 단계도 아니다. 즉 완료형이 아니라, 미래의지형임이 온당하다.

이제 손님은 썰렁한 이불 속 엄습하는 한기에 편한 잠을 놓쳤다. 그렇게 여윈잠에 겨운 게슴츠레한 눈에 문창지를 통해 발그레한 불등이 희미하게 비쳐들었다. 사미중은 여태도 잠들었는지, 아니면 깨어있음에도 귀찮고 실큼해선지 깜깜밤중이 다 끝나가는 마당임에도 나와서 종을 치려는 낌새가 없다. 필경 밤사이 바깥엔 하마 큰 눈이 내려 설천지(雪天地)를 이루었을 게 틀림없고, 어제 밝은 날빛에 눈여겨두었던 멋진 소나무에도 잔뜩 눈이 내려앉아 푹 늘어진 가지가 절경을 이루고 있을 게 번연하다. 지금 그것이 하 궁금하여 조릿조릿한 지경이라 나가긴 나가야 하겠는데 이제 겨우 갓밝이라, 이드거니 더 기다려야 하는 너무 이른 새벽이다. 만약 내 나가고자 문 젖혀 여는 삐꺽 소리를 사미중이 들으면 그게 누구의 인기척인지 금세 알아차릴 테요, 필시 누운 채 날 탓하며 투덜댈 일이 뻔한지라 잠깐 주저된다. 그래서 난처한 노릇이긴 하나, 난 지금 일각이라도 서둘러 바깥에 펼쳐진 그 정경쪽으로 나아가고 싶다. 안달이 날 지경이니, 동자의 불평을 감수하고라도 암자 앞 눈 덮인 소나무는 꼭 보아야겠다.

문소리가 들릴 정도면 숙객과 동자 간의 떨어진 거리가 벽 한둘 정도 격한 아주 지척인 셈인데, 그 간격에서 두 사람 간의 보이지 않는 가벼운 신경전 같은 것이 눈에 선해 미소를 자아낸다. 이 시는 '1인칭 주인공시점'에서 쓴 것이지만, 문득

雨香 김동애 畵, 익재의 〈산중설야〉 시 주제에 의한 〈雪壓松圖〉

'전지적 작가시점'에서 보았을 때 부수되는 이 같은 해학미가 문득 시의 가치를 가일층 돋보이게 한다.

한편, 앞의 장단구 〈장단석벽(長湍石壁)〉에서 높은 신분의 호사가거나 생업이 급한 이들은 찾지 못할 작가만의 미감에 대해 얘기했는데, 여기서도 이야기 화자(話者)와 동자 간에 그 같은 의식상의 간극(間隙)이 제시된다. 방 안의 동자야 눈 잔뜩 쌓인 소나무가 아무런 감흥일 리 없겠으나, 이미 생각이 온통 바깥쪽에 쏠려 있는 탐미(耽美)의 시인한테도 그럴 것이랴. 시인에게 설압송이 주는 미적 가치는 지고(至高) 무비(無比)한 것이다.

아울러, 시인은 사대부 신분으로 봉건 계급사회에서 절대 우위에 있음에도 산사(山寺)의 손대기 어린 사미승에게조차 눈치를 보면서 있다. 위세라곤 전혀 보이지 않은 채 그 전전긍긍하는 모습에서 작가의 인간적 성품을 엿볼 나위도 있다.

창작의 시기는 원에서 1340년 4월 귀국 뒤에 칩거한 54세 이후 1344년 충목왕 즉위 후 정계에 복귀하던 58세 사이 쯤으로 추정된다.

서거정은 『동인시화(東人詩話)』에서 "절간 눈 온 밤의 기이한 정취를 너끈 그려냈으니, 읽는 이로 하여금 읽는 중에 맑고 서늘한 기운이 가득하게 한다(能寫出山家雪夜奇趣 讀之令人 沆瀣生牙頰間)"고 했다. 또, 진즉에 최해(崔瀣, 1287~1340)가 한 말이라면서, "익재의 평생 닦은 시법이 이 시에 다 들어 있다(崔拙翁嘗日 益老平生詩法 盡在此詩)"는 인용도 보태었다. 최해는 최치원의 후손으로, 이제현과 동년동갑의 문우이다. 원나라 과거에 합격하고, 성균관대사성 등을 지냈다. 만년에 농사지으며 『동인지문(東人之文)』과 『졸고천백(拙藁千百)』을 편수한 시인이다.

이렇듯 〈산중설야〉가 익재 시 총중(叢中)에서 최고 절창으로 이구동성하는 분위기였으나, 교산(蛟山) 허균(1569~1618)만은 사뭇 견제를 나타냈다.

人言 崔猊山悉抹益齋詩卷 留…益齋大服 以爲知音此皆過辭也 益齋詩 好者甚多.

『성수시화(惺叟詩話)』

사람들이 말하길, "최해가 익재의 시권(試卷)을 모두 지워 뭉개고 이 시만을 남겨놓았더니, 익재가 크게 탄복하면서 나를 알아보는 이라고 했다." 하지만 이는 모두 지나친 말이다. 익재 시 가운데 좋은 것은 넘치도록 많다.

또한 이 〈산중설야〉 전체 4구는 역시 만당의 시인 이상은(李商隱, 813~858)의 칠절 〈억주일사(憶住一師)〉-주일선사를 생각하며-의 다음 3·4구에서 의상(意想)을 받은 것인가 한다.

爐銷盡寒燈晦烟　　화롯불 죄 사그라지고 등불조차 희미할 제
童子開門雪滿松　　동자가 문 열자 소나무에 흰 눈 수북하였지.

원천의 당지자(當之者)로 보이지만, 고려의 대 시인은 교묘한 환골탈태로 의연히 직금회문(織錦回文)을 성사시켰다.

이렇게 문학의 수준이 높고 반경이 넓어 최고의 칭예(稱譽)를 받은 익재로되, 문득 무조건 칭찬 일변도로 흐른 것은 아니었다. 『고려사』 이제현 열전 및 『고려사절요』(28권)에 보면 뜻밖에 그의 단처(短處)마저 언급되어 있어 주목을 끈다. "그러나 성리학을 즐겨하지 않았으므로 수양의 기반이 없고 공자와 맹자담론에서 공허하여 고집스럽고 온당치 못하였다. 일 처리가 썩 합당치 않으매 당시 식자들의 비난을 샀다(然不樂性理之學 無定力 空談孔孟 心術不端 作事未甚合理 爲識者所短)"고 하였다. 뿐만 아니라 "공민왕이 원나라에 있어 왕의 직무를 임시로 보았는데, 계단 위에 올라서 원나라에 보내는 표문(表文)을 내릴 때에 그 의전(儀典)이 왕과 다름 없었기에 사람들이 이를 기자(譏刺)하였다"고 하는 폄평(貶評)도 없지 않다. 요컨대, 시문의 창작에서만큼은 독보적이로되 사상은 그만 못하고, 권위주의 독선적인

174　새로 읽는 고려의 명시가

처신을 했다는 말이 된다.

그럼에도 이 단점은 잘 부각되지 않아 왔다. 문학사 안에서 확보된 최상의 지위와 일인자적 무게로 그러한 정도는 별 문제 아닌 것으로 보았을 수도 있다. 하지만 익재가 지닌 공맹학과 신유학이라고 하는 성리학 분야의 글속이 과연 옹글지 못한 것일까? 어쩌면 궁극의 밑절미가 된 문예 쪽에 대한 압도적인 평가가 오히려 그의 정치가 내지는 성리학자로서의 위상을 감쇄시킨 것은 아니었는지.

일찍이 위문제(魏文帝) 조비(曹丕)는 "문장은 경국지대업(經國之大業)이요, 불후지성사(不朽之盛事)"라고 하였다. 훌륭한 문장은 나라를 다스리는 큰 사업이며, 후대까지 사라지지 않는 성대한 일이라는 뜻이다. 고려의 문신 이규보가 무신집권 치하에 벼슬할 때도 바로 이 '문장경국(文章經國)'의 취지를 높이 신봉하였고, 그 신조에 따라 활발한 창작을 펼쳤다. 그리고 실제 몽고의 수만 대군을 〈진정표(陳情表)〉 한 장으로 물러가게 하였으니, 그에게 문장은 한갓 구두선이 아닌 현실 반영의 약여(躍如)한 실상이었다. 도은(陶隱) 이숭인도 친원 노선의 우왕이 시절에 명나라 사신이 고려에서 살해된 사건을 수습코자 명 태조 앞에 서신을 보낸 일로 국난을 수습하였다. 도은의 문장에 감동한 명태조가 우왕의 왕위 계승을 인정하고 공물도 크게 경감해 주었던 것이다. 익재의 문하인 가정(稼亭) 이곡이 또한 원나라에 공녀(貢女) 폐지를 상서하여 성금을 이루었으니, 이 모두가 문장으로 나라를 경륜했던 애면글면한 보람들이었다.

또한 원에 의해 티베트 먼 땅에 유배된 충선왕을 위해 그쪽의 낭중과 승상에게 글을 올려 왕의 배소를 가직한 땅으로 옮기게 했는가 하면, 원나라에 붙들려간 충혜왕의 송환을 청하는 글을 기초한 이도 익재였다. 또 충숙왕 때는 고려의 역신인 유청신과 오잠이 원나라 도성(都省)과 짬짜미로 고려라는 국호와 국왕을 없애고 중국 산하의 한 개 성(省)으로 편입시키려는 시도가 있었으나, 익재가 원의 도당(都堂)에 글을 올려 책동을 저지하였다. 그는 이렇듯 문장으로써 번번이 나라 일을 뒷갈망하였다.

만권당에서 원나라 명사들과의 교유와 활약은 저 신라 말에 최치원이 당나라 문인들 사이에서 구현해 보였던 한류(韓流)와 다르지 않았다. 역시 그의 재화(才華)가 한갓 해내(海內)에 국한되지 않아 국제적인 역량으로 나라의 체모를 위해 공헌한 힘이 컸다.

궁극에 그의 최고가 순 문예뿐이 아니요, 참여문학으로서 문장보국(文章報國)의 실현에조차 도저(到底)했기에 가능했다는 사실을 도두 새기지 않을 수 없다.

이색의

부벽루浮碧樓

이색(李穡, 1328~1396)은 고려 후기의 문인으로 자는 영숙(穎叔), 호는 목은(牧隱)이다. 본관은 한산(韓山), 경북 영덕 출생으로, 아버지는 가정(稼亭) 이곡(李穀, 1298~1351)이고, 익재(益齋) 이제현(李齊賢, 1287~1367)을 사승(師承)하였다. 시호는 문정(文靖)이다.

4천이 넘는 방대한 목은의 시편 중에 으뜸가는 찬사와 함께 가장 회자된 것은 단연 오언율시 〈부벽루(浮碧樓)〉라고 하여 과언이 아니다. 『목은시고(牧隱詩藁)』 권2에 실려 있고, 그 밖에 『동문선』 권10, 『기아(箕雅)』 권5, 『대동시선』 권1 등에도 전한다.

昨過永明寺	어제 영명사를 지나다가
暫登浮碧樓	잠시 부벽루에 올랐다네.
城空月一片	텅 빈 성 위엔 달 한 조각 떠 있고
石老雲千秋	세월바위 너머 천년의 구름 흐르네.
麟馬去不返	기린마 떠나간 후에 돌아오지 않고
天孫何處遊	천손은 지금 어느 곳에 노니시는가.
長嘯倚風磴	돌다리에 기대어 긴 소리로 읊는데
山靑江自流	산은 푸르고 강은 무심히 흐르누나.

고구려 옛 유적지인 평양성을 지나면서 느낀 감회를 회고적 어조로 노래한 전체 8구의 이 시를 전·후반 4구씩 나누어 보는 일이 가능하다.

전반부는 부벽루를 중심으로 한 외부 광경에 대한 묘사 및 역사 속에서 사라져 간 옛 고구려 터전 앞에 고즈넉한 회고의 감정을 노래하였다. 후반부는 쇠약해진 고려의 국력을 안타까워하며 강성했던 옛 고구려를 떠올리면서 그 웅혼한 정신을 이어 받아 조국인 고려가 재도약하기를 기원하는 우국충정이 담겨 있다. 그리하여 전체로는 이른바 선경후정(先景後情)의 형태 안에 있다고 할 수 있다. 결과,

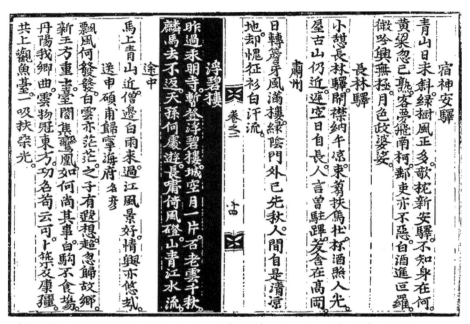

『牧隱詩藁』권2에 실린 〈부벽루〉시. 최종구가 '江水流'로 되어 있으나, '江自流'로 世傳되고 있다.

이 시 역시 어디까지나 서정시의 범주를 벗어나지 않는다.

창작의 시기는 공식적으로 정확한 연대를 밝힌 문헌은 없지만 이색의 20대에 이루어진 것이 명백하다. 게다가 더욱 지레채어 좁혀 볼 나위도 있다. 14세 때 진사시에 합격한 뒤, 1348년(충목왕4) 21세에 처음 원나라 수도인 대도(大都)−오늘날의 북경−로 가서 국자감의 생원이 되어 성리학을 연구하다가 1351년 24세 때 부친 이곡의 상(喪)을 당하여 3년 만에 귀국하였다.

이듬해인 1352년 공민왕 원년에 시정(時政) 개혁의 건의문을 올렸고, 익년 1353년에 향시 합격으로 서장관(書狀官)이 되어 두 번째로 원나라에 갔으니, 26세였다. 27세인 1354년엔 회시(會試)와 전시(殿試)에 합격하여 지제고(知制誥) 겸 편수관을 지냈다.

그러나 1355년, 28세에 귀국하여 역
시 임금의 조서(詔書)·교서(敎書)를 기
초하는 직책인 지제교(知製敎) 및 중서
사인(中書舍人)을 하였다가, 다시 원나
라로 들어가 한림원에 등용되었다. 이
듬해인 1356년 29세 때 귀국하여서는
이부시랑 지제교 겸 병부낭중의 직임을
맡았다. 공민왕 5년이었으니, 바야흐
로 이때를 맞아 무신정권의 흔적이었던
정방(政房)을 혁파함과 동시에, 기철(奇
轍)·권겸(權謙) 등 친원(親元) 세력을 제

牧隱 이색의 초상 − 국립중앙박물관 자료

거하고, 또 원의 횡행(橫行)을 견제하는 데 일조하였다. 이후 원나라 쪽으로는 족
적(足跡)을 끊고 다시는 벼슬하지 않았다.

그의 20대 안에 전후 세 차례에 걸친 원나라 외유(外遊)인 셈 되었으니, 이 3차
왕래하던 시절의 어느 쯤에 평양을 경유하다가 지은 것임이 명백하다. 혹자는 작
자가 제1차로 원나라에 입경하여 공부하던 24세 때 부상(父喪)을 당해 귀국하던
길의 소득(所得)으로 간주한다. 곧 개성으로 가던 차에 부벽루에 올라 천년 고도
평양의 대동강을 굽어보며 나라 걱정에 비측(悲惻) 감개(感慨)했던 산물로 보는 것
이다.

말결에, 목은의 원나라 왕복과 관련해서 다음과 같은 흥미로운 일화가 조선 후
기 홍만종(洪萬宗, 1643~1725)이 편한 『순오지(旬五志)』 안에 전한다. 편의상 번역
글로 읽으면 이러하다.

『순오지』 안의 목은 이색 응구첩대 記事

이때 학사 구양현(歐陽玄, 1273~1357)이 그를 변방의 사람이라 하여 가벼이 여기고 글 한 짝을 지어서 놀렸다. "獸蹄鳥迹之道 交於中國(짐승의 발자국과 새의 발자취가 중국에 섞여든다)" 하자, 목은이 응구첩대 하기를, "犬吠鷄鳴之聲 達于四境(개 짖고 닭우는 소리가 사방에 들려온다)" 하여 구양현을 놀라게 했다. 짐승과 새의 발자취가 중국에 섞여든다 한 것은 우리를 극도로 멸시하여, 너희들 새나 짐승같은 것들이 감히 우리 중국 땅을 어지럽히느냐는 뜻이다. 그러나 여기에 회답(回答)한 목은의 시가 더욱 묘하다. 개·닭의 소리가 사방에 들려온다 하는 이것은, 우리 고려국을 새나 짐승 취급하는 정도라 당신네 중국은 역시 개나 닭이지 뭐

나는 기막힌 풍자였다. 기이하게 여긴 구양현이 또 글 한 짝을 지었다. "持杯入海知多海(술잔 들고 바다에 들어가서야 바다가 넓은 줄 알겠군)" 하자, 목은이 또 즉석에서, "坐井觀天 曰小天(우물 앉아 하늘을 바라보고선 하늘이 작다고 하는군)" 하고 회답하니, 구양현이 크게 탄복하였다.

젊은 이색의 발랄한 촉기가 실감나는 대목이다. 당인(唐人)의 "持杯入海知多海"에 대해 "坐井觀天日小天"으로 응구첩대했다는 일화는 홍만종보다 8년 연상인 이제신(李濟臣, 1629~1662)의 『청강선생시화(淸江先生詩話)』에도 게재되어 있다. 아울러 이것이 1348년 그의 27세 때 두 번째로 원나라 입경하고 회시(會試)에 합격한 직후 구양현이 당시의 고시관으로서 대면한 과정에서의 일화라는 말이 있다. 구양현은 원나라에서 이름 높던 숙유(宿儒)로, 이색보다 무려 55세나 위였다. 이색이

종유(從遊)한 끝에 의발을 전수 받았던 모양으로, 뒤에 인용할 이색의 시를 통해서도 인지될 법하다. 위의 내용을 기록한 홍만종 자신도 "목은이 대구(對句)로서만 뛰어날 뿐이 아니라, 문장과 이치가 모두 구비하니 … 동파(東坡)거나 그 대등한 이들에 못지않다"고 높이 평가하였다.

〈부벽루〉는 도입 1·2구부터가 서로 대구로 되어 있고, 이는 흡사 두보(杜甫, 712~770) 작의 〈등악양루(登岳陽樓)〉 1·2구인 "昔聞洞庭水 今上岳陽樓(지난날 동정호를 들었거니, 오늘 악양루에 올랐도다)"와 그 수사법에서 동일하였다.

3·4구의 '오랜 바위'란 조천석(朝天石)

이색의 親筆 自製詩 〈부벽루〉

을 지칭한다. 영명사 안에 동명왕의 구제궁(九梯宮) 궁궐이 있었고, 그 궁의 안쪽 부벽루 아래는 기린굴이었다. 동명왕이 기린굴에서 나와 굴 남쪽의 여기 큰 바위에서 조천(朝天) 곧 하늘에 배알(拜謁)하였다고 해서 생긴 이름이다. 기린마(騏驎馬)는 고구려 시조 동명왕이 타고 하늘로 올라갔다고 전하는 신화적 상상의 말이다. 천손(天孫)은 천제의 손자라는 말이니, 이에선 동명왕을 지칭한다. 이 10글자 안에 유한한 인간의 시간을 무한한 자연의 시간과 대비시키면서, 인간이 지어내는 역사가 얼마나 허망하고 무상한지를 곡진히 표출하였다. 여기서도 1·2구나 마찬가지로 "城空(텅 빈 성)"과 "石老(오랜 바위)", "月一片(한 조각 달)"과 "雲千秋(천년의 구름)"이 분명한 대(對)를 이루고 있다. 동시에 성(城)과 바위는 지상(地上)의 존재인 반면, 달과 구름은 천상(天上)의 존재이니, 서로 대척(對蹠)의 형상으로 짝을 이루고 있다.

일찍이 서거정도『동인시화』에서 목은의 시는 '대구의 배치가 공교롭고 치밀하다(屬對工緻)'고 하더니, 지금 그의 이 대표시에조차 예외 없이 그 진면모를 발휘하였다.

후반부는 대구를 쓰지 않았으니, 정서적 메시지 전달이 무엇보다 절실했기 때문이다. 5구는 당나라 시인 최호(崔顥, 704?~754) 지은 칠언율시 〈황학루(黃鶴樓)〉 제3구 "黃鶴一去不復返(황학일거불부반)"을, 최종구는 이백의 칠언율시 〈등금릉봉황대(登金陵鳳凰臺)〉의 수련(首聯) 중의 "鳳去臺空江自流(봉거대공강자류)"를 강하게 연상시킨다. 특히 여기 5·6구야말로 이 시의 참된 주제랄까 진체를 담은 골갱이라고 할 만하다. 동시에 이는 목은의 역사관과도 긴밀히 결부가 된다. 『민족문화대백과사전』의 '이색' 조에도 목은의 역사관에 대해, "세상이 다스려지는 것과 혼란스러워지는 것을 성인(聖人)의 출현 여부로 판단하는 인간 중심, 즉 성인·호걸 중심의 존왕주의적(尊王主義的)인 유교역사관을 가지고 역사 서술에 임하였다"고 한바, 이 같은 사고는 고조선이나 고구려 역사의 회고에서 고스란히 반영된다. 무엇보다 목은이 국조 단군을 최고의 영웅으로 높이 받들었음은, 『목은시고』 권3 소재의 칠율(七律) 〈서경(西京)〉에서 여실히 드러난다.

方舟容與水如空	하늘 빛 맑은 물에 배 나란히 띄우고
驛騎飛塵一瞬中	역마로 티끌 날리면서 한달음에 왔네.
辨得兩湯雖甚易	두 그릇 탕국 마련이야 아주 쉬울지나
哦成七字却難工	일곱 자 시구 짓기야말로 차마 어려워.
城頭老樹猶遮日	성곽 위 늙은 나무는 웬간히 해 가려 주고
山頂高樓遠引風	산 정상의 높은 누각은 먼 바람 끌어 오네.
聞說朝天曾有石	듣자 하니 이 자리엔 조천석이 있어 왔고
檀君英爽冠群雄	단군의 영걸함은 군웅의 으뜸이었다 하네.

이 〈서경〉 시는 목은이 원나라에서 고려 개경으로의 귀국길에 잠깐 서도 평양

에 배를 정박시키고 고구려 옛 성곽길로 들면서 첫 음영(吟詠)인 것으로 보인다. 시인의 눈앞에 조천석이 있다 했으매 바로 〈부벽루〉 시의 그 현장인 것이다. 아마도 같은 날, 바로 그 〈부벽루〉를 짓기 직전에 음아(吟哦)한 것인 듯. 그것이 다른 날이라고 해도 평양에 답사한 고작 한두 날 사이의 밭은 시간대로 상도된다.

그의 27세 때인 1354년 2월 회시에서 합격하고, 3월에 귀국길에 들어 만주 요녕성(遼寧省) 동쪽의 파사로(婆娑路)를 지나다가 지은 〈파사부(婆娑府)〉라는 시 또한 단군 예찬의 사조(思藻)였다.

東韓仁壽君子國　　동한은 인수(仁壽)의 땅 군자의 나라로서
唐堯戊辰稱始祖　　요 임금 재위 무진년에 시조 탄생 하셨네.

1750년대 초의 채색 필사본인 〈해동지도〉 안의 기린굴과 부벽루. 영명사.

綿歷夏商不純臣　　하은 시대에는 줄곧 중국에 복종 아니 했고
箕子受封師道新　　기자가 조선왕 된 뒤엔 가르침이 새로워졌네.

　무진년은 요 임금이 천하를 다스린 지 25년째가 되던 해이자, 천신의 후예 단군
이 처음 나라를 정해 임금이 된 해로 설화된다. 천신(天神)의 손자인 단군이 임금
이 되어 처음 평양에 도읍을 정해 나라 명을 조선(朝鮮)이라고 한 이래 후인들이
배달민족의 시조(始祖)로 받들었음을 강조한 뜻이다. 이같은 시혼(詩魂)이 역시
〈부벽루〉와 마찬가지로 연부역강(年富力强)한 20대 때의 일이었다.
　그러면 이제 〈부벽루〉 시에 들어서는 앙모의 대상이 고조선 단군에서 고구려
동명왕으로 잠시 전이를 보였을 따름이다. 역시 영웅 단군으로 인해 고조선이 융
성했음과 한가지로, 영웅 동명왕에 의해 고구려가 흥왕(興旺)했다고 한바, 존왕주
의적인 역사관이 그대로 유지되어 있는 것이다. 다만 동명왕 예찬에는 상무주의
(尙武主義)가 더 보태졌을 뿐이다. 그러면 이색이 여기서 동명왕을 세웠던 데는
힘의 논리로 움직이던 고려 주변의 국제정세 때문이었다.
　연관지어, 그의 역사 인식에는 다소 특이한 면이 관찰되기도 하였다. 이를테면
저 삼국시대의 역사에서 진수(陳壽)와 사마광(司馬光)의 사관(史觀)을 좇아 조조의
위나라를 정통으로 삼고 있다. 그런가 하면, 진시황의 천하통일을 도와 정승이
된 법가의 정통자인 이사(李斯)를 높이 평가하고 있다. 대개 의리와 도의만 아니
라, 역사적 시의(時宜)에 융합된 상황윤리까지 살피는 학자임을 거니챌 수 있다.
　고대사를 배경으로 한 20행의 칠언고시 〈정관음(貞觀吟)〉 시가 〈동명왕〉과 마찬
가지의 상무주의(尙武主義)에 입각하여 민족의식을 고양시킨 경우가 된다. 당태종
의 고구려 침입을 두고 읊은 영사시(詠史詩)이거니와, 다름 아닌 우리 고구려의
호일한 기상이 제국 당나라를 위축시킨 사례를 다룬 것이다.『목은시고(牧隱詩薰)』
권2 소재로서, 그 중 아래의 15~16행이 자주 인용되고 있다.

謂是囊中一物耳　　주머니 속 한 물건쯤으로 만만히 여겼으나
那知玄花落白羽　　어찌 알았으리, 눈동자가 화살에 떨어질 줄을.

　고구려 정벌 길에 나선 당태종이 안시성에 이르렀을 때 눈에 화살을 맞고 본국으로 퇴각했던 사실을 시로 쾌자(快刺)한 것이다. 이 시의 수련(首聯)에서는 기자(箕子)가 우리 삼한(三韓) 땅을 침범하지 않았기에 득이었다고 했다. 표현의 이면에 강렬한 동인의식(東人意識)으로 원나라의 침략을 비난한 뜻이 있다.

　서거정(徐居正, 1420~1488)도 『동인시화(東人詩話)』에서 호건(豪健)·쾌장(快壯)한 시라고 하면서, 중국의 『당서』와 『통감』에는 이 사실이 하나같이 실려 있지 않았고, 설령 있었다 해도 중국의 사관(史官)들이 필시 자국의 체면을 위해 숨겼을 테니 기록하지 않음이 하등 이상할 게 없다고 하였다. 다만 김부식의 『삼국사기』에조차 실리지 않은 사실을 목은이 어찌 알았는지 궁금하다고 했는데, 마침 김종직(金宗直, 1431~1492)이 『청구풍아(靑邱風雅)』에서 이 시에 대해 주석한 바론 이색이 중국 유학 중에 들은 바라고 하였다. 그러면 당태종이 안시성에서 애꾸눈이 되었다는 이야기 화제의 원조도 바로 이색인 셈이다.

　7·8구 미련(尾聯)은 작가에게 엄습한 감회가 하도 커서 차마 얼른 자리를 떠나지 못하며 유련(留連) 지지(遲遲) 하는 듯하니, 그 감치는 여운이 시의 격조를 상승시키고 있다. 더하여 제7구의 '바람부는 돌다리'란 뜻의 "풍등(風磴)"이란 시어(詩語)가 사뭇 인상적이었던지, 이 시가 회자되던 시절에 그를 "이풍등(李風磴)"으로 불렀다는 말도 있다. 조선조에 들어서도 이 〈부벽루〉 시를 차운(次韻)한 시들, 또는 이 시의 지취(旨趣)를 답보한 자취가 유여(裕餘)하였으니, 그 대단했던 성가(聲價)를 알만하다.

　조선 세종 때 사신으로 온 중국인 예겸(倪謙)이 부벽루에 걸린 목은의 〈부벽루〉 시를 보고 이색과 같은 시대에 있지 못했음을 한탄했고, 또 그로 말미암아 이 시가

만구(萬口)에 휘전되었다는 말도 있다. 특히 이것이 목은시를 대표하는 몇몇 절창 가운데 결코 빼 놓을 수 없는 위치를 점하기까지는 저 조선조 유수한 시인들의 긍정 어린 평가가 한몫하였다.

우선 광해조 때 이수광(李晬光, 1563~1628)의 『지봉유설(芝峯類說)』에는 관서지방 그 절경 길은 상시에 제영이 많지만, 중국의 사신이 오게 되면 다 철거하고 오직 목은의 〈부벽루〉 시와 정지상의 〈대동강〉 시 두 작품만을 남겨놓을 따름이라고 했다. 비슷한 시기에 송계(松溪) 권응인(權應仁, ?~?)도 『송계만록(松溪漫錄)』에서 이 두 시인의 시판(詩板) 얘기와 중국 사신 예겸의 찬사에 관해 이구동성 하였으니, 그 드높은 평판을 가히 짐작할 만하다.

이들과 동시대의 시인이자 시론(詩論)에 있어 최고봉이라 하는 교산(蛟山) 허균(許筠, 1569~1618)의 『성수시화(惺叟詩話)』에서의 서회(敍懷)가 또한 괄목할 만하다.

평양 대동강과 모란봉 위의 부벽루

李文靖昨過永明寺之作 不雕飾 不探索 偶然而合於宮商 詠之神逸.

　　이 문정공이 영명사를 지나면서 지은 시는 글치레로 애써 꾸미지도 않고 이것 저것 모색함도 없었지만 절로 음률에 맞아서, 읊으면 마음이 편안하다.

　　시적 완성도에 대한 인증 선언이었다.

　　조선시대 인조 효종 때의 문신인 호곡(壺谷) 남용익(南龍翼, 1628~1692)도『호곡만필(壺谷漫筆)』에서 고려조 전체 한시 가운데 압권은 목은의 '작과영명사(昨過永明寺)'와 정지상의 '대동강' 시이니, 그건 이미 정론이라고 하였다.

　　순조 때 문신이자 서화가인 자하(紫霞) 신위(申緯, 1769~1845)의 평가도 이에 일익을 담당했을 것으로 보인다. 정지상의 〈송인(送人)〉과 이색의 〈부벽루〉를 비교하되, "난간에 기대어 읊는 목은과, 대동강 푸른 물에 눈물 보탠 정지상은 그 웅호(雄豪)와 염일(艶逸)이 위아래를 가리기 어려우니, 한 마디로 '위장부전요조랑(偉丈夫前窈窕娘)' 즉 큰 장부 앞의 요조숙녀"라고 하였다. 인물 덕성 뛰어난 위장부로의 비유는 이 시의 웅건한 장처(長處)를 극대화로 선양한 표현이라 할 만하다. 연민(淵民) 이가원(1917~2000)도 이 〈부벽루〉에 대해 "웅위(雄偉)"하다고 촌평한바, 그 취지에서 다르지 않다.

　　〈부벽루〉 시의 벽두를 장식하는 영명사는 고구려 광개토대왕이 평양에 세운 아홉 개의 절 가운데 하나라는 전설이 깃든 고찰이다. 고려 초기 곽여(郭輿, 1058~1130)가 영명사를 소재로 시를 읊은 기록이 있다 하고, 그 200년 쯤 뒤에 충선·충렬왕 때의 문신인 몽암(蒙菴) 이혼(李混, 1252~1312)이 칠언율시 〈서경영명사(西京永明寺)〉를 남긴 것이『동문선』(권14)에 남아 전한다. 그런데 공교롭게도 이것이 목은 이색의 〈부벽루〉와는 각별히 근사(近似)한 분위기를 자아내기로, 여기 함께 인용해 둔다.

평양 永明寺 側景. 저만치에 을밀대가 보인다

永明寺中僧不見	영명사 안에 승려들은 보이지 않고
永明寺前江自流	영명사 앞으로 물만 절로 흐르누나.
山空孤塔立庭際	빈 산에 외로운 탑만 뜰에 서 있고
人斷小舟横渡頭	인적 끊어진 나루엔 작은배 비껴있네.
長天去鳥欲何向	장천을 나는 새여, 어디로 가려는가
大野東風吹不休	동풍은 넓은벌에 쉬임없이 불어온다.
往事微茫問無處	아스라이 지나간 일 물을 데 없고
淡煙斜日使人愁	엷은 이내, 비낀 석양에 시름겹고나.

　　당나라 위응물(韋應物)의 〈저주서간(滁州西澗)〉 등 전고(前古)의 명편들을 교묘히 용사(用事)하여 환골탈태를 이룬 중에 애잔한 정경 묘사와 애수(哀愁)의 정감이 뛰어난 작품이다. 이가원도 "신묘한 장점(粧點)에 삼엄한 격률(格律)"을 지녔다

고 평가하였다. 이렇듯 이 시가 서경을 소재 삼은 시로서 자못 준수해 보임에도 불구하고, 또한 목은의 〈부벽루〉보다 반세기 훨씬 앞의 선편(先鞭)임에도 목은 시의 그늘에 가려진 이유가 무엇이었을까? 그것이 혹 두 사람 사이에 지명도의 문제였을까?

이색의 이전에 이규보(1168~1241)가 서사시 〈동명왕편(東明王篇)〉을 지었으니, 그 배경은 고려 사회가 당시에 맞고 있었던 대내외적 위기였다. 서사시 창작의 동기 또한 고려가 고구려 계승자라는 국가의식과 함께 동명왕과 같은 영웅을 품고 있는 민족이라는 역사적 자긍심, 그리고 그 저력을 되살리고픈 욕구였다. 그 뒤 충렬왕 때에는 일연(1206~1289)이 『삼국유사』를 썼으니 또한 민족문화와 민족의식의 고양에 있었고, 이색(1328~1396)의 〈부벽루〉 시 역시도 나라의 혼란한 시절에 민족정신을 되살려 국난을 극복하기 위한 데에 그 저의가 있었다. 한결같이 국난 타개의 희구를 담고 있으니, 이 삼자(三者)가 정신적으로 거연(居然)히 일맥상통했다고 볼 수 있다.

특히 이규보와 이색은 나란히 동명왕을 우러러 갈망하는 바탕에서 공교롭게 양자가 똑같이 공간 배경으로서의 고구려 옛 수도였던 평양을 고려의 정신적 메카로 삼고 있는 듯하다. '고려(高麗)'가 신라의 뒤에 이룩된 나라임에도 그 국명을 '고구려(高句麗)'에서 찾은 것과 의미상 동일선상에 있다.

다만, 이색이 이규보나 일연에 비해 어찌 보면 다소 점진된 부분이 있었다. 이규보나 일연의 저술에 과거의 드높은 기상과 영광의 문화를 각성하기 바라는 촉구가 담겼다고 한다면, 이색의 이 시는 이면에 동명왕과 같은 영웅의 현실적 재림까지를 고즈넉이 희원하는 저의마저 깔려있다. 당시 고려가 원나라의 침략과 지배에 시달리는 불행한 현실 앞에 적이 동명왕과 같은 영웅의 출현을 간절히 염원했을 수 있다. 그러한 영웅이 몰고 오는 웅혼한 기상에 고려가 북돋움을 얻어 재도약하고 국운 회복하기를 소망하는 뜻이 내재했으리란 것이다. 구하는 바가 이규보·

일연의 시대보다 더 강렬해진 것은 국가의 명운이 기울고 흔들려 우려와 불안이 가일층 심화되었기 때문이리라.

시제(時制)의 측면에서 볼 때 이규보, 일연, 이색 등이 제시한 우국 충정의 메시지 안에 과거와 현재, 미래라는 세 개의 시간대를 아우르고 있다. 반면, 이혼의 시는 과거에 대한 회한과 현재적 감상에 집중되어 있다. 그리하여 고려 국운이 완전히 종식된 뒤에 이루어진 과거 지향적인 회고(懷古) 류의 시조들과 기미(氣味)가 통한다.

목은이 만40세 전까지는 내내 원나라의 간섭과 압력이 계속되던 세월이었다. 설상가상으로 34세이던 1361년(공민왕 10)에는 가장 심각한 외환(外患)인 홍건적의 난마저 일어났다. 이민족 침구(侵寇)로 인해 왕궁이 함락되어 왕이 복주(福州), 지금의 안동까지 몽진(蒙塵)해야 했을 때 그는 왕을 호종하고 2년만인 1363년 36세 때 다시 개경으로 돌아왔던 일로 일등공신이 되었다.

1367년, 그의 40세에는 학자·교육가로서의 목은에게 일대 기회가 찾아든다. 공민왕이 성균관을 중영(重營)하면서 성균관 대사성(大司成) 직책을 맡아 교육의 중흥을 꾀하였는가 하면, 문하시중을 지내면서 개혁의 선두 주자 역할을 하였으니, 이 시절이야말로 생애 최고의 황금기인 양하였다. 대사성에 있는 동안 김구용·정몽주·박의중·이숭인 등 교관들과 유학에 관한 강론을 왕성히 펼쳤고, 특히 주자학 강의로써 훗날 정도전·하륜·권근·길재 같은 많은 유학자들을 양성시켰으니, 사제(師弟) 학맥의 인연을 그루 앉힌 중요한 기간이었다. 이 열띤 분위기로 이색이 고려 말 유학계의 중추 역할을 하게 된 결정적인 동력을 얻음과 동시에, 개혁 성향의 사대부들 입장에서도 성장의 중요한 발판을 마련한 셈 되었다. 소위 신유학(新儒學)이란 송대 유가(儒家)의 양맥(兩脈)인 정주학과 양명학을 총괄해서 말하는 서구학계의 신조어이다. 역시 그 주류는 정주학 곧 주자 성리학이니, 이색은 바로 이 성리학을 수신 및 치국에 있어 제일의 이념으로 선택하였다. 그리하여 훗날 고려의 사상적 기조를 성리학으로 개편시키는 초석 역할을 하였고, 한국 성리학의 계보가 안향–이제현–이곡–이색–정몽주–길재・권근–김종직・변계량으로 이어지는 일에 기축(基軸) 역할을 하였다.

희상가희(喜上加喜)로, 1368년 목은 만 40세 때 급기야 원이 힘을 상실하고 중원 본토에서 북쪽의 몽골고원으로 물러났다. 이 같은 원명(元明) 교체기를 당해서는 천명(天命)이 바뀌어들었다고 보고 친명정책을 지지한바, 〈야우(夜雨)〉라는 시에서는 원을 "병든 학[病鶴]", 명을 "큰 고래[長鯨]"로 은유해 보이기도 하였다. 이후 한산군(韓山君)에 봉해지고(1373), 우왕의 사부가 되었다(1375). 1380년 8월에 왜적의 배 5백 척이 진포(鎭浦) 하삼도(下三道)로 침구(侵寇)하였을 때 이성계가 크게 격퇴시킨 일에 대해 시를 지어 치하하기도 하였는데, 그때야 이성계가 훗날 역성혁명을 할 줄이야 꿈에도 몰랐을 것이다.

이색이 이인로, 이규보, 이제현보다 후생(後生)이면서 워낙 고려의 끝자락에 있는 인물이었던지라, 고려 당년의 시화집 안에서는 면모를 짚을 길이 없다. 다만 그를 소동파에 견주는 경향도 없지 않았거니, 양촌(陽村) 권근(權近, 1352~1409)도 소동파의 〈적벽부(赤壁賦)〉와 목은의 명작인 〈관어대소부(觀魚臺小賦)〉를 나란히 놓고 읽어볼 것을 권유한 바 있었다.

조선조에 들어 서거정(徐居正, 1420~1488)이 목은의 시세계에 대해 총체적으로 평가하였으되 하나에 응체됨이 없이, 웅혼(雄渾)・여조(麗藻)와, 충담(沖澹)・준결(峻潔)과, 호섬(豪贍)・엄중(嚴重), 오심(奧深)・전아(典雅) 등 중체(衆體)를 다 갖추고 있다면서 극구 예찬하였다. 『목은집』 부록 중에 〈목은시정선서(牧隱詩精選序)〉라는 공간을 빌어서였다.

또 그가 『동인시화』를 쓰면서는 이색 부자(父子)를 비교하는 평가도 곁들였다. 곧 아버지 이곡을 두심언(杜審言)으로, 아들 이색을 두보(杜甫)에 비하였는가 하면 소동파 부자에다 견주기도 하였다. 더하여 평자의 말이라면서 목은의 시는 웅호(雄豪)·아건(雅健)하고, 또한 타고난 바탕이 절륜하니 배워서 이를 수 있는 경지가 아니라고 했다.

한편, 두보는 55세 이후의 시가 더욱 좋아 노거(老去)에 더욱 기이하다는 평을 듣는 반면, 목은 만년의 시는 젊은 시절에 지은 시보다 못한 것이 아니냐는 의견도 이 안에서 제기되었다. 다름 아니라, 당시대 죽간(竹澗)이라는 시승이 목은을 논하되, 젊은 시절 중국에 있을 때는 당대의 재사들과 실력을 겨룸에 일자일구(一字一句) 어디에든 법도가 삼엄하여 옛 시인 누구에게도 부끄러울 게 없더니, 만년에 멋대로 되어 득의하지 못하였다고 지적한 것을 서거정이 적극 동조한 것이다. 이 말의 영향인지, 목은의 웅혼한 시는 청장년(靑壯年) 기에 주로 발현돼 있다고 함이 중론(衆論)이 된 듯하다.

또한 이수광이 『지봉유설』에서 이색을 논하는 마당에 칠언절구 〈신흥즉사(晨興卽事)〉와 〈기사(紀事)〉의 낙구(落句), 칠언율시 〈자영(自詠)〉의 3·4구 함련(頷聯) 편단(片段)을 뽑아 평하였다. 이 중 〈기사(紀事)〉 시의 전개(傳開)가 두드러진 바에 전모를 옮겨 보인다. 『목은시고』 권13에 있다.

衣鉢當從海外傳	의발이 해외로 전해지는구나 하시던
圭齋一語尙琅然	규재 선생 한마디 아직도 귀에 쟁쟁.
邇來物價皆翔貴	근래에 모든 물가 다 껑충 올랐건만
獨我文章不直錢	오직 내 문장만 제값 받지 못하누나.

늙마에 자신의 시절을 상탄(傷嘆)한 뜻이 담긴 것으로, 『동문선』에도 실려 있다. 의발(衣鉢)은 가사(袈裟)와 바리때이니, 스승이 제자에게 전하는 법통 전수의 비유어이다. 1, 2구는 그가 두 번째로 원나라에 가서 회시(會試)에 응시하였을 당시 독권관(讀券官)이던 규재(圭齋) 구양현(歐陽玄)이 목은의 대책문(對策文)을 보고 크

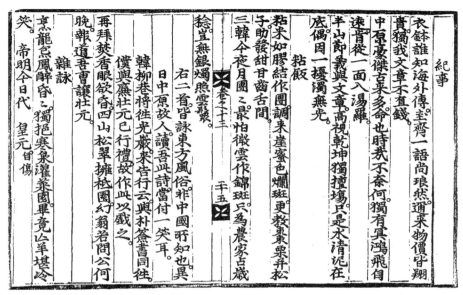

『牧隱詩藁』권13에 실린 〈紀事〉

게 칭찬했던 일을 추억한 대목이었다.

　역시 많이 알려진 오언율시 〈견회(遣懷)〉 한 작품도 반백(半百)을 넘어선 만경(晚境)의 작이었다. '회포를 풀다'이니, 『목은시고』 권28과 『동문선』 권10에 있다.

倏忽百年半	어느새 훌쩍 가버린 반백 년
蒼黃東海隅	동해의 구석에서 허둥대었네.
吾生元踽蹸	내 인생 원래가 속박임이요
世路亦崎嶇	세상 길 역시나 기구하여라.
白髮或時有	흰 머리 때때로 늘어간다 손
靑山何處無	청산이야 어딘들 없을까보리.
微吟意不盡	나직이 읊어 보나 생각은 하염없어
兀坐似枯株	우두키 앉은 모양 마른등걸 같고나.

1388년, 목은 만 60세에 일어난 이성계의 위화도 회군은 그의 정치 운명에서 가장 큰 고빗사위가 되고 말았다. 이 사건을 계기로 기울어가는 고려를 지킬 것인가, 탈연(脫然)히 새로운 지배질서를 도모할 것인가 하는 행보의 갈림길 앞에서, 목은의 학맥들 간에 조차 찬반으로 나뉘는 아이러니한 상황마저 이루 겪어야만했다. 우왕이 강화로 유배되자 목은은 아들 창(昌)을 즉위시켜 이성계의 세력을 억제코자 하였으나 오히려 유배를 당했으며, 만사휴의(萬事休矣)로 고려라는 국체(國體)가 사라지고 이성계가 새로운 나라를 세워 왕이 되는 정황까지 목전에 다가왔다. 원명의 교체를 성리학적 정명(定命) 개념으로 잘 수용해냈던 목은이지만, 다따가 자신의 문제로 다가온 고려와 조선의 왕조교체에 대해서만은 용납하지 못했던 것일까? 아무튼 그 신세 모순(身世矛盾) 앞에 차마 죽지 못한 생명으로 지켜보아야만 했을 테요, 다만 그 가혹한 혁명의 와중에서 살아남았음은 중국에서조차 얻은 그의 큰 명성 때문이라는 말도 없지 않다.

　　조선 개국 후 그의 재능을 아낀 태조가 1395년 그를 한산백(韓山伯)에 책봉했으나 사양하고 이듬해 여강(驪江)으로 가던 도중 마침내 유명을 달리했다. 뒷날 그가 양성하여 성리학의 거두가 된 포은(圃隱) 정몽주(鄭夢周, 1337~1392), 야은(冶隱) 길재(吉再, 1353~1419) 등과 함께 '여말삼은(麗末三隱)'의 이름으로 새겨졌다.

정몽주의
단심가丹心歌

『고려사』정몽주(鄭夢周, 1337~1392) 열전의 끝에서 정인지(鄭麟趾, 1396~1478)는 포은(圃隱) 선생의 시문이 "호방(豪放) 준결(峻潔)"하다 했다. 김석주(金錫胄, 1634~1684)는 시화집인 『현호쇄담(玄湖瑣談)』에서, "맑은 물에 뛰는 고기와 하늘 멀리 솟는 새(躍鱗淸流飛翼天衢)"에 비유했으며, 이유원(李裕元, 1814~1888)은 『임하필기(林下筆記)』에서 "호방(豪放) 기준(奇儁)하다"고 평했다.

사물을 크고 넓게 바라보며, 불의로 판단되는 것과 타협하지 않는 선생의 회홍(恢弘)한 기질이 그 같은 문풍(文風)을 가능케 했을 터이다.

생애 어느 즈음의 것인지 모르나 〈음주(飮酒)〉 시 같은 데선 그 호한(豪澣)의 기미가 흡사 이백이 환생하여 다시 지어낸 듯한 착각을 줄 만하였다.

客路春風發興狂　　나그네길 봄바람에 홀린 듯한 흥 일어
每逢佳處即傾觴　　경처 마주하는 순간마다 술잔 기울인다.
還家莫愧黃金盡　　돌아와 황금 다 탕진했다 부끄러워 말라
剩得新詩滿錦囊　　여벌로 갓 얻어 낸 시가 금낭 가득하나니.

일면, 오언율시 〈야흥(夜興)〉 같은 데 보면 "내일 아침 북으로 떠나야 할 몸 몇 번이나 일어나 시간 물었을까(明朝還北去 數起問更籌)"하였고, 〈야객(夜客)〉 오율에서도 "이슥히 졸았는데 아이가 새벽임을 알려주더라(俄然睡一覺 童僕報鷄鳴)" 등으로, 그가 호한의 이면에 얼마나 근근자자(勤勤孜孜)하며 세심한 성품의 소유자인지 여실하게 느낄 수 있다.

특히 겨울이 가는 잠자리에서 대춘(待春)의 설렘을 생생히 묘사한 포은 대표작 〈춘흥(春興)〉에서는 뛰어난 시·청감각 안에서 혼후(渾厚)·세치(細緻)한 정서가 유감없이 드러난다.

春雨細不滴	봄비 가늘어 낙수 지진 않더니
夜中微有聲	밤 깊어 희미하게 빗소리 들려라.
雪盡南溪漲	눈 녹아 남쪽개울에 물이 불으면
多少草芽生	풀 싹은 얼마나 돋아 날까.

또한 그의 시를 얘기할 때 빠지지 않는 〈봉사일본작(奉使日本作)〉 11수는 일본으로 끌려간 양민을 구하기 위해 1377년 9월과 1378년 7월 사이 사신 갔던 당시 일어난 감회를 수시로 적바림한 것이다. 여기 네 번째 수(首)에서 특히 그의 선감(善感)·다수(多愁)의 성향이 돋보인다.

平生南與北	평생을 남으로 북으로 나다니나
心事轉蹉跌	마음에 둔 일 뜻대로 되지 않아.

『고려사』 권117의 정몽주 열전

故國西海岸	고국은 아스라이 저 서쪽바다에
孤舟天一涯	나는 하늘가 외론 배 안에 있네.
梅窓春色早	매화 핀 창에는 봄 아직 이르고
板屋雨聲多	판자 지붕에는 빗소리 요란하다.
獨坐消長日	홀로이 앉아 긴하루 보내노라니
那堪苦憶家	괴로운 고향생각 견디기 어려워.

　자하(紫霞) 신위는 여기 제5,6구 경련(頸聯)의 "梅窓春色早 板屋雨聲多"의 살점만으로도 선생 시취(詩趣)의 전체를 알만하다고 하였다.

　뿐만 아니라 봄날을 배경한 〈강남류(江南柳)〉·〈강상억주좌참(江上憶周左參)〉 등과, 가을밤의 〈대창(大倉)〉·〈중추(中秋)〉 등 도처에서 뭉클한 감상적(感傷的) 성향이 탐색된다. 〈문효고(聞曉鼓)〉·〈기이정언(寄李正言)〉·〈제익양신정(題益陽新亭)〉 등도 일시 유연(柔軟)한 센티멘털의 조자(調子)였다. 그래서였나, 성현(成俔, 1439~1504)은 그의 돋보임을 '순수(純粹)'에 두기도 하였다.

　역시 포은 감성의 온후와 순수를 알만하지만, 그 타면에는 나라와 백성을 생각하는 선굵은 사유(思惟)가 늘 깔려 존재하고 있었던 점을 간과할 수 없다. 〈봉사일본작(奉使日本作)〉 제3수에, "세상을 다스리려는 나의 큰 뜻이 다만 공명만을 위함은 아니라네(男兒四方志 不獨爲功名)" 같은 데서 공인 정치인으로서 소명 의식을 헤아릴 수 있다. 전주 망경대에 올라가 지은 〈등전주망경대(登全州望景

정몽주 초상 – 1629년의 最古本

臺)〉시는 이미 아득한 고대의 남의 나라 일이었으되, 백제라는 한 왕조의 스러짐에 침울(沈鬱)·강개(慷慨)한 서정과 동시에, 국체(國體)에 대한 의식세계가 여실히 반영된 부분이다. 〈발해회고(渤海懷古)〉라는 시에서도 당나라에 굴하지 않는 발해 민족 주체성을 설파하고 있다.

그의 시문학적 성향이 이렇듯 동전의 양쪽 면 같은지라 도무지 촌철로 규정 짓기 난감한 국면이 없지 않다. 문인·학자로서의 연수(淵藪)도 그렇고, 문학만으로 논지해도 경문학(硬文學)으로서의 이지적인 정조(情操)와 연문학(軟文學)으로서의 감성적인 정조(情調)가 하나의 뿌리 안에 엉겨 붙은 까닭이다. 강유겸전(剛柔兼全)이란 말이 제격이고, 작문을 평함에 있어 '대담한 가운데 세심한 주의를 기울인다'는 뜻의 "담대심소(膽大心小)"도 포은 문학론의 한 요령(要領)이 될 수 있다. 권채(權採, 1399~1438)가 〈포은선생시권서(圃隱先生詩卷序)〉에서 "웅심(雄深) 아건(雅健)한 위에 혼후(渾厚) 화평(和平)하다"고 한 것이나, 이가원(李家源, 1917~2000)이 『한국한문학사』에서 소제목으로 삼은 "매창춘색(梅窓春色)과 일편단심(一片丹心)" 등이 뜻이 같되 표현만 다른 동공이곡(同工異曲)이라 할 만하다.

그의 문하인 변계량(卞季良, 1369~1430)이 일찍이 선생의 시 창작을 "여사(餘事)"라 한 적이 있다. 중요한 것 나머지의 일이란 말이다. 그런데 선생의 우국충정 높은 도덕심을 문학의 위에 평가한 뜻이겠으나, 그게 그리 간단히 치부할 일은 못되는가 싶었다. 〈음시(吟詩)〉 같은 데서 "苦似披沙欲鍊金(창작의 고통은 모래 헤쳐 금 제련하려는 것과 같아라)"으로 하소연했는가 하면, 또 "莫怪作詩成太瘠(시 짓느라 몸 수척해짐을 이상히 여기지 말라)" 같은 고백을 듣되, 그의 삶 속에서 시창작을 '餘事'의 정도로만 치부한다면 못내 안타까움일 밖에 없다. 하물며 포은의 시대에 한시보다 존재감이 약해서 정작 여기(餘技) 여사(餘事)에 불과했을 그의 시조가 후대에 그와 같은 엄청난 비중으로 존중 받을 줄이야 포은 자신도 몰랐을 터이다.

세간 칭위(稱謂)의 '하여가(何如歌)'와 '단심가(丹心歌)'의 작자는 조선 태조 이성계의 제5자로 훗날의 조선 제3대 태종인 이방원(李芳遠, 1367~1442)과 불멸의 고려 충신 정몽주로 되어 있다.

정몽주는 친명(親明)의 노선을 걸었기에 1388년 이성계의 위화도 회군 및, 1389년 창왕을 폐위시키는 상황에서도 이성계 일파와 뜻을 같이 했다. 결국은 그 후계로 공양왕을 세웠지만, 그 와중에 이성계를 왕으로 추대하자는 논의가 제법 비등하였다. 하지만 정몽주로서 역성혁명 만은 절대 용납 안 되는 일이었기에 그는 처음으로 이성계 일파를 숙청할 결심을 하였다.

마침 1392년 3월 무술(戊戌)일에, 명나라 귀국길의 세자를 황주(黃州)로 마중 나간 이성계가 해주(海州)에서 사냥 중 낙마하는 바람에 병세가 위중하였다. 정몽주는 그 겨를에 이성계 일파에 대한 척결을 도스르고 있었다. 하지만 이방원이 4월 계축일에 재빨리 부친을 개성의 저택으로 옮겨 비접하는 통에 미수로 돌아갔고, 방원은 정몽주 제거를 계획하였다. 이때 이방원은 26세, 정몽주는 56세로 나이의 상차(相差)가 30년이었다. 이성계의 형 이원계(李元桂)의 사위 변중량(卞仲良)이 그 계획을 정몽주에게 비밀히 알려 주었고, 그는 직접 정세를 탐지코자 이성계의 집으로 찾아갔다. 그리고 바로 뒤에 이어지는 정몽주의 최후에 대한 『고려사』의 기록은 이러하였다.

- 판전객시사(判典客寺事) 조영규 등이 수시중(守侍中) 정몽주를 살해하였다.
  (世家46 恭讓王2)

- 몽주가 태조의 저택을 찾아가 사태를 엿보고자 하였다. 태조가 대접하기를 전과 같이 하자, 태종은 '때를 놓칠 수 없다' 하고 몽주가 돌아가는 마당에 조영규 (趙英珪) 등 4, 5인을 보내어 길에서 기다렸다 쳐서 죽이니, 그의 나이 56세였다.
  (列傳 30)

이것이 전부이고 끝이다. 이럴 뿐이지만 야사(野史)에서는 이성계의 집에 찾아 간 일에 대해 『고려사』에는 없는 '병문안 핑계'라는 모티브가 추가되어 있다. 또 『고려사』 열전엔 다만 '실기(失機)할 수 없다〔時不可失〕'는 이방원의 한 마디만이 있을 뿐이지만 패사(稗史)에서는 정몽주의 속종을 떠보고 회유하기 위해 별도의 자리에서 세 줄짜리 우리말 시를 한 수 들려주는 설정도 추가되었다.

밝은 역사 기록 안에서 정몽주 삶의 마지막 날은 공양왕 4년 하(夏) 4월 을묘일, 곧 1392년 4월 26일(음력 4월 4일)이었다. 그러면 암살 당하기 불과 얼마 전에 지은 것으로 되어 있는 '단심가'라는 시가 그의 최후작인 셈이다. 그리고 주인과 나란히 산화(散華)된 '단심가'는 이후 한동안 자취가 사라진 듯하였다.

太祖震怒力疾而興謂
太宗入告
四五人要於路擊殺之年五十六
太宗曰時不可失及夢周還乃遣趙英珪等
太祖待之如初
太祖邸欲觀變
周詣
太祖兄元桂之壻卞仲良洩其謀於夢周夢
名後世誰能辨之乃謀去夢周
忠於王室國人所知今爲夢周所陷加以惡
太祖弟和壻李濟等議於麾下士曰李氏之
太宗與
太祖曰死生有命但當順受而已
太宗又白曰勢已急矣將若何
邸夢周憂不濟事不食已三日
太祖不許固請然後力疾遂以肩輿夜還于
太祖不答又告不可留宿於此
太宗馳至告曰夢周必陷我家

高麗史卷百十七 十八

정몽주 최후의 상황을 기록한 『고려사』 본기 공양왕 4년 夏4월 4일 을묘일 조

조선 세조 때 문신인 양희지(楊熙止, 1439~1504)의 칠언절구 〈선죽교(善竹橋)〉 전결(轉結) 구의 "일백 번 고쳐 죽어로 끼치신 노래만이 악부(樂府)에 전하고, 온성 엔 찬비만 쓸쓸히 내리네(百死遺歌傳樂府 滿城寒雨下蕭蕭)" 안에서 '백사유가(百死遺 歌)'라는 이름이 처음 대두되었다. 여기, 노래가 악부에 전한다는 말은 항간의 언 문 가사에 대한 한역시〔小樂府〕가 지어지던 일을 이른 것이다.

　　이후 졸옹(拙翁) 홍성민(洪聖民, 1536~1594)의 칠언절구인 〈의운정운(倚雲亭韻)〉 중 최종구인 "一片丹心歌更慘 千年白日可爭光"라는 속에서는 처음 '丹心'과 '歌'의 연접을 보게 된다.

　　같은 무렵 간이(簡易) 최립(崔岦, 1539~1612)이 지은 〈선죽교(善竹橋)〉라는 칠언 절구 후반, "지금도 동방의 걸출한 구절이여, 높이 음영하매 산하가 요동하도다(只 今秀句天東滿 高咏河山爲動搖)"에서 '걸출한 구절〔秀句〕'은 당연 포은의 시였다. 이에 포은 사후에도 그의 시가 꾸준히 회자 전승되었음을 알 수 있고, 그같은 숙성된 분위기 안에서 이 두 시조에 대한 한역화 시도가 나타났다.

　　그 첫 당사자는 심광세(沈光世, 1577~1624)였다. 그는 고래(古來)의 역사적 사건 44편을 선정하고 일화와 함께 악부 형식에 맞춰 한역한 영사편(詠史編) 『해동악부 (海東樂府)』를 펴냈다. 이 중 35번째는 '풍색악(風色惡)'이고 이 표제 하의 한역은 이러하였다.

此亦何如	이런들 어떠하리
彼亦何如	저런들 어떠하리
城隍堂後垣	성황당 뒷담이
頹落亦何如	다 무너진들 어떠하리
我輩若此爲	우리도 이같이 하여
不死亦何如	죽지 않은들 또 어떠리

此身死了死了	이 몸이 죽고 죽어
一百番更死了	일백 번 고쳐 죽어
白骨爲塵土	백골이 진토되어
魂魄有也無	넋이라도 있고 없고
向主一片丹心	임 향한 일편단심이야
寧有改理也歟	가실 줄이 있으랴

여기서 정몽주 해당의 부분은 오늘날 시조 내용과 잘 부합하되, 이방원의 경우는 얼마간의 출입이 보인다. 곧 "만수산 드렁칡이"가 아니라, "성황당 뒷담이"고, "얽혀진들" 대신 "무너진들"이다. "우리도 이같이 얽혀져"가 "우리들도 이같이 하여"까지는 그렇다고 하자. "百年까지 누리리라"는 아주 딴판의 "죽지 않은들 어떠리"가 대신하고 있다. 역시 당초의 메시지가 어떤 시간의 흐름 안에서 지각변동이 일어난 것이니, 이 변화는 결코 간과할 수 없는 긴요한 가라사니가 된다. 이러한 현상 등으로 인해 원초적으로 이 시조의 주인공이 과연 이방원일까 하는 의문마저 제기되었다.

더불어 심광세는 두 사람의 담판 이후, 포은 최후의 날에 대한 정황을 다음과 같이 기록해 두었다. 번역글로 읽는다.

문충공이 태조의 병 문안을 가서 기색을 살피고 돌아오는 날에, 예전 주붕(酒朋)의 집 앞을 지나게 되었다. 벗은 외출하고 뜰에는 꽃이 활짝 피어 있었는데, 들어가자 술을 청해 마시고 화간(花間)에서 춤추다가, "오늘은 날씨가 궂다" 하며, 술만 몇 대접 마시고 나왔다. 그 집사람이 이상하게 여겼더니, 얼마 안 돼 해를 당했다는 말이 들렸다. 문충공이 태종의 집에서 나와 가는 노중에 앞질러 가는 활 멘 무부(武夫)가 나타나자 자신을 뒤따라 오는 녹사를 돌아보며, "그대는 저만치 떨어지라" 했더니, "소인은 대감을 따르겠나이다. 다시 어디로 가리이까" 하였다. 그래도 재삼 나무라며 말렸으나 듣지 않았다. 문충공이 살해당할 제 서로

風色惡　天時人事可知文忠忠則忠
矣非眞傷以道徇身者也

麗末圃隱鄭文忠公以眞儒王佐才
出為世用最為　聖祖所知憂碑幕
下回軍之後同外為相文忠興金震
陽諸公忿身徇國欲扶援時　聖
祖功業日盛群下歸心勢難終於北
西文忠協謀傾之　太宗嘗告　太
祖曰鄭夢周豈負我家　太祖曰我

遭橫說夢周以死明我若係千國家
有不可知及文忠心跡倡著　太宗
設宴請之作歌侑酒曰此亦何如彼
亦何如城隍堂後垣頹落亦何如我
董若此為不死亦何如文忠逐作歌
送酒曰此身死了死了一百番更死
了白骨為塵土魂魄有也無向主一
片丹心寧有改理也歟　太宗知其
不變遂議除之文忠一日問病於
太祖邸仍察氣色帶路過故酒徒家

심광세 『해동악부』 중의 〈風色惡〉

부둥켜안고 죽었는데, 그 당시 하도 창황하여 녹사의 이름을 기억해 둔 사람이
없었기에 끝내 뒷세상에 전해지지 못했다.

효종(1619~1659) 또한 포은의 단심가를 즐겨 읊조리면서, "천고에 어찌 이 노인
과 같은 정충(精忠)이 있겠는가" 차탄했다고 하니, 후손 정제두(鄭齊斗, 1649~1736)
의 『기문(記聞)』과, 더 나중 가서 이유원(李裕元, 1814~1888)의 『임하필기(林下筆記)』
에도 수록돼 있다.

남구만(南九萬, 1629~1711)은 46세인 1674년에 정몽주의 단심가(丹心歌)와 이항
복의 철령가(鐵嶺歌), 더해서 서경덕과 효종의 시조 및 자신이 지은 "동창이 밝았
느냐 …" 등 그의 당시 항간에 애송되던 시절가조(時節歌調) 11곡을 한시로 번역하
였다. 『약천집(藥泉集)』(권1)에 '번방곡(翻方曲)'이라는 제하(題下)로 수록돼 있다.

風色惡. 天時人事可知矣忠則忠矣非眞.

麗末儒隱鄭文忠公以眞儒王佐才出爲世用最窮聖祖所知慶辭幕下回軍之後同升爲相文忠與金震陽諸公志身徇國欲扶杜稷時聖祖功業日盛摹下歸心勢難絡.

曰鄭夢周豈負我家. 太祖曰我遭橫議夢柿北面文忠協謀傾之. 太宗嘗告太祖.

周以死明我若係千國家之心寧有改理也. 土壞魄有也無向主一片丹心寧爲塵.

亦何如彼亦何如城隍堂後垣頹落亦何如心跡倡著太宗設宴請之作歌侑酒曰此.

我輩若此爲不死何如忠遠作歌送酒曰此身死了死了一百番更死了白骨爲塵.

主人出外階花盛開遂徑入吽酒舞柿花間曰今日風色甚惡甚連嗚數大檄而出其.

太祖邸歸也有蔡韓武夫衝其前導而過文. 家人惟鄭侍中遇害文忠之自.

病柱太祖邸仍察氣色歸路過故酒徒家.

忠變色顧謂隨行錄事曰汝可落後答曰小人從大監何可他往牛再三呵止亦不從文.

忠之遇害把持同死當時舍卒無人記其姓名遂不傳柿後世.

今日風色雖甚惡階上舍盃舞亦樂乎.

過慎莫詰問知能那五百年綱常一身都自任白骨.

委塵土未政向主心相公一死分內事彼錄事誰氏.

子生從相公生死從相公死君不見.

勳臣盡是麗時舍樣人.

심광세의 문집인 『休翁集』에도 〈風色惡〉을 수록했다.

이 중 포은 시조에의 한역은 심광세와는 "白骨爲塵土"한 행만 같고, 여타는 모두 서로 다른 메시지이다. 게다가 무슨 제목 같은 것은 붙어있지 않다.

이후 숙종(1661~1720)이 포은의 이 영언(永言)에 감화되어 오언절구 어제시(御製詩) 한 작품을 지었는데, 그 제목이 〈영정포은단심가(詠鄭圃隱丹心歌)〉였다. 여기서 뜻밖에도 '단심가' 세 글자가 포착된다.

포은의 드높은 절조는 고려라는 틀 안에서 나라와 군왕을 지키기 위한 저항일 뿐, 그의 사후에 구축된 조선이라는 국체(國體)와는 또 별개의 문제이다. 포은의 충(忠)과 성(誠)은 확고한 유교적 명분에 근체(根蔕)해 있기에 고려 충신일망정 조선 왕조는 포은의 지절(志節)을 그대로 인정해도 되었다. 그렇기 때문에 그와는 가장 심각한 정적이었던 이방원의 태종 9년(1409)에 무난히 포은의 유고(遺稿)가 수집될 수 있었고, 또 세종 21년(1439)에는 선생의 두 아들인 종성(宗誠)과 종본(宗本)이 『포은집』도 낼 수 있었을 터이다.

오광운(吳光運, 1689~1745)의 『약산만고(藥山漫稿)』 권5 '해동악부(海東樂府)' 중

에는 정포은의 이 음률이 한철화(漢綴化)되는 도정에 '백사가(百死歌)'라는 표현이 나타났다. 포은 시조에 표제가 게양(揭揚)된 최초의 경우가 된다.

드디어 이 역사적 창수(唱酬)에 대한 한글 수록은 이형상(李衡祥)이 1713년 숙종 39년에 편찬하였다는 『악학습령(樂學拾零)』이라는 자료에서 첫 등대(登臺)를 나타냈다. 연대 상으론 가장 선행이라 하겠으나, 곳곳에 미심한 면면들로 인해 나중의 시간대로 밀려나고 말았다.

대신, 조선 영조 때의 가인(歌人) 김천택이 1728년, 영조 4년에 편찬한바 『청구영언』에선 그런 문제는 불식되었다. 방원이 잔치를 열어 정몽주를 불렀고, 술자리가 끝나려는 때에 술잔 잡고 노래하면서 선생의 생각을 살피려 했는데, 선생이 이 노래로 화답하자 끝내 바뀌지 않을 것을 알게 됐다는 담화와 함께 언문 두 노래를 수록했다. 훗날 '하여가(何如歌)'라는 이름으로 유명해진 그것이 문헌상에 처음 개시(開始)되는 순간이다.

> 이런들 엇더ᄒ며 저런들 엇더ᄒ리
> 萬壽山 드렁츩이 얼거진들 긔 엇더ᄒ리
> 우리도 이ᄀᆞᆺ치 얼거져 百年ᄭᅡ지 누리리라.

만수산은 개성의 부성(府城) 서문(西門)의 밖, 송악산(松嶽山) 서쪽에 있는 산이다. "드렁츩"은 언덕진 곳에 얽혀 있는 칡덩굴이다. 불가항력에 애쓰지 말고 흘러가는 대로 맡겨 살자는 뜻을 에둘러 드렁츩에 빗대었다. 초기 단계의 '성황당 뒷담이 다 무너진들 어떠하리' 운운이 시간의 흐름 안에서 이렇게 유동 변화했음을 충분히 가늠할 만하다. 그래도 그 대의만은 동일한 것인데, 대관절 이방원이 도가의 신봉자도 아니요, 또한 줏대 없이 오사바사한 성격도 아니다. 자신도 믿지 않고 하지 않을 일을 희대(稀代)의 충절(忠節) 앞에 이런 말을 건넨다는 사실이 난센

스처럼 보이기까지 하다.

또, 이방원의 문예라곤 다른 데선 발견되는 일 없이 오직 이 한편의 시여(詩餘)가 전부인 양하다. 그런 입장에서 당세유종(當世儒宗)에다 대 시인인 정몽주에게 이처럼 문학적인 선손 공세를 한 셈이다. 어떻게 이런 일이 아무런 주저함도 없이 가능할 수 있었는지 의구심을 떨치기 어렵다.

하지만 되짚어 보면 방원이 내민 것은 한시가 아니었다. 이 부분에 바싹 유의할 필요가 있다. 보다 전문성이 요구되는 시(詩)·부(賦) 등만 존재하는 상황이었다면 글속으로든 글재간으로든 감히 당대의 문호 앞에 그렇듯 과감한 도발이 쉽지 않았을 것이다. 마침 14세기 후반 이래 우탁·이조년 같은 지식인 일각에서 운(韻)이나 평측(平仄) 등의 부담 없이 사부자기 음영하는 스타일에 이방원이 평소 관심을 두었던가 보았다. 그렇게 기회다 싶어 준비해 두었다가 대화하듯 건넸을 터이다. 역시 말하듯 읊조리는 형식의 석 줄짜리 그 시형이 얼마나 일상 속의 간이(簡易)한 경문학(輕文學)이었는지 증명해 보인 단적인 사례가 아닐 수 없다. 그렇지 않아도 '단심가'와 '하여가'를 문학작품으로서 보다는 하나의 사화(史話) 속 담론(談論)으로 인식하는 경우도 없지는 않았다.

그런 중에 특히 중장부의 완곡하게 변죽 친 비유법 구사는 당시 겁겁했던 이방원의 태도 마련해선 다소 의외인 양 뵈는 국면이 있다. 게다가 섣부른 태 없는 노래의 완성미에 비추어 볼 때, 당장졸판(當場猝辦)으로 지어냈다기보다는 사전에 두름성 있게 궁리해 놓았을 개연성이 더 커 보인다. 방원이 포은을 은근히 초청해 들인 것도 허청대고 한 즉흥이 아니라, 미리 세운 치밀한 계획이었던 것처럼.

아무튼 우회 공격하는 이방원의 선수(先手)에 응해 정몽주는 즉석에서 이렇게 응수했다.

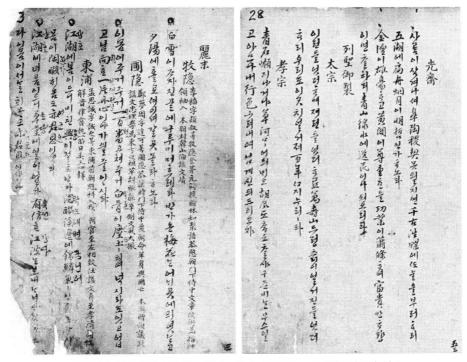

1728년 김천택 親製本인 『청구영언』 중의 〈단심가〉 – 국립한글박물관 자료

이 몸이 주거 주거 一百 番 고쳐 주거
白骨이 塵土ㅣ 되여 넉시라도 잇고 업고
님 向흔 一片丹心이야 가싈 줄이 이시랴

훗날 '단심가(丹心歌)'로 이름 붙여진 그것이다. 하지만 정작 『청구영언』 안에서 '백사가'거나, 더더욱 '하여가'니 '단심가' 운운의 제목 따위는 찾을 수 없다. 방원이 담판의 계획과 동시에 한두 차례 글치레를 할 여유가 있었던 반면, 포은은 뜻밖에 맞닥뜨린 정황에 그럴 여유가 전혀 없었을 터이다. 그런데도 이렇듯이 명목장담(明目張膽)으로 응구첩대하였다. 게다가 동조를 나타내지 않는 즉시 타격에 들

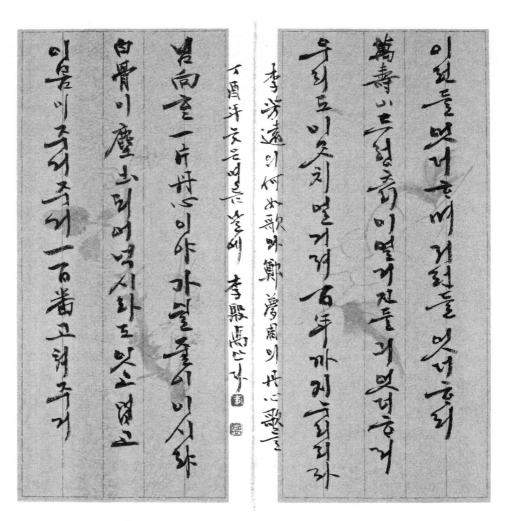

이몸이 죽어죽어 一百番 고쳐죽어

白骨이 塵土되어 넉시라도 잇고 업고

님向흔 一片丹心이야 가실줄이 이시랴

丁酉年 늦은여름 글씨 李殷卨 ▣ ▣

李芳遠의 何如歌에 鄭夢周의 丹心歌를

이런들 엇더후며 저런들 엇더후리

萬壽山 드렁츩이 얼거진들 긔엇더리

우리도 이굿치 얼거져 百年까지 누리리라

蘿峴 이은설 墨跡. 何如歌·丹心歌

어설 방원의 꿍꿍이를 지레 채고 있는 포은이었다. 절체절명의 상황임을 뻔히 알고 있었음에도 자신의 소신을 좇아 단호히 방원을 거부하였으니, 그야말로 '명연의경(命緣義輕)', 목숨을 의에 걸어 가벼이 여긴 태세였다.

하지만 그가 결연히 자신의 결심을 토로하였을 때 전혀 부동심(不動心)이었을까? 아무리 조선의 평자들이 호방(豪放)·기준(奇雋) 등의 말로 포은 시의 협협함을 표방했을망정, 전언했듯 여리고 섬세한 감성의 자취가 타면에 임리(淋漓)했던 것이 포은의 시이기도 했다. 〈봉사일본작(奉使日本作)〉 세 번째 수(首) 중의, "사행길 유세에 돈은 떨어지고, 돌아갈 생각에 흰머리만 느네(遊說黃金盡 思歸白髮生)"에서도 굳이 태연한 기색 없이 다심한 속내를 그대로 표로하고 있다. 특히 열 번째 시에서는 감상(感傷)의 여울짐이 유난히 사무쳐 뵌다.

今日知何日	오늘이 무슨 날인지 내 아노니
春風動客衣	나그네 옷섶 봄 바람에 날린다.
人浮千里遠	나는 천리 먼 길 떨어져 있건만
雁過故山飛	기러기는 고국 산천 날아가누나.
許國寸心苦	나라에 바친 몸이라 마음 고달프고
感時雙淚揮	시절을 생각하면 두 눈에 눈물진다.
登樓莫回首	저물녘 다락 위 올라서서 돌아보니
芳草正菲菲	향기로운 풀 정말 난만키도 하여라.

이같은 성품의 소유자가 여차하면 가차 없이 자신을 죽여 없애려는 방원의 호랑지심(虎狼之心) 앞에서 마냥 안연자약(晏然自若)할 수 있었을까? 하물며 포은은 파겁(破怯)한 무인도 아니고, 끽호담(喫虎膽)의 장사도 아니었다. 진시황의 암살자객이었던 형가(荊軻)같이 장력 센 이도 "장사 한번 가면 돌아오지 못하네(壯士一去兮不復還)"로 탄식하고, 골수에 파고드는 차디찬 역수(易水) 물과 소소리바람에 비

山川井邑古今同地扶桑曉日紅但道神仙居海上誰知民社在天東

客子年來已遠遊又尋風只應千里月分照梅

團隱集卷一　　二三六

村月上暗香浮自知信義非吾土何日言歸放

遺風

邀尊良士磨刀報世飜藥圓雪深新綠嫩梅

故國無消息經冬又見春只應千里月分照梅

鄉人句帶梅花淡愁連草色新此行真不意却

訐夢中身

今日知何日。春風動客衣人浮千里遠鴈過故

山飛許國寸心苦感時雙淚揮登樓莫回首

草正菲菲

奉使遊棄域從人問土風凜冽方是貴脆餒始

為恭抑入新年綠花如故國紅客居殊寂莫喜

聽足音聲

遊觀音寺

野寺春風長綠苔來遊絡日不知回園中無數

天連海徐福祠前草自春眼為感時垂淚易爭

因許國遠遊頻應向東風侍 故園手種新楊柳

主人。

葉舟

《洪武丁巳奉使日本作》의 全 11수 중 후반부

감을 나타냈다. 그럴진대 암만 포은이 보짱 있고 유양(悠揚)한 성품이라곤 하되 남달리 걱정 상념 많은 시인으로, 목전에 바짝 엄습한 죽음의 그림자에 종용(從容) 불박(不迫)이 쉬워 뵈지 않는다. 다만, 당초에 두려움 없는 유(柔)한 배포보다 더 대단한 것은 참혹히 두려운 상황 하에서도 굴하지 않고 발휘하는 용기일 터이다. 대의명분을 위해 죽음의 공포조차 이겨낸 굳센 의지와 지조, 포은의 바로 그 철심 석장(鐵心石腸)이 더욱 크고 거룩한 이유이겠다.

여기의 '님'은 금상(今上)인 공양왕일 수 있고, 이미 기울어 가고 있던 고려일 수도 있다. 두 임금, 두 왕조를 섬기지 않겠다는 직절(直截)·준절(峻截)한 신념을 이보다 더 강렬히 표출할 수 있을까.

강고(强固)한 이미지에는 문체가 역시 한 역할을 하였다. 은유법이 적절히 구사된 이방원과 대조하여 기교도 가미하지 않은 직서법 일관의 수사가 화자의 견강 (堅剛)한 의지를 가일층 돋보이게 하였다는 말이다.

앞서 숙종이 '단심가'에 감발해서 지었다는 그 시점 뒤에 불과 반세기쯤 뒤이니, 숙종이 접했다던 가사가 고스란히 이 구절이었거나 적어도 아주 절근(切近)한 모양이었을 터이다. 효종·숙종만 아니라 뒤의 영조와 고종에게도 포은의 충절을 기려 남긴 어제시(御製詩)가 있으매, 그 여향(餘響)을 알 만한 것이다.

영조 때의 문신인 김원행(金元行, 1702~1772)이 홍재(洪梓, 1707~1781)에게 보낸 서신 〈여홍양지(與洪養之)〉 안에도 귀한 정보가 들어 있다.

> 이어 선죽교를 찾아 세상에서 말하는 그 핏자국이 있는 자리를 보고는 또 눈물이 흘렀습니다. 함께 유람하는 사람으로 하여금 선생이 남기신 가사〔遺詞〕를 몇차례 창(唱)하게 하자, 듣는 이마다 땅이 꺼지도록 한숨 쉬었으니, 충의(忠義)가 사람을 감동시킴이 이렇단 말인가요.(『渼湖集』권4, 書)

여기서 '선생이 남기신 가사〔遺詞〕'란 바로 포은의 '백사단심가(百死丹心歌)'임이 당연하다. 요는 이를 창(唱)하도록 했다는 그것이 한글 언문 형태의 창이다 싶기에 크게 괄목된다. 또한 포은의 언문 노래를 실은 『청구영언』이 나온 때가 바로 김원행의 27세였으니, 예사로 보이지 않는다.

문인 서화가인 이광사(李匡師, 1705~1777)는 『청구영언』출간 후 꼭 30년 뒤인 1758년, 악부시집 『동국악부(東國樂府)』안에다 언문의 "만수산 드렁츩" 운운한 방원 시조와 함께 포은의 '백사가(百死歌)'를 수록했다. 포은이 회담을 마치고 돌아가는 일문(逸聞)도 실었는데, 심광세의 것과 거의 같되 다만 정변을 아뢰고자 대궐로 가는 선죽교에서 조영규의 철퇴에 맞아 숨졌다고 적었다.

영·정조 때 황경원(黃景源, 1709~1787)의 『강한집(江漢集)』에도 포은을 추숭하는 〈죽교행(竹橋行)〉한 작품이 있다. "오천 선생 큰 절개를 품으신 채, 일백 번 죽음의 슬픈 노래로 큰 뫼에 맹서하셨지(烏川先生有大節 百死悲歌誓山嶽)"라고 하였

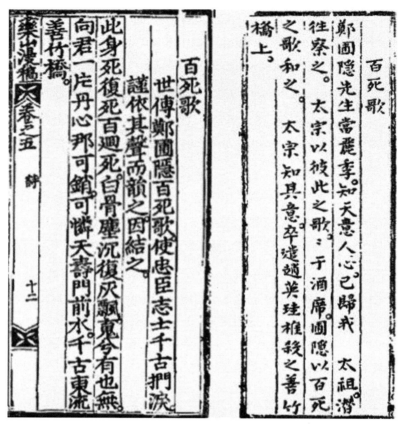

『藥山漫稿』, 『研經齋集』 등에선 '丹心歌' 대신 '百死歌'로 칭했다.

는데, 여기 오천은 포은의 향토 연고지로 선생 당년에 이미 불렸던 별호이다. 여기서도 '백사비가(百死悲歌)'란 표현이 인상 깊게 와 닿는다.

연경재(研經齋) 성해응(成海應, 1760~1839)도 '백사가(百死歌)'라는 제목으로 이 두 노래가 생겨난 유래와 함께 이방원과 포은의 노래를 각각 6행과 4행의 5언시로 옮겼다. 『연경재집』 권1에 있는데, 여기 방원의 노래는 '피차지가(彼此之歌)'로 표현한 사실이 흥미롭다. '이런들~저런들'을 살린 뜻이다. 더하여 〈서정포은단심가

〈書鄭圃隱丹心歌〉〉(권5)라는 한시도 써서 포은을 일월산하(日月山河)의 윗길에 비겼으니, 그 숭모 존념의 정도를 알 수 있다.

간재(艮齋) 전우(田愚, 1841~1922)는 서간글 〈답정경회(答鄭景晦)〉 안에다 포은선생의 '단심가'를 궁극의 법도로 삼아 마음 속에 맹서하고 선생의 가르침을 저버리지 않겠다는 뜻의 칠절(七絶) 한 편을 짐짓 지어 넣었다. 포은 '단심가'의 내용을 체본 삼은 것인데, 여기서는 정몽주의 노래를 조금도 주저함 없이 '단심가'로 명명하였다.

그런가 하면 1938년 1월23일 자의 동아일보에는 신재(信齋) 이영익(李令翊)이라는 이가 〈조선악부백사가(朝鮮樂府百死歌)〉란 명제로 이 메시지를 실었다. 여기서 다시금 '백사가'라고 하였거니, 역시 당초에 고정된 미제(眉題)는 없었던 것이다.

근대 이후에는 정몽주와 단심가의 관계에 의구심을 갖는 논의가 대두되기도 했다. '단심가'가 고구려 안장왕(安藏王, 재위 519~531)의 태자 시절 염사(艶史) 안에서 백제 여인 한주(韓珠)가 태자를 위해 결사(決死) 수절한 과정에 지은 것으로 추정한 논의도 있었다. 다름 아닌 근대의 역사학자 단재(丹齋) 신채호(申采浩, 1880~1936)는 『조선상고사』에서 "한주의 작(作)을 정포은이 창(唱)하여 이조 태종의 창을 답한 것이요. 포은의 자작(自作)이 아닌가 하노라" 하였다. 14세기 말의 포은이 6세기 초 백제 열녀의 노래를 빌어다 자신의 입지를 나타냈다고 추측한 뜻이다. 그런가 하면, 이후에 지헌영·강전섭 등 소수의 논자들이 그 두 시는 태종과 포은의 작품이 아니라 후인의 위작임을 주장하기도 했는데, 대개 추정 이상의 것은 아니었다.

끝으로 다시금 둔과(遁過)치 못할 바는 이방원과의 그날에 지었다는 포은의 '단심가'가 당초에 창(唱)과 같은 음악의 형태를 띤 것은 아니었다는 사실이다. 방원과 포은의 두 시가는 영조 4년인 1728년 편찬된 시조집 『청구영언(靑丘永言)』에 최초 수록되었거니와, 결정적으로 이 책제(册題) 안에 진실이 담겨 있었다. 돌아보되 여기에 도두새긴 제목은 명백히 '영언(永言)' 두 글자였다. 창(唱)의 형태가 아닌 역시 '긴 읊조림'의 뜻으로 새겨져 있는 것이다. 주지되었듯이 시조를 창(唱)으로 부른 것은 바로 『청구영언』이 나온 영조 시절 후반기에 이세춘(李世春)이라는 가객으로부터 시작되었다. 그리하여 오늘날 그를 시조창의 창시자로 보기도 하는데, 그 시조창은 급기(及其) 어느 단계에 악보(樂譜)로 오르게 되었다. 지금까지 알려진 바에 서유구(徐有榘, 1764~1845)가 쓴 『유예지(遊藝志)』와 이규경(李圭景, 1788~?)의 『구라철사금보(歐邏鐵絲琴譜)』가 가장 선행의 문헌으로 알려져 있다. 그렇게 되기 전까지는 긴 세월에 음영으로만 전승을 거듭했던 것이다.

여말 시조에서 '하여가'와 '단심가'는 붕조(鵬鳥)의 웅건한 양 날개였다. 운명의 그날 두 사람이 마주하여 가른 자리에서 나온 노래, 그 궁극의 대매는 과연 어느 쪽이었을까. 우선 문학 자체의 미감 만으로 말하면 포은의 것보다 에둘러 완전(婉轉)한 비유법과 운치 있는 언어 구사로써 멋들어지게 염글린 이방원의 필화(筆華)를 한 수 위로 볼 수도 있다. 아닌 게 아니라, 오늘날의 평자 중엔 이방원의 시조에 더 문학적 우위를 매기는 일도 목도할 수 있다.

나아가, 이 두 편의 시조를 한국 시조사에 두 개의 큰 물줄기, 혹은 양대 산맥에다 견주는 수도 있었다. 이때 포은의 것은 이념시조의 원류이자 푯대로, 방원의 것은 낭만시조의 주류이자 초석(礎石)으로 보는 견해 역시 고전의 현대적인 해석 하에서 얼마든 수용 가능한 일이다.

하지만 조선조 이래 유수한 시인 묵객들, 그리고 금세에 이르기까지 칭송의 드리움과 무게 비중은 '하여가'가 아닌 '단심가' 쪽에서 압도하였다. 조선왕조 오백년에 훤전(喧傳)됨은 물론이요, 우리말 내지 한시로 옮겨지는 등 부단히 애호되었을 뿐 아니라, 봉건주의가 마감된 오늘날에조차 이념과 체재를 넘어 여전히 높이 암송된 것은 역시 포은의 충절가였다.

전통 시대에 외양[文]과 내면[質]의 어우러짐을 뜻하는 '문질빈빈(文質彬彬)'은 문학을 가늠하는 양대 잣대로도 적용이 가능하고, 역시 여기에 무슨 우선순위가 있을 수 없다. 그럼에도 '단심가'는 문채(文彩)의 아름다움보다는 지은이의 인금이 발휘하는 거룩한 정신의 빛과 듬쑥한 영혼의 무게가 문예의 가치마저 상향시킨 독특한 전범(典範)이라 할만하다.

원천석·길재·정도전의
회고가 懷古歌

시조는 고려 말의 어수선한 풍림(風霖) 세월 속에 처음 그 존재를 구현한 양식이다. 아마도 그런 불안정한 시절에는 한시 같은 엄격한 정형시보다는 시조다운 형태가 자신의 속종을 자국의 언어로 직접 표출해 내는데 훨씬 수월했던가 보았다. 시조가 지닌 바로 이 간이(簡易)·편의(便宜)한 장점이 이내 고려 지식인들의 선택과 후광을 얻게 된 계기가 되었음을 수이 헤아림 할 수 있다.

동시에 이 구술체의 3행 짜리 작은 용기 안에 생각을 담는 절약형 창작 형태임에도 〈단심가〉 같은 직서법 구사만 아니라, 〈탄로가〉, 〈다정가〉거나 〈하여가〉에서처럼 의인법, 중의법, 은유법 등 다양한 방식의 형상화가 얼마든 가능하였다. 결과, 시조라는 틀이 지닌 이러한 장점들이 한문체의 그것보다 더 확실하고 신속한 소통을 위해 안성맞춤인 양하였다. 시조의 바로 이런 특색들이 영란(零亂)했던 여말 시절에 진가를 발휘한 이유이자, 시대를 넘어 지속해 나갈 수 있던 동력이 되었을 터이다.

고려 망국의 직전에는 이색(李穡,1328~1396)이나 이존오(李存吾, 1341~1371) 등이 이 양식에 의거하여 위난(危難)의 전조 앞에 선성(先聲)을 나타냈다.

　　　白雪이 ᄌᆞ자진 골에 구루미 머흐레라
　　　반가온 梅花는 어니 곳이 퓌엿는고
　　　夕陽에 홀로 셔 이셔 갈 곳 몰나 ᄒᆞ노라

"ᄌᆞ자진 골"은 녹아서 없어진 골짜기라는 뜻이다. 이색이 국가 존망지추(存亡之秋)의 전환점에서 머뭇거리며 번민하는 심정을 잘 형상한, 이를테면 우국가(憂國歌)라고 할 수 있다. 이에 백설·구름·매화·석양 등의 시어(詩語)는 각각 고려 유신(遺臣)과 고려의 정체성을 흔드는 신흥 이성계 세력, 우국지사와 기울어가는 고려 왕조의 현실 등을 암유(暗喻)한다.

구룸이 無心툰 말이 아므도 虛浪ᄒ다
中天에 ᄧ 이셔 任意로 ᄃ니면서
구틔야 光明훈 날빗츨 ᄯ라가며 덥ᄂ니

이존오가 당시 공민왕의 국정에 깊숙이 개입한 신돈(辛旽)을 '구름'에 비유하여 비판한 풍자시이다. 감정이 없는 무생물을 감정이 있는 생물인 것처럼 표현하는 수사법인 활유법(活喩法)의 사례이다. 초장에서 신돈이 사심 없단 말은 허무맹랑함을, 중장에선 신돈 일파가 권력의 한가운데서 방자하게 굴고 있음을, 종장에 이르러는 임금의 현명한 선정에 밀착 방해함을 암시하였다. 단지 필봉(筆鋒)만 휘둘렀을 뿐 아니라, 이존오는 몸소 신돈을 몰아내기 위해 탄핵했다가 좌천 당했고, 은둔 중에 짧은 생을 마쳤다.

그리고 마침내 고려는 474년 만에 국운이 다해 역사의 뒤안길로 사라지고 말았다. 불행한 고려였지만, 충절지사들의 출현이 어느 왕조보다 두드러졌다. 목은(牧隱) 이색, 포은(圃隱) 정몽주, 야은(冶隱) 길재의 삼은(三隱) 외에도, 조선 개국을 반대한 두문동(杜門洞) 72현(賢)과, 도은(陶隱) 이숭인, 운곡(耘谷) 원천석 등이 정렬(貞烈)과 절의(節義)로써 이름을 청사(靑史)에 드리웠다.

원천석(元天錫, 1330~?)은 목은 이색과도 교분이 두터웠던 당대의 명사였다. 고려 왕조가 기울어지고 이성계 일파가 정권을 장악하자 벼슬을 버리고 치악산에 숨어 살며 부모를 봉양했다. 이방원을 가르친 일이 있어 방원이 왕으로 즉위한 뒤 벼슬자리로 여러 차례 불렀으나 사양한 개사(介士)의 행적도 남겼다.

또한 그의 회고 시조가 천년에 불후(不朽)하였으니, 문학사에조차 명수방명(名垂芳名)하였다.

興亡이 有數ᄒ니 滿月臺도 秋草로다
五百年 王業이 牧笛에 부쳐시니
夕陽에 지나는 客이 눈물 계워 ᄒ노라

　유수(有數)는 운수(運數)의 정해짐이 있다는 말, 운수란 인간 능력 너머의 천운(天運) 기수(氣數)이다. 만월대는 919년(태조2) 정월에 태조 왕건이 개성 송악산 남쪽 기슭에 도읍하면서 창건한 궁궐인바, 고려 왕조 및 왕실의 표상이랄 수 있다. "추초(秋草)"는 가을 풀, "목적(牧笛)"은 목동의 피리 소리. "부쳐시니"는 '남아있으니, 깃들어 있으니.' 석양녘에 지나가는 나그네란 다름 아닌 시적 화자인 원천석 자신임에, 스스로를 객관화한 것이다. "눈물계워"는 눈물겨워. '겹다'는 "(감정에) 복받쳐 누르기 어려울 정도이다"라는 말이매, 눈물을 가누지 못한다는 뜻이다.

　일반적으로는 고려 왕조가 무너진 이후의 개성 만월대를 작가가 지나다가 지은 시조로만 공고하게 인지하고 있다. 고려가 완망(完亡)하고 조선이 건국한 1392년은 원천석이 63세 되는 해이니, 이것이 정녕 고려가 멸망한 다음의 노래라고 한다면 그의 63세 이후에 지은 셈이 된다.

　여기의 "추초"는 나뭇잎이 왕성히 푸르른 여름의 풀과 대비되는 이미지 언어로 보는 일이 빈번하다. 곧 시듦과 쇠락을 연상케 하니, 쇠잔해진 고려 왕조에 대한 우회적 표현이라고 함이 보편설이다. "석양에 지나는 객"에서의 '석양' 역시 '추초'와 한가지로 표면적 의미로만 그치는 일이 드물다. 여기의 석양에 대해 많은 논자들은 화자가 맞이한 저물녘임과 동시에, 고려 왕조의 석양 곧 망해가는 왕조를 은유한다고 말한다. 이같은 관점은 일단 근리(近理)해 보이기는 하나, 다만 이것이 정당성을 획득하기 위해서는 해결하지 않으면 안 될 하나의 전제가 있다.

　역시 기존의 통념대로 이 시를 고려 멸망 이후의 탄식 노래로 간주한다고 하자. 이때 "만월대"에서 고려 왕조의 상징을, "추초"에서 흥망성쇠의 무상을 연상하는

石軒 임재우 墨. 원천석의 회고가

것까지야 혹 그럴 수 있다 해도, 그 이상 다른 의미를 끌어다 부치는 일은 불가하다. 비유법 읽기는 포기하면서, 그냥 표면적 언어 그대로 작가는 가을날 만월대를 지나갔고, 거기서 쓸쓸한 추초를 보았으며, 바야흐로 석양 나절이었다고 받아들임이 온당하다.

대신, 만월대의 흥망 유수를 고려의 멸망 상태로 보면서 추초와 석양을 여전히 사양(斜陽) 길의 은유어, 기울어가는 고려의 의미까지 견집(堅執)한다면 모순에 부딪힐 밖에 없다.

추초는 힘을 잃어 스러져 갈망정 아직 생명이 꺼진 상태는 아니다. 석양 또한 해가 질 무렵이니, 해가 완전히 다 졌다는 말은 아닌 것이다. 아직 명운이 다하지는 않은 바에 왕조의 완전 몰락, 다시 말해 망국의 의미는 아니라는 설명이 가능하다. 사람에 비겨서는 '노년'을 비유적으로 이르는 말이라고도 하는데, 역시 노년이 생애의 종말은 아닌 것과 다름이 없는 이치이다. 따라서 "만월대도 추초"란 말 자체가 피폐 쇠미한 이미지로 인몰(湮沒)의 불안이 잉태되어 있음은 사실이나, 그 자체로 망국 소멸을 기필(期必)한다고 보기는 어렵다. 그랬을 때 원천석의 이 시조는 비록 누란지위(累卵之危)에 처해 있기는 하지만 아직 고려의 정체성은 존속하니 바야흐로 왕조의 쇠락 앞에서 폐허가 된 만월대 그 현장 앞을 당사자가 지나가며 수탄(愁嘆)한 산물로 볼 수 있는 소지가 주어진다.

황차, 만월대는 고려와 조선의 왕조 교체기인 1392년에 비로소 폐허의 길로 들어선 것은 아니었다. 그보다 31년 전인 1361년(공민왕 11) 홍건적의 침입 때 이미 전체가 소실(燒失)되었고, 이후엔 아예 버려진 상태였다. 난리가 진정된 뒤에는 만월대의 별궁인 수창궁(壽昌宮)으로 대체되면서 공민왕 이래 우왕·창왕·공양왕이 여기에 머물렀고, 조선조에 들어서서도 태조·정종·태종이 여기서 즉위하였다. 그러매 1361년부터도 이곳은 추초(秋草) 상태로 있었던 것이니, 고려 왕조가 끝난 1392년 이후의 것이 아닐 수도 있다는 의심이 처음 고개를 든다. 환언하여,

사라진 왕국에의 회고가가 아닌, 심각하게 기울어가는 고려의 쇠잔을 근심하며 부른 노래일지도 모른다는 요량인 것이다.

　조선 개국의 이후에 원천석의 종적(蹤迹)이 묘연히 가뭇없어진 것도 이 추정에 일조한다. 치악산 자신의 누졸재(陋拙齋)에서 65세(1394년)까지 쓴 글만 남아있고, 또 태종이 재위한 지 14년 되던 해인 1414년에 스승 원천석 선생을 만나기 위해 원주 치악산을 찾았지만 뜻을 이루지 못하였다고 하였으니, 어쩌면 이 시조 이후에 세상과 단절하여 깊이 은둔한 양하고, 개경은 다시 찾지 않았을 가능성이 높다.

　만약 이것이 사실일 경우, 이 시조에서의 흥망 유수는 그 대상이 '왕조'가 아니라 '만월대'가 되는 셈이다. '흥망', '추초' 등의 어휘가 들어간다고 해서 그것이 반드시 왕조 한 가지만을 지시하는 것일까. 그것이 꼭 왕조에 특정되어 있지 않을 수도 있음은 200년 뒤에 조선시대 송강(松江) 정철(鄭澈, 1536~1593)의 시조에서도 일단의 고정(鼓定)이 가능하다.

　　　興亡이 수 업스니 帶方城이 秋草로다
　　　나 모른 디난 일란 牧笛에 붓텨 두고
　　　이 됴흔 太平煙火의 흔 잔 호더 엇더리

　필경 원천석의 회고가를 염두하고 지은 것임이 너무도 명현한 이 시조 안에는 '흥망'·'추초'만 아니라 '목적(牧笛)'·'태평연화(太平烟月)' 등의 시어까지 고스란히 연습(沿襲)하고 있다. 그럼에도 불구하고, 이 시조가 지금의 남원 일대 호남의 적막한 변화에 안타까움과 서글픔의 정서를 표출한 것일 뿐, 무슨 망국한(亡國恨)을 노래한 것은 아니다. 조선 숙종 때의 예인(藝人)인 낭원군(朗原君) 이간(李偘, 1640~1699)의 시조,

日月도 녜와 ス고 山川도 依舊ᄒ되
大明 文物은 쇽절업시 간 듸 업다
두어라 天運이 循環ᄒ니 다시 볼가 ᄒ노라

에서 또한 '산천 의구'와 '간 데 없다'를 앞세웠지만, 그 탄식의 대상이 '나라'가 아닌 '문물'에 있었다. 국운(國運)이거나 망국(亡國)의 뜻만으로 고정시켜 새길 일은 아님을 재삼 확인할 수 있는 것이다. 겸하여, 두보 〈춘망(春望)〉 시 첫머리 구인 '國破山河在'의 '국파(國破)' 또한 자칫 국망(國亡)으로 넘겨짚을 소지가 있다. 곧 나라가 깨어져 없어진 상황을 연상할 수도 있겠으나, 기실은 당나라가 안록산으로 인해 얼마간의 내란에 처했던 정황을 나타냈을 뿐, 망해 없어진 상황을 그린 것은 아니었다. 이처럼 정작은 그게 아닌데도 망국의 회고가로 지레짐작하는 성급한 일반화가 원천석의 이 시조에마저 적용되었던 것은 아닌지, 한 번 쯤은 냉정히 사유해 볼 필요가 있다는 뜻이다.

이러한 전제에서는 원천석 시조 안의 "오백년 왕업"도 별반 괘념할 일이 없다. 뒤에 언급할 길재의 시조에서도 고려 왕조의 시작인 918년 이래 멸망의 1392년까지 존속의 기간인 474년을 통상 백 단위로 추켜 잡아 오백년 도읍지라고 하였다. 실수(實數)를 따져 '사백칠십 여년 도읍지'라고 하지는 않겠기 때문이다. 그러면 이보다 대략 10년 정도 앞이라 한들 역시 '사백육십 년 운운' 할 리 없이, 어림쳐서 '오백년 왕업'이라 한대도 틀렸다거나 어색할 일은 없다.

한편, 시조의 초장은 은나라의 옛 신하였던 기자(箕子)가 은나라의 옛 도읍지를 지나다가 화려했던 궁궐이 흔적도 없이 폐허가 된 모습을 보며 한탄한 회고가를 떠올리게 한다. 세칭 〈맥수가(麥秀歌)〉이다.

麥秀漸漸兮	보리이삭은 무럭무럭
禾黍油油兮	벼와 기장도 기름 찰찰
彼狡童兮	사나운 저 철부지
不與我好兮	내 말 듣지 않더니

여기의 사나운 철부지〔狡童〕는 은나라의 폭군 주(紂)를 가리킨다. 그의 포학한 성행으로 나라가 결국 망하게 되었음을 풍유한 노래이다. 기자의 이 탄식을 '맥수지탄(麥秀之歎)'이라고도 한바, 훗날엔 고국의 멸망을 한탄하는 뜻으로 쓰이게 되었다. 유사한 성어 '서리지탄(黍離之歎)'은 나라가 망해서 옛 대궐 터에 기장이 사방에 흩어진 것을 탄식한다는 뜻이다. 나라 멸망의 의미와 함께 세상의 영고성쇠가 덧없음을 차단하여 이르는 말이다.

동시에, 시조 초장은 두보의 시 〈춘망(春望)〉 첫째 연의 "國破山河在 城春草木深"(나라는 깨져도 산하는 그대로인데, 성안에 봄 들어 초목만 무성해)을 연상케 하는 국면이 없지 않다. 실제로도 운곡은 창작의 실제에 있어 두보의 시어를 차용하여 새롭게 한 자취가 도처에 미만하였다. 편례(片例)로서 『운곡행록(耘谷行錄)』 권5의 〈탄세(嘆世)〉 하나만을 보자 해도,

萬事依依摠是浮	세상 만사 어렴풋이 다 부질없거니,
一微軀外更何求	작은 이 한 몸 밖에 또 무얼 구하랴.

는 속절없이 두보의 회자 명시인 〈강촌(江村)〉 중의

多病所須惟藥物	잦은 병치레에 필요한 건 그저 약,
微軀此外更何求	작은 몸 이것 밖에 또 무얼 구하랴.

에서 염출(捻出)·점화(點化)한 것임을 한눈에 간파할 수 있다. 두보가 율시 창작 시에서는 특이하게도 수련(首聯)에까지도 대우(對偶)를 썼듯, 운곡이 역시 자신의 율시에 빈번히 짝글을 구사했으니 두보에 대한 추수(追隨)를 알 만하다.

아울러, 대구(對句)에 대한 비상한 취향은 그의 노경에 더욱 집중되어 있는 특징도 놓칠 수 없는데, 지금 그의 회고 시조가 또한 만년의 작이다. 그러고 보니 시조 초장의 "흥망이 유수(有數)"와 중장의 "오백년 왕업"이 숫자 개념 안에서, 서로 융통을 보이고 있다. 그리고 초장인 '만월대의 가을 풀'과 중장인 '목동의 피리 소리'가 시각·청각 이미지 안에서 은근한 대비를 이루고 있었다.

통상 망국의 한과 같은 주제는 전통문학에서 더 큰 개념의 인생무상 쪽으로 귀납됨도 또한 사실이다.

원천석은 고려 신하로서의 충절과 지조를 대나무의 은유법 안에서 자과(自誇)한 바도 있다.

눈 마자 휘어진 대를 뉘라셔 굽다 턴고
구블 節이면 눈 속에 프를소냐
아마도 歲寒 高節은 너 뿐인가 ᄒ노라

'눈을 맞아 휘어진 대나무를 어느 누가 굽었다고 하는가? 당초에 굽힐 절개였다면 눈 속에서 저렇듯 푸르겠는가? 아마도 한겨울 추위 이겨내는 높은 절개는 대나무 그대 뿐인가 한다.' 자신을 "눈 마자 휘어진 대"에 비유하면서 흉중 깊숙이의 고려 왕조를 향한 의리지심(義理之心)을 자자구구에 야무지게 드러낸 이것 역시 시조 문학의 명편으로 남게 되었다.

길재(吉再, 1353~1419)는 여말선초의 성리학자로 호는 야은(冶隱)·금오산인(金烏

山人)이다. 이색(李穡), 정몽주(鄭夢周)와 함께 여말 삼은(麗末三隱)으로 일컬어진다.

1387년 성균학정(成均學正)이 되고, 이듬해에는 순유박사(諄諭博士)를 거쳐 성균박사(成均博士)에 올랐다. 이 무렵 이방원(李芳遠)과 한마을에 살았으며, 성균관에서도 같이 공부하여 교분이 두터웠다고 한다. 1388년 위화도회군 이후 고려의 앞날을 걱정하는 시를 읊기도 했고, 1389년(창왕 1) 종사랑(從事郞)·문하주서(門下注書)가 되었으나, 이성계·조준·정도전이 새로운 왕조를 세우려는 움직임을 보이자 노모 봉양을 이유로 벼슬을 버리고, 1390년 고향인 선산(善山) 봉계(鳳溪)로 돌아왔다. 1391년(공양왕 3) 우왕이 강화에서 강릉으로 이배된 후 살해되자, 왕을 위하여 채과(菜果)와 혜장(醯醬) 등을 먹지 않으며 3년 상을 지냈다.

1392년, 그의 나이 40세에 국체가 고려에서 조선으로 바뀌었다. 새 왕조의 부름에 나가지 않았지만, 세자 이방원의 독촉에 못 이겨 1400년(정종 2) 하는 수 없이 상경하였다. 1394년 태조 3년 10월 수도를 개성에서 한양으로 옮겼으나, 1차 왕자의 난으로 정종(定宗) 원년인 1399년 3월에 개경으로 환도한 뒤, 태종 5년인 1405년 10월 다시 한양으로 천도하기까지 6년 여 동안의 도성(都城)은 개성이었다. 따라서 길재의 1400년 상경이란 한양이 아닌 개성에 올라갔음을 지시하는 뜻이었다. 그로서는 1390년에 이곳을 떠나 선산으로 들어간 후 꼭 10년 만에 다시 보는 도읍지였다. 이때 그의 세세한 동향(動向)을 조선왕조『정종실록(正宗實錄)』권5, 2년 庚辰 7월 조 안에서 마주하게 된다. 그야말로 환호할만한 개안처(開眼處)를 만난 셈이니, 이제 그 안의 내용을 개관하여 서술해 보인다.

길재는 우왕 때 문하부 주서(注書)가 되었는데, 기사(己巳, 1389)년에 창왕이 가짜 왕씨로 몰려 폐위되자 벼슬을 버리고 선주(善州, 善山)로 돌아가 홀어머니를 봉양하니 고향 사람들이 그 효성을 칭송했다. 하루는 세자가 서연(書筵) 관원들과 유일(遺逸)의 선비들을 논하다가 말했다. "길재는 강직한 사람이다. 내가 일찍이 동문으로 함께 배웠는데, 보지 못한 지 오래 되었다(吉再 剛直人也 我嘗同學 不見久矣)." 정자(正字) 전가식(田可植)이 길재와 같은 고향 사람인데, 길재가 향리에서 효도를 다한 미담을 자세히 말했다. 세자가 기뻐하며 삼군부에 지시하고 공문을 띄워 그를 불렀다.

길재가 역마를 갈아타고 서울에 오니(再乘傳至京), 세자 이방원은 임금에게 계를 올려 봉상시박사(奉常寺博士)에 임명했다. 길재는 대궐로 찾아와 사은하는 대신동궁(東宮)에 편지를 올렸다. "제가 지난날 성균관에서저하와 함께 『시경』을 읽었지요. 지금 신을 부르신 것은 옛정을 잊지 않으신 것입니다. 하오나, 저는 신씨(辛氏; 창왕이 신돈의 아들로 의심받았기에 이렇게 말했다) 조정에서 과거에 올라 벼슬하다가, 왕씨가 복위(;공양왕의 복위를 말한다)하자 바로 고향으로 돌아가 평생을 보내고자 했습니다. 지금 옛일을 기억하고 부르셨으니 제가 올라와서 뵙고 이내 돌아가려 했을 뿐, 벼슬에 종사함은 제 뜻이 아닙니다." 세자가 말했다. "그대 말씀이야 바꿀 수 없는 강상(綱常)의 도리이니 의리상 뜻을 빼앗기는 어렵소. 허나 부른 당사자는 나지만 벼슬을 내린 분은 주상이시니, 주상께 사면을 고하는 것이 옳으리다." 이에 길재가 글을 올렸다. "신이 본래 한미한 사람으로 신씨 조정에 나아가 과거에 뽑히고 문하부 주서(注書)에 이르렀나이다. 신이 듣건대, 여자는 두 남편을 섬기지 않고 신하는 두 임금을 섬기지 않는다고 합니다(臣聞女無二夫 臣無二主). 부디 향처로 돌아가도록 놓아 주시와 두 성(姓)을 섬기지 않으려는 신의 뜻을 이루게 하고, 노모에 대한 효양(孝養)으로 여생을 마치도록 해 주오소서." 정종 임금이 보고 이상타 여겨 말하기를, "이 사람은 어떠한 사람인가?" 좌우가 말하기를, "한미한 유생이나이다." 이튿날 경연에 납시어 권근에게 물었다. "길재가 절개를 지켜 벼슬하지 않겠다는데, 전에도 이런 경우가 있었는지 모르겠소. 어찌 처리하면 좋겠소?" "이런 인물은 의당 조정에 남도록 청을 하고, 벼슬도 더해 주어 뒷사람을 권장해야 하옵지요. 청한대도 굳이 간다면 하여금 자기 생각대로 온전케 함이 낫습니다. 광무제는 한나라의 어진 임금이었지만, 엄광(嚴光)은 벼슬하지 않았지요. 선비가 뜻을 굳게 품으면 빼앗을 수 없나이다." 이에 정종은 길재가 자기 고을로 돌아가도록 허락하고, 부역을 면제해 주도록 했다.

鑿壁 이명복 揮染. 冶隱 길재의 회고 시조

再辟職而歸仕辛朝為門下注書歲已巳棄官歸善州奉養
嫡親鄉黨稱其孝世子在潛邸嘗聞侍學于成均館一日世子
興書遣官論遺逸之士乃曰吉再剛直人也我嘗同學不見久
矣正字田可植再同賚人也具言在家孝行之美世子喜不令三
軍府移牒徵之再乘傳至京世子隷于上授奉常博士再不
詣闕謝恩乃上書東宮曰再於辛朝登科仕及王氏復位即歸于鄉
若將終身者也然再於辛朝欲上調即選從仕則非再志也世
子之呀言乃綱常不易之道也義難奪志然名之者吉也
官之者　上可矣再遂上書略曰臣本寒微仕
校辛氏之朝權筭至門下注書臣聞女無二夫臣無二主乙酉
歸田里以逐臣不事二姓之志孝養老母以終餘年　上覽而
悋之曰此何人也左右曰寒儒也明日御經遵問權近曰吉再
抗節不仕不識古有如此者何以處之近對曰如是之人當請
留之加以爵祿以勵後人請之而強去則不如使之自盡其心
之為愈也光武漢之賢主而嚴光不仕士固有志不可奪也
上乃許歸本郡令復其家史臣洪汝剛曰或以為辛氏既非
正統注書亦非達官再宜仕於盛朝不須拘於小節謂忠臣
不事二君烈女不更二夫辛氏雖綿鎦委質以為臣注書雖微
亦從仕而食祿以偽朝微官而辭吾君子之命乎且御簪
天地之常經莫不受之於有生之初矣然其誘於功利溺於爵
祿不能皆有之也辛氏之亡已久無子孫之可托矣再也
能為舊君守其御義等功名於浮雲視爵祿於敝屣若將終身
於草野亦可謂忠烈之士矣〇

吉

『정종실록』 권5, 2년 7월 乙丑日, 길재 선생이 오백년 도읍지인 개성에 온 그날의 기록이다.

공곡(空谷)에 공음(跫音) 같은 이 생생한 역사 기록 덕분에 그날의 일들을 소상히 볼 수 있게 되었다. 또한 이로 말미암아 길재가 개경에 온 때가 그해 1400년의 음력 7월 초였음을 백일하에 확인하였다. 더 한 호기심으로 실록을 세찰(細察)해 보매, 그해 초가을인 음력 7월 2일에 일어난 일로 되어 있었다. 그가 개경에 올 때는 승전(乘傳)을 바꾸어 타고 왔음도 알게 되었다. 여기서의 '전(傳)'은 정부 관리의 이동을 돕기 위해 역참(驛站)에 비치한 거마(車馬) 즉 역마인 것이다.

이렇게 모처럼 개경에 입성한 길재는 이왕 올라온 차에 호젓이 한 필(匹)의 말에 의지해 고려 옛 터전을 10년 만에 돌아다보았고, 그 과정에 우러난 들레이고 뭉클한 감회를 이렇게 읊었다.

五百年 都邑地를 匹馬로 도라드니
山川은 依舊ᄒ되 人傑은 간 듸 업다
어즈버 太平烟月이 꿈이런가 ᄒ노라

그의 나이 48세, 고려가 망한 지 8년 지난 때였다.

'필마(匹馬)'는 한 필의 말이란 뜻이다. 사전적으로는 더 이상의 다른 정의는 존재하지 않는다. 그럼에도 이 표현에서 '(세상과 단절하여) 혼자의 외로운 신세', '홀로 남은 기분'을 느끼는 것까진 혹 그럴 수 있어 보인다. 그런데 좀 더 나아가 필마에서 '벼슬을 하지 않은 신세', '벼슬 없는 신분'이란 의미까지를 내포시키려는 주장도 만만치 않다. 타고 간 것이 교자(轎子)거나 초헌(軺軒) 따위가 아니라 그랬던가 싶다. '내포적 의미'는 연상 의미라고도 하는바, 간혹 안정감이 부족하고 개인 경험에 따라 얼마든지 달라질 수 있다는 취약점이 수반될 수 있다. 실질적으로 한 언어 사회의 구성원들이 공통적으로 인식하고 있는 '개념적 의미'는 될 수 없기에, 전면 수용에는 조심스러운 부분이 있다.

중장은 산천과 인걸, 두 개념을 상대시킨 대립의 미(美)가 최상의 귀글을 이루었다. 대우법(對偶法)을 쓴 것이지만, 원천석의 경우에서보다 한층 극명하였다. "의구(依舊)"는 옛날과 같다는 말이고, 여기의 "인걸(人傑)"은 옛 고려의 신하들을 지시한다. 오백년 역사의 변화, 왕조의 바뀜에도 하나 달라짐 없는 그 자연이 기가 막힌데, 거기다 그와 대조하여 가뭇없는 고려 충신들 이미지 안에서 망국의 한과 인세무상(人世無常)의 정회가 물씬해졌다.

게다가 종장에서의 "태평연월(太平烟月)"은 꼭 실제의 태평시절 여부를 따지지 않은 고려에 대한 우호와 애착의 감정이고, "꿈"은 무상감을 나타냈으니, 중장의 대조법이 여기서 이어졌다. 이 연속적인 수사법으로 인해 느꺼움이 강렬히 고조 상승되는 효과를 이루었다.

또한 항간에선 거의 예외 없이 길재의 이 회고가를 선행하고 미상불 원천석의 것을 뒤에 놓으나, 기실은 원천석(1330~?)이 길재(1353~1419)보다 거의 한 세대가 위이다. 고려 소망(消亡) 의 이후 비슷한 무렵에 개성 옛 도읍지를 찾았다 손 쳐도 원천석의 회고가가 선편(先鞭)일 개연성이 더 크다. 길재의 개경 심방의 때에 원천석은 이미 71세였다. 노구에 원로(遠路) 여정의 공산이 희박할 뿐 아니라, 또 정작 왕조실록에도 원주로부터 나와 개성에 상경했다는 그 어떤 행적 종적도 없는 까닭이다.

素石 구지회 作. 길재의 회고가 心象圖

한편, 위에서 원천석의 시조 초장이 두보의 시 〈춘망〉 첫째 연(聯)을 연상케 만든다고 했는데, 지금 길재 시조의 중장이 또한 두보의 이 시 중 나라는 깨졌어도 산과 강물은 그대로라고 한 "國破山河在(국파산하재)"를 선명히 연상케 한다.

삼봉(三峰) 정도전(鄭道傳, 1342~1398)은 목은 이색의 문하임에도 이성계의 역성혁명을 도와 조선 개국공신이 된 인물이다. 그렇기에 건국 초의 정치가 쪽에 이름이 훨씬 부각된 터요, 길재는 고려의 유신(遺臣)으로 선입견 되기에 자칫 길재 쪽이 더 연장자로 느껴질 수 있다. 하지만 기실은 정도전이 원천석보다는 12년 아래, 길재보다 11년이나 위이다. 이 시조가 존재한 덕에 원(元)·길(吉)과는 다른 입장에서의 회고가 한 수(首)가 더 남게 되었다.

> 仙人橋 나린 물이 紫霞洞에 홀너 드러
> 半千年 王業이 물 소리 뿐이로다
> 아희야 故國興亡을 무러 무슴 ᄒ리오

읊은 공간이 개성 근교의 송악산(松嶽山) 기슭에 있는 골짜기인 자하동이고, 선인교는 바로 그 골짜기 안에 세워진 다리이다. 원천석 쪽에서 오백 년이라 했기에, 달리 표현코자 "반천년"이라 한 듯 싶다. '왕업'이란 왕과 왕조가 이룩한 사업이다.

중장까지는 원천석·길재와 거의 유사한 느낌을 조출(繰出)해 있다. 원천석이 감회를 펼쳐 보인 자리가 만월대 앞이고, 길재 또한 도읍지의 왕성(王城) 근방이며, 정도전은 자하동이라, 서로 같은 공간은 아닐망정 그 구극의 초점이 고려 왕조라는 점에서 공통한다. 고려 존속의 시간인 원천석·길재의 "오백년"과 정도전의 "반천년"도 구수응의(鳩首凝議)한 듯한 상응을 이룬다.

고려 왕업의 무상함을 회고했다는 점도 같다. '물 소리 뿐이로다'에서 역시 그

왕업의 허망함 내지 인간사의 무상이 드러난다. 특히 원천석과 견주어서 오백 년 : 반천 년 / 만월대 : 선인교 / 피리 소리 : 물 소리의 대비가 공교롭기만 하다.

그러다가 종장에 이르면 문득 상황이 일변한다. 운곡과 야은이 과거에 유련(留戀)해 있는 데 반해, 삼봉의 경우 물어 무엇 하느냐고 하여 새삼 극복 전환의 경계로 돌아선다. 한 왕조의 살신 입절(殺身立節) 대신 고려에 벼슬했다가 조선 개국 공신으로 재입신한 정도전이다. 이상이나 관념보다 현실주의적인 사관(史觀)에 입각한 인물이 그려낸 고려 왕조 회고인 바에, 그것이 종장에 이르러 구현된 것이었다. 이 같은 인식전환의 색다른 성향으로 인해 여말선초의 회고가 계열에 새로운 지평이 열린 셈이 되었다. 같은 회고가임에도 처연(悽然)하고 정적(靜的)인 분위기의 다른 회고가에 비해, 흐르는 물하며 물소리 등이 야기시키는 동적(動的) 들렌 분위기도 차별감을 유발한다.

나아가, 결구(結句)에 이르러 외견상으로 언뜻 정도전의 것이 더 긍정적이고 발전적인 의미를 지니는 양하였다. 하지만 여기서 물어봐야 소용없다는 고국흥망의 "고국(故國)"은 '조상 적부터 살아온 자기 나라'란 말이 아니었다. 돌아간 사람을 뜻하는 고인(故人)처럼 '이미 망해 버린 옛 나라'란 뜻이었다. 초·중장에서의 회고 직후엔, '이미 사라져버린 나라의 흥망을 물어 무엇 하겠느냐'는 설의법(設疑法) 안에서 일약 과거와의 결별을 선언하고 있다. 내막을 잘 모르는 제삼자가 보면 부질없는 과거에의 집착 대신 미래지향적인 승화가 보다 우월한 정신처럼 보일 수도 있었지만, 과연 뒷시대가 높이 기리고 깊이 각인하는 회고가가 필경 정도전의 이 시조였을까?

오히려 훌쩍 가상(嘉尙)되고 길이 회자된 것은 성조유로(腥朝遺老)인 운곡과 야은의 회고 시조인 것이니, 그렇게 된 소이(所以)는 대개 지난번 정몽주 〈단심가〉와 이방원 〈하여가〉의 경우와 다르지 않을 터이다. 과거사에 매이기보다는 밝은 현재와 미래지향의 메시지가 자체로서 바람직한 게 정녕이나, 그것이 인간의 기본

도리며 의리와 조화 상반(相伴)될 때 문(文)과 질(質)이 함께 빈빈(彬彬)한 가치를 발휘하는 것이다.

이제 고려 충신임에도 조선의 유수한 학자 및 군주들의 칭양(稱揚)을 받았던 정몽주와 원천석, 길재의 끼쳐 남긴 노래가 그 진실을 명징(明徵)하고 있다.

景游 金昌龍

평양 원적, 서울 출생, 연세대학교 문과대학 국어국문학과 졸업(1976), 연세대학교 대학원 국어국문학과 문학석사(1979), 연세대학교 대학원 국어국문학과 문학박사(1985), 한성대학교 인문대학장, 학술정보관장, 민족문화연구소장 역임, 한성대학교 크리에이티브인문학부 교수(현재).

저서

『한중가전문학의 연구』(개문사, 1985), 『한국가전문학선』(정음사, 1985), 『우리 옛 문학론』(새문사, 1991), 『한국의 가전문학·상』(태학사, 1997), 『한국의 가전문학·하』(태학사, 1999), 『중국 가전 30선』(태학사, 2000), 『가전문학의 이론』(박이정, 2001), 『고구려 문학을 찾아서』(박이정, 2002), 『한국 옛 문학론』(새문사, 2003), 『가전 산책』(한성대학교출판부, 2004), 『인문학 산책』(한성대학교출판부, 2006), 『가전을 읽는 방식』(제이앤씨, 2006), 『가전문학론』(박이정, 2007), 『교양한문100』(한성대학교출판부, 2008), 『인문학 옛길을 따라』(제이앤씨, 2009), 『고전명작 비교읽기』(한성대학교출판부, 2009), 『우화의 뒷풍경』(박문사, 2010), 『한국노래문학의 의혹과 진실』(태학사, 2010), 『대학한문』(한성대학교출판부, 2011), 『시간은 붙들 길 없으니』(한성대학교출판부, 2012), 『문방열전-중국편』(지식과 교양, 2012), 『우리 이야기문학의 재발견』(태학사, 2012), 『조선의 문방소설』(월인출판사, 2013), 『문방열전-한국편』(보고사, 2013), 『고구려의 시와 노래』(월인출판사, 2013), 『고구려의 설화문학』(보고사, 2014), 『국문학연습』(공저, KNOU출판문화원, 2014), 『한국의 명시가-고대·삼국시대편』(보고사, 2015), 『열녀춘향슈절가라』(한성대학교출판부, 2016), 『한국의 명시가-통일신라편』(보고사, 2016), 『명작한문』(도서출판 역락, 2017), 『고려의 명시가-별곡편』(보고사, 2018)

새로 읽는 고려의 명시가 - 한시시조편

2018년 6월 11일 초판 1쇄 펴냄

지은이 김창룡
펴낸이 김흥국
펴낸곳 도서출판 보고사

책임편집 이경민
표지디자인 오동준

등록 1990년 12월 13일 제6-0429호
주소 경기도 파주시 회동길 337-15 보고사 2층
전화 031-955-9797(대표), 02-922-5120~1(편집), 02-922-2246(영업)
팩스 02-922-6990
메일 kanapub3@naver.com / bogosabooks@naver.com
http://www.bogosabooks.co.kr

ISBN 979-11-5516-544-7 93810
ⓒ 김창룡, 2018

정가 18,000원

본 저서는 한성대학교 교내학술비 지원 과제임.